U0115335

文學研究叢書・辭章修辭叢刊

章法論叢

第十二輯

中 華 民 國 章 法 學 會
萬卷樓圖書股份有限公司　主編

序

　　自二〇〇六年九月出版第一輯《章法論叢》迄今，恍眼間就過了十二年。其第一至十一輯，刊載的全是每年發表在學術研討會又經審查通過後之論文；而本十二輯所刊論文，則來自比較自由的圓桌型座談。這種座談，不但由專家學者參與，就是發表論文者也可以互相交換意見，因此氣氛特別熱烈且融洽，使得修改意見容易被接納，而修改後之論文，也比較容易通過層層審查。

　　本次學術座談會，於去年（2017）十一月十一日上午假「弘一大師紀念學會」（臺北市羅斯福路二段41號12樓之2）舉行。由於決定倉促，不僅與會之專家學者比往年少，就是發表論文（含開幕簡報）的也只有十五人。經最後彙整，本十二輯僅收如下十一篇，其中含簡報一篇、第一場四篇與第二場六篇。

　　簡報一篇為章法學會代理理事長陳滿銘在開幕時所提出：〈「88」陰陽雙螺旋系統之「隱性」軌跡〉，此文後來稍加擴充之後，於今年二月，改題為〈關於《88陰陽雙螺旋系統之建構》一書〉，發表於《國文天地》三十三卷九期，頁九〇至一〇二。於是改以〈「移位→轉位」運動論──以「完形」審美心理與「辭章」層次邏輯作融貫性探討〉替換。此文主要由「完形」美學心理中「動 ←→ 靜」與「知覺」或「視知覺」的藝術理論，結合「辭章」中形成「0一二多」系統之「層次邏輯」，使得「辭章」中的「篇章結構」產生「移位→轉位」運動作用，以凸顯感性之「審美心理」與理性之「層次邏輯」相互融合之奧妙於一斑。

　　第一場四篇，一為林均珈（致理科技大學兼任助理教授）：〈論楊恩壽《姽嫿封》，本文主要是以清代戲曲《姽嫿封》為範圍，析論其作者、劇作思想、體製結構以及藝術特徵。二為陳佳君（臺北教育大學語文與創作學系副教授）：〈螺旋結構論觀點下的語文補救教學——以繪本為主的設計與實踐〉，本教學設計與實踐研究乃針對語文補救教學，以辭章學體系為理論支持，歸本於形象、邏輯、綜合三大思維力之運作，建立系統性及螺旋性之語文教學整體架構。三為陳添球（東華大學教授）：〈故事體的多層次結構之建構及其在閱讀與寫作上的應用〉，本研究「故事體的多層次結構之建構」是在表顯故事是在「時間組織結構法」的脈絡上，加上順敘、倒敘、插敘、前敘、補敘（後敘）等的「故事體的組織結構」。同時也闡明內容元素分別為主角、地點、問題、動作、結果與反應等「故事體的內容結構」在組織結構中的排序現象。在閱讀教學上，「故事體的內容結構」分析可以幫助學生掌握故事的「內容向度」，而「故事體的組織結構」分析可以幫助學生掌握故事的「組織向度」。在寫作上，教師教導學生使用「故事體的組織結構」排列「故事體的內容結構」元素，以提高其寫作能力。四為黃麗容（真理大學語文學科專任副教授）：〈李白懷古詩情意與結構〉：本文藉李白懷古詩情意與結構，深入探討李白懷古作品獨特的意蘊與謀篇美感的價值。

　　第二場六篇，一為顏智英（臺灣海洋大學教授）：〈明代抗女真陸戰詩敘事析論〉：作者指出明朝與女真的戰爭，崇禎以前主要為陸戰，南明諸王時期主要為海戰，由於篇幅所限，本文僅就「陸戰」的部分加以探討，擬從史學角度採以史證詩的方法，以及從文學角度採章法學的「泛具」結構，深入研析其敘事特色及價值所在。二為蘇心一（空中大兼任助理教授）：〈從心理學本我、自我、超我角度研究蘇軾音樂詞〉，本篇研究用文本分析法探討蘇軾在詞運用心理學的本

我、自我、超我表現詞中深意。預期成果：蘇軾詞中表現有一般的「本我」，有「自我」，而其清雄豪放詞多半為「超我」。三為仇小屏（成功大學副教授）：〈論轉化格中的「神／魔性化」〉：作者指出藉由「神／魔性化」所造成的轉化，在當代語言表現中屢見不鮮。本文即觀察此種語言表現，並探討其形成背景，以及反映出的心理狀況等，可連結語言、社會、心理等面向進行考察，期望能得出有益的結論。四為黃淑貞（慈濟大學東方語文系副教授）：〈《全宋詞》床帳意象的材質紋飾與作用〉：本文認為「詞之初起，事不出於閨帷、時序」（先著、程洪《詞潔輯評》）的婉約詞，常以女性所居的環境、所用的器物為描繪題材，為床帳意象研究留下量豐質精的第一手材料，成為最重要的研究文獻。以此，本文擬以唐圭璋（1901-1990）編纂、王仲聞（1901-1969）參訂、孔凡禮（1923-2010）補輯的《全宋詞》為考察核心，探討宋代床帳意象的材質紋飾及其作用。五為張雅涵（臺灣師大國文系碩士生）：〈論〈首陽山叔齊變節的〉不可靠敘述〉：作者指出〈首陽山叔齊變節〉轉化「古之賢人」伯夷、叔齊的歷史形象，造成了小說的「不可靠敘述」，給讀者留下曖昧難解的空間。本文將採用西方敘事學理論作為輔助，重新回歸文本脈絡，探討敘述者的轉述語；並站在辭章學角度考察人物描繪與故事結構轉折之間的關係，重新釐清敘述者的態度，進而解讀敘述者的言外之意。六為陳秀絨（臺北市立大學中國語文學系博士生）：〈淺析王夫之《薑齋詩話》中的詩教觀〉，本文試以王夫之《薑齋詩話》研究為範疇，透過文獻法進行研究，淺析其詩教觀點並探究其寓意，期能會通其「溫柔敦厚」、「興觀群怨」的詩教觀點及影響，以提供學校教師作為教學之參考。

　　一般說來，辭章是結合「形象思維」、「邏輯思維」與「綜合思維」而形成的。這三種思維，各有所主。如果是將一篇辭章所要表達之「情」或「理」，訴諸各種偏於主觀之聯想、想像，和所選取之

「景（物）」或「事」接合在一起，或者是專就個別之「情」、「理」、「景」（物）、「事」等材料本身設計其表現技巧的，皆屬「形象思維」；這涉及了、「取材」與「措詞」等問題，而主要以此為研究對象的，就是意象學、詞彙學與修辭學等。如果是專就「景（物）」或「事」等各種材料，對應於自然規律，結合「情」與「理」，訴諸偏於客觀之聯想、想像，按秩序、變化、聯貫與統一之原則，前後加以安排、佈置，以成條理的，皆屬「邏輯思維」；這涉及了「運材」、「布局」與「構詞」等問題，而主要以此為研究對象的，就字句言，即文（語）法學；就篇章言，就是章法學。至於合「形象思維」與「邏輯思維」而為一，探討其整個體性的，則為「綜合思維」，這涉及了「立意」、「確立體性」等問題，而主要以此為研究對象的，為主題學、文體學、風格學、美學等。而以此整體或個別為對象加以研究的，則統稱為辭章學或文章學。

它們的關係如結合讀寫，可以呈現如下列簡圖：

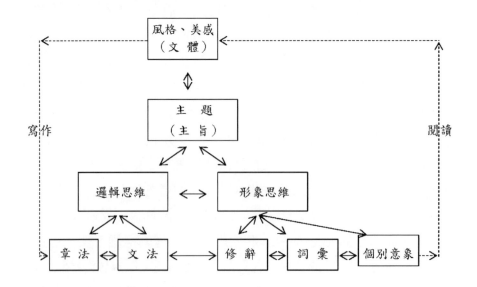

可見辭章的內涵，對應於學科領域而言，主要含意象學（狹義）、詞彙學、修辭學、文（語）法學、章法學、主題學、文體學、風格學、美學……等。

以此辭章學之內涵來看待上列十一篇論文，雖每一篇都難免互有牽扯，往往「綜合」中有「邏輯」或「形象」；「邏輯」或「形象」中有「綜合」：「邏輯」中有「形象」、「形象」中有「邏輯」。不過，從各篇所論述之重心而言，則陳滿銘與蘇心一的論文，比較偏重於「綜合」；陳佳君與陳添球的論文，比較偏重於「邏輯」；而其他篇就比較偏重於「形象」。

除此十一篇之外，另有林淑雲（臺灣師大國文系副教授）的〈文學文本的互文性——以陶淵明〈桃花源記〉、王維和王安石〈桃源行〉為主的觀察〉、張晏瑞（臺北市立大學中國語文學系博士生）的〈論《國文天地》與章法學研究之發展〉、吳瑾瑋（臺灣師範大學國文學系副教授）的〈《聖經》官話譯本《傳道書》的語言風格差異分析〉與張春榮（國立台北教育大學語創系教授）的〈國小修辭教學——以2009年教育部六辭格為例〉，可惜因個人考量，另有安排，所以，本十二輯的論文審查通過率為百分之七十三，這顯示了我們是更需作持續之努力的。

本次座談會之所以能推動成功，有賴於大家的支持與鼓勵。尤其長年幫忙擔任召集人或特約討論的專家學者，如擔任本次兩場座談召集人的賴明德、張春榮兩位教授與參與座談討論的莊雅州、王偉勇、陳弘治、林礽乾、傅武光、胡其德、陳宣瑜……等教授和高中教師楊曉菁、邱瓊薇、楊雅貴，他（她）們的情意與熱忱，令人感動。在此，謹代表章法學會與萬卷樓圖書有限公司，向他（她）們致上至高的敬意與謝意。

而本論叢得以順利付梓，必須感謝萬卷樓圖書有限公司副總經理

張晏瑞先生之策畫，編輯邱詩倫、陳若棻、林以邠三位小姐的排版與林秋芬小姐之校對。惟時間過於倉促，疏漏必然難免，期望各界不吝指正！

中華民國章法學會　理事長　陳滿銘
萬卷樓圖書股份有限公司　總經理　梁錦興　謹序

二〇一八年十一月十八日

目次

「移位→轉位」運動論
——以「完形」審美心理與「辭章」層次邏輯作融貫性探討

陳滿銘

臺灣師大國文系退休教授

摘要

「辭章」是一種重要之藝術作品，本文特由「完形」美學心理中「動⟷靜」與「知覺」或「視知覺」的藝術理論，結合「辭章」中形成「0一二多」系統之「層次邏輯」，使得「辭章」中的「篇章結構」產生「移位→轉位」運動作用，以見感性之「審美心理」與理性之「層次邏輯」相互融合之奧妙於一斑。

關鍵詞：「移位→轉位」運動、「完形」美學心理、「0一二多」系統、「辭章」、層次邏輯

一 前言

　　大自然萬事萬物層層「轉化」的雙螺旋運動，主要在「陰陽」由對待而互動之持續作用下，以「秩序」（移位）、「變化」（轉位）、「聯貫」（對比、調和）與「統一」（包孕）之四大規律予以規範，而形成「○一二多」的陰陽雙螺旋層次邏輯系統。[1]其中「移位」與「轉位」，一直以為都可單獨存在，因為兩者如落實於「藝術」作品中之「辭章」作其「篇章結構」分析，卻非所有「篇章」皆可以同時呈現「移位」與「轉位」，似乎「移位」即可單獨組織存篇。而其實「轉位」，乃由順、逆「移位」之交互作用所形成，也就是說：在正常的「轉化」運動中，「移位」與「轉位」是二而一的；亦即「轉位」必由「移位」、「移位」必成「轉位」。為此，本文特先援引《周易》與《老子》論其原理，然後落實於「藝術心理」層面，借格式塔理論（Gestalt Theory）中之「動靜」試驗作橋梁，結合它與「層次邏輯」，舉「辭章」中之「篇章結構」，統合於「○一二多」的陰陽雙螺旋層次邏輯系統，舉例略作說明，以呈現「移位→轉位」運動的奧妙與其重要性。

二 「移位→轉位」運動之原理

　　「移位」所以向「轉位」運動，乃出自於「陰陽」（剛柔）之持續作用。為此，特歸本於《周易》與《老子》說明其原理：

　　《周易》〈繫辭上〉說：「剛柔相推而生變化。」而宋胡瑗《周易

1　陳滿銘：《陰陽雙螺旋互動論——以「○一二多」層次邏輯系統作通貫觀察》（臺北市：萬卷樓圖書公司，2016年7月初版），頁1-374。

口義》釋云:「夫天地既判,剛柔二氣互相推盪,以成變化。如乾之初九交於坤之初六,其卦為震。」所以陽推陰,陰極而變為陽;柔推剛,則剛又化為柔。陰陽相推,剛柔相盪,相推相盪則變,變則化,而生發種種的運動變化;然後在運動變化的歷程中,形成「移位」向「轉位」運動的現象。茲分兩層概述如下:

(一)微觀面

「陰陽」兩種動力在對待往來中起伏消息、迭相推盪而產生「移位」,因為事物發展是統一物分裂為兩相對待,而相互作用的過程。關於對待面的相互作用,《易傳》中以相互推移(剛柔相推)、相互摩擦(剛柔相摩)、與相互衝擊(八卦相盪)等各種表現形式[2],為順向「移位」、逆向「移位」與由「順」而「逆」之「轉位」,提出了最精微的論證。

而乾、坤兩卦,作為天地陰陽的雙螺旋統一體,以六爻的變化,反映其發展過程。從〈乾〉、〈坤〉各側面,通過六爻之發展變化,可以揭示出「陰陽」如何向對待面轉化、推移。先看〈乾卦〉六爻的變化:

> 初九,潛龍勿用。
> 〈象〉曰:潛龍勿用,陽在下也。
> 九二,見龍在田,利見大人。
> 〈象〉曰:見龍在田,德施普也。
> 九三,君子終日乾乾,夕惕若,屬無咎。
> 〈象〉曰:終日乾乾,反復道也。

---

2 參見馮友蘭:《中國哲學史新編》(臺北市:藍燈文化公司,1991年12月初版),二,頁376。

九四，或躍在淵，無咎。

〈象〉曰：或躍在淵，進無咎也。

九五，飛龍在天，利見大人。

〈象〉曰：飛龍在天，大人造也。

上九，亢龍有悔。

〈象〉曰：亢龍有悔，盈不可久也。

《周易》講爻的變化，常依爻在卦中的「位」來解釋。「位」是空間，有上下，有內外，有陰陽。爻位由下而上，依序排列，而有初、二、三、四、五、上等不同稱謂。它是一個發展的序列，每一個「位」，即代表事物發展的每一個階段。因此，爻位的變換可以導致卦的變化，爻位的升降也同時象徵著事物的發展。[3]因此，「卦象」含蘊著一個上升的發展（移位）過程與「物極必反」（轉位）的思想。

故〈乾卦〉，由初九的「潛龍，勿用」，移向九二的「見龍在田，利見大人」，移向九三的「君子終日乾乾，夕惕若。厲，無咎」，再移向九四的「或躍在淵，無咎」，復移向九五的「飛龍在天，利見大人」，形成一連串的順向「移位」。上九，則因已到達了極限、頂點，會由吉變凶，漸次形成逆向「移位」，開始向對待面轉化，造成另一種規律：「轉位」，故說是「亢龍有悔」了。

再看〈坤卦〉六爻的變化：

初六，履霜，堅冰至。〈象〉曰：「履霜堅冰」，陰始凝也。
馴致其道，至堅冰也。

六二，直方大，不習無不利。

〈象〉曰：六二之動，直以方也。「不習無不利」，地道光也。

---

3 戴璉璋以為在《象傳》中所見的「爻位」觀念，大致可區分為：上中下位、剛柔位、同位、反轉位、比鄰位、內外位等六種。見《易傳之形成及其思想》（臺北市：文津出版社，1989年6月臺灣初版），頁80-86。

六三，含章可貞，或從王事，無成有終。

〈象〉曰：「含章可貞」，以時發也。「或從王事」，知光大也。

六四，括囊，無咎無譽。

〈象〉曰：「括囊無咎」，慎不害也。

六五，黃裳元吉。

〈象〉曰：「黃裳元吉」，文在中也。

上六，龍戰于野，其血玄黃。

〈象〉曰：「龍戰于野」，其道窮也。

〈坤卦〉由初六的「陰始凝」、六二的「動」與「直」、六三的待時而後動、六四的慎審無咎，發展到第五爻「文在中」，「陰」之勢力已很強盛，坤陰之中已參雜著乾陽而成文采，造成一連串的順向「移位」。上六的「龍戰于野」是說「陰」與「陽」的爭戰是發生在一卦終了的上爻，「其道窮」又恰與乾上九「盈不可久」緊緊呼應，指明〈乾〉、〈坤〉兩卦由初爻「陰陽」結成統一體，發展到上爻終了，實已到達窮盡之地，漸次轉為逆向「移位」，而形成「轉位」。

六爻之所以能用以模擬事物的運動變化，是因「六位」能體現「道」的「陰陽」對立統一之規律性。連斗山《周易辨畫》卷三十七解釋：

> 獨而無對，天不生，地亦不成，人亦混而不分。必須兼三才而兩之，天地人各有一陰一陽，然後遂始全而不偏，故《易》於三畫卦重而為六也。

「六位」原則一確立，整個自然界與人類社會的基本規律全都反映出來了，故《說卦傳》將其概括為「分陰分陽」，「六位而成章」，正因「六位」、「六爻」體現著事物在一定規律支配下的發展運動過程，從

時間性上可畫分為潛在的與暴露出來兩大階段，以一卦的卦象去體現，它的動變化即可以清楚瞭解與掌握。[4]因此，內外卦之間可以相互往來升降，六個爻畫之間也可以相互往來升降；通過這種往來升降的相互作用，就產生了種種的變化和運動，而產生一連串的順向「移位」與逆向「移位」，形成「轉位」。

　　而在《老子》一書中，也可以找到諸多相應的說法。《老子》一書以「反」字為中心，所謂「反者道之動」（第四十章），它就這樣構建起他對立面相互依賴、相互轉化的思想。認為天地萬物的產生、運動與變化，不是來自外力的推動，是內動力的驅使。由於「萬物將自化」的「反」之作用，在運動、變化中，使對待雙方相反而相成，恆各向其對立面轉化。[5]

　　惟「反」為道之動，故「禍兮福之所倚，福兮禍之所伏」、「正復為奇，善復為妖」（第五十八章）。惟其如此，故「曲則全，枉則直，漥則盈，敝則新，少則得，多則惑」（第二十二章）。惟其如此，故「飄風不終朝，驟雨不終日」（第二十三章）。惟其如此，故「以道佐人主者，不以兵強天下，其示好還」（第三十章）。惟其如此，故「天之道其猶張弓與，高者抑之，下者舉之；有餘者損之，不足者補之」（第七十七章）。惟其如此，故「天下之至柔，馳騁天下之至堅」（第四十三章）、「天下莫柔弱於水，而攻堅，強者莫之能勝」（第七十八章）。惟其如此，故「物或損而益之，或益之而損」（第四十二章）。馮友蘭以為「凡此皆事物變化自然之通則，老子特發現而敘述之，並非故為奇論異說」。[6]

4　參見徐志銳：《周易陰陽八卦說解》（臺北市：里仁書局，2000年3月，初版4刷），頁60-73。

5　參見姜國柱：《中國歷代思想史・先秦卷》（臺北市：文津出版社，1993年12月，初版1刷），頁60。

6　見馮友蘭：《馮友蘭選集》（北京市：北京大學出版社，2000年7月，1版1刷），上，頁88。

因事物發展至極點：順，必一變而為其反面：逆。故在向其對待面轉化的階段過程中，「有無」可以「相生」，「難易」可以「相成」，「長短」可以「相較」，「高下」可以相傾，「音聲」可以相和，「前後」可以「相隨」，相反而相成，相轉而相生[7]；故產生了由「美」而「惡」或「惡」而「美」、由「善」而「不善」或由「不善」而「善」、由「有」而「無」或由「無」而「有」、由「難」而「易」或「易」而「難」、由「長」而「短」或由「短」而「長」、由「上」而「下」或由「下」而「上」、由「前」而「後」或由「後」而「前」……等等的順向或逆向「移位」。這都是由於「反」的作用，使一方向另一方推移產生「移位」，而形成「轉位」的緣故。[8]

總而言之，事物之所以能不斷地運動變化而產生「移位」形成「轉位」，是由於「陰陽」兩種對立趨勢的相互作用，促使事物運動不息，轉化不止。

（二）宏觀面

由於剛性質的「力」與柔性質的「力」相摩，使「陰陽」相索，八卦相盪，觸類以長，終合成《周易》六十四卦物物對待、事事交感的旁通系統。[9]如上文所提，作為天地陰陽雙螺旋統一體的〈乾〉、〈坤〉兩卦，以六爻的變化，反映一序列的變化發展過程，產生了

7　「相生」，為「順向移位」；「相轉」，為「逆向移位」；這是就階段性歷程而言。若合整個歷程來看，則是一個大「轉位」。

8　方立天引用恩格斯（Fnednch Engels; 1820-1895）的說法來解釋「運動」：「簡單的機械的位移之所以能夠實現，也只是因為物體在同一瞬間既在一個地方又在另一個地方，既在同一個地方又不在同一個地方。這種矛盾的連續產生和同時解決，正好就是運動。」見《中國古代問題發展史》（臺北市：洪葉文化事業有限公司，1995年4月，初版1刷），頁183。

9　「旁通」，形成了異類相應，也形成了位移。見曾春海：《儒家哲學論集》（臺北市：文津出版社，1989年5月出版），頁438。

「移位」現象。若再按「陰陽」的兩個側面來看，〈乾〉主「統」，居於剛健主導的地位；〈坤〉主「承」，居於含容順從的地位。通過六爻運動變化的展開，又可以揭示出「陰陽」如何漸次向對立方轉化而互相「移位」、形成「轉位」的歷程。

《周易》六十四卦，每卦設六個爻位。唯有〈乾〉、〈坤〉二卦，於六爻之上，又特設「用九」、「用六」，用來論述「陰陽」向對立面互相「轉位」之理。如〈乾〉卦：

用九，見群龍無首，吉。〔爻辭〕
〈象〉曰：用九，天德不可為首也。

又如〈坤〉卦：

用六，利永貞。
〈象〉曰：用六「永貞」，以大終也。

乾陽發展到上九，已成「亢龍」而「盈不可久」。只有發揮九變六的作用[10]，才可「見群龍无首」。[11]因為數變，爻必變；爻變，卦亦變。

---

10 徐志銳：「客觀事物發展變化的規律，凡處於少壯時期的東西，都是向上繼續發展，到了老朽時期則走向衰亡。由少變老，是量變過程；老一變則衰亡，是質變過程。用七、八、九、六這四個數來模擬這一發展變化規律，於是規定七為少陽，八為少陰，陽進而陰退。陽進則七之少陽可進為九之老陽，所以凡得七、九之奇數都畫陽爻。陰退則八之少陰可退為六之老陰，所以凡得八、六之偶數都畫陰爻。七進為九，由少陽變為老陽，是量變過程，陽剛的性質並沒有改變，因而都用（—）的符號。八退為六，由少陰變為老陰，也是量變過程，陰柔的性質未改變，因而都用（--）的符號。由於性質未改變，七、八這兩個數，就叫做不變數。九、六則就叫做變數。物衰則老，老則變。九為老陽，六為老陰，衰老則發生質變，所以九、六可互變。九變六，是由陽而變為陰；六變九，是由陰而變為陽。命用九、六而不用七、八，以此表明陰陽剛柔在一定條件下都可以發生對立轉化，這就叫做以變動

六爻的六個九變成六個六，〈乾卦〉就變成了〈坤卦〉。與此同時，〈坤卦〉則變成了〈乾卦〉。因〈乾〉、〈坤〉互調其位，故〈乾卦〉「六龍」仍能繼續存在，故言「見群龍无首」。因此，「天德不可為首」，天道循環沒有終了之時。

因為「用九」而發揮九變六的作用，〈乾卦〉變成了〈坤卦〉；同時，〈坤卦〉又變成了〈乾卦〉，則出現了「群龍無所終」，天道運行自是無終無了。這即是九、六互變，「陰陽」對轉，〈乾〉、〈坤〉易位的內在思想邏輯關係。而且，乾陽就在由初九→九二→九三→九四→九五，一序列的順向「移位」中，漸次向對立面轉化；然後九六互變，在整個變動歷程中，完成了「轉位」。於是「陰陽」對轉，〈乾〉、〈坤〉易位，〈乾卦〉就變成了〈坤卦〉。

再看〈坤卦〉的「用六」。六之大用，在於可變為九。〈坤卦〉六爻的六個六皆變為九，〈坤卦〉變成了〈乾卦〉，所以「利永貞」。由於〈乾卦〉就變成了〈坤卦〉兩卦發展到上爻，〈乾〉為「亢龍」而「盈不可久」，〈坤〉又與「龍戰」而「其道窮」。因此，對立統一體既不正固，又不能長久。唯有「用六」發揮六變九的作用，六、九互變，〈乾〉變〈坤〉，〈坤〉變〈乾〉，〈乾〉、〈坤〉易位，再重新組成一個對立統一體，才有利於正固而長久。所以《象傳》解釋「用六」爻辭：「『用六永貞』，以大終也」。「以大終」，說的即是「坤卦之終終

為占。為了闡明這一道理，乾、坤兩卦的六爻之上特設『用九』、『用六』兩爻，以發其通例。」見《周易陰陽八卦說解》（臺北市：里仁書局，2000年3月，初版4刷），頁23-24。關於「大衍筮法」，可參見徐志銳：《周易陰陽八卦說解》（臺北市：里仁書局，2000年3月，初版4刷），第二章〈說解著〉一文，頁15-36；以及王新華：《周易繫辭研究》（臺北市：文津出版社，1998年4月，初版1刷）〈演著策之法〉一文，頁142-150。

11 見，現也；首，終也。《象傳》解「見群龍无首」說：「天德不可為首也。」下文有關用九、用六的說明部分，多是參考徐志銳的說法。見《周易陰陽八卦說解》（臺北市：里仁書局，2000年3月，初版4刷），頁127-138。

以乾」。唯有〈坤卦〉之「終終以乾」，才能「群龍無所終」；唯「群龍無所終」，才有利於雙螺旋統一體的正固而長久。而在九、六互變，〈乾〉變〈坤〉，〈坤〉變〈乾〉，再重新組成了一個對立統一體的變動歷程中，也漸次由順向「移位」轉為逆向「移位」，最後完成了〈乾〉、〈坤〉互「轉位」。

《周易》通過〈乾〉、〈坤〉二卦的六爻與用九、用六，論述了「陰陽」的對立轉化，揭示了萬事萬物的存在，其自身都有一個發生、發展、衰亡、與轉化的過程。此一事物的終結，也就是另一事物的開始、發展，形成無限的變化。《繫辭傳》將這一無限變化概括為：「易，窮則變，變則通，通則久」。又說：「天地之大德曰生」、「生生之謂易」。這幾句話，正是《周易》「陰陽」變化學說的總結。

由於「陰陽」相易、生生而一，《周易》發展了一個開放的序列。這一序列正體現在〈乾〉、〈坤〉兩卦的「用九」、「用六」上。因此，「用九」、「用六」並不局限於〈乾〉、〈坤〉兩卦，而是為六十四卦發其通例[12]，然後每一卦位在九、六互變中，均可一一尋出因「移位」而造成「轉位」的變動歷程。

因此，勞思光在論「《易經》中的『宇宙秩序』觀念」時便說：六十四重卦，以〈既濟〉、〈未濟〉二者為終，「既濟」是「完成」之意，「未濟」則指「未完成」。由〈乾〉、〈坤〉開始，描述宇宙生成運動過程，至「既濟」而止；然而，宇宙的生滅變化永不停止，故最後又加一「未濟」，以表宇宙變動過程本身的無窮盡。[13]由〈乾〉、〈坤〉，而至〈既濟〉、〈未濟〉，《序卦》不但說明了由運動變化而形成秩序的無窮盡歷程，也表示了宇宙萬物由六十四卦的位位互移──

---

12 參見徐志銳：《周易陰陽八卦說解》（臺北市：里仁書局，2000年3月，初版4刷），頁127-138。

13 參見勞思光：《新編中國哲學史》（臺北市：三民書局，1984年1月，增訂修版），一，頁85-86。

「大移位」，運動變化到達極點時，即會形成「大反轉」，反本而回復其根，形成另一個循環。這一個大反轉，就是一個「大轉位」。

約言之，由於「陰陽」剛柔的相摩相推，太儀而兩儀，兩儀而四象，四象而八卦，八卦而六十四卦；再由六十四卦的位位互移，運動變化到達極點，形成大反轉，反本而回復其根，使萬物生生而無窮。因此，《周易》講「生生之德」的「生生」，即不絕之意，也深具新陳代謝之意。[14]說明了陰陽變轉，宇宙萬物在一次又一次的由「移位」而形成「轉位」中[15]，循環反復，永無止境。

而《老子》也有相應的說法，所謂「反者道之動」（第四十章），簡要地概括了《老子》「道」的主要內容：在運動中相反相成的對立項相互轉化。[16]換言之，即一切事物的發展都要向它的反面變化，而這種變化即是「道」的運動。「反」的觀念，肯定了對立面轉化是普遍規律，也肯定了事物向自己的反面轉化，合乎規律的變化。[17]因此，《老子》再三申明「相反相成」與「每一事物或性質皆可變至其反面」之理。[18]

而「反」，也包含「反本歸根」、「循環交變」之義。因為萬有變逝無常，唯「道」為「常」：

---

14 參見楊政河：《中國哲學之精髓與創化》（臺北市：文津出版社，1982年5月出版），頁157。

15 唐君毅：「王弼之言初上無位，其理由是：『初上者，體之終始，事之先後也。故位無常分，事無常所，非可以陰陽定也。卑尊有常序，終始無常主』。此言之理趣，是事物之于其始時及終時，不可言有一定的尊卑之位，此所表示者，乃是事物之始生，其位尚定；其終則化為他物，而亦自變其位。」見《中國哲學原論》（臺北市：學生書局，1976年8月，修訂再版），卷2，〈原道篇〉，頁335。

16 參見李澤厚：《中國古代思想史論》（臺北市：三民書局，1996年9月初版），頁93。

17 參見方立天：《中國古代問題發展史》（臺北市：洪葉文化事業有限公司，1995年4月，初版1刷），頁177。

18 參見勞思光：《新編中國哲學史》（臺北市：三民書局，1984年1月，增訂修版），一，頁186。

致虛極，守靜篤，萬物並作，吾以觀復。夫物芸芸，各復歸其根。歸根曰靜，是謂復命；復命曰常，知常曰明。不知常，妄作凶。（第十六章）

有物混成，先天地生，寂兮寥兮，獨立不改，周行而不殆，可以為天下母。吾不知其名，字之曰道，強為之名曰大，大曰逝，逝曰遠，遠曰反」（第二十五章）

常德乃足，復歸於樸。（第二十八章）

萬物運動變化的形式，是一個循環往復的無窮發展過程。但萬變不離其宗，事物都要復歸於自己的根本。變的結果，還是要「復歸其根」。[19]

因為「道」之「動」，既以「反」為原則，週而復始，自化不息，生一，生二，生三，生萬物。發展到極端、窮途，必會發生轉化，這轉化在現象上好像是走向反面，實質上是向更高的境界前進，呈現出否定之否定的螺旋式上升的進程 。[20]於是，萬物再復歸於「道」、復歸於「一」，然後再二再三再萬物。這樣循環的變化，常久而不息，以混成始，亦以混成終。[21]而這一個由「無→有→無」的整個變動歷程[22]，正形成了所謂的「大轉位」。

---

19 參見勞思光：《新編中國哲學史》（臺北市：三民書局，1984年1月，增訂修版），一，頁186。

20 參見陳望衡：《中國古典美學史》（長沙市：湖南教育出版社，1998年8月，1版1刷），頁190；又，羅光：《中國哲學大綱》二次修訂版（臺北市：臺灣商務印書館，1999年11月1刷），頁286-287。

21 唐君毅：「老子之道體為一混成者，其生物即此混成者之開散而為器，遂失其所以為混成。惟賴物生之後，再復命歸根，以歸於無，乃不失其混成，是為天門之開而再闔。故此混成之道之常久，亦惟賴由萬物之終必返於此混成以見。夫然，老子之天道，實以混成始，亦以混成終。」見《中國哲學原論》（臺北市：學生書局，1993年2月，校訂版第2刷），〈導論篇〉，頁417。

22 參見羅光：《中國哲學大綱》二次修訂版（臺北市：臺灣商務印書館，1999年11月1刷），頁283-284。

至於當事物的運動變化，由「難→易→難」或由「易→難→易」、由「長→短→長」或由「短→長→短」、由「高→下→高」或由「下→高→下」、由「音→聲→音」或由「聲→音→聲」、由「前→後→前」或由「後→前→後」……由「直→屈→直」或由「屈→直→屈」、由「巧→拙→巧」或由「拙→巧→拙」、由「辯→訥→辯」或由「訥→辯→訥」等形成變化，講的也都是「轉化」條件。[23]

這樣，一切事物在「反」的作用下，相反又相依，變化到了頂點與極限，便會向對待的一方轉化與發展。由此《老子》得出「物壯則老」、「兵強則滅，木強則折」、「甚愛必大費，多藏必厚亡」，「物極必反」的觀點。而且在整個運動變化的歷程中，由於順向「移位」與逆向「移位」的交互作用，形成了「轉位」。

因此，整個運動變化的歷程，由「陰陽二元」之「移位」向「轉位」變動為基礎所形成。[24]而以單一「移位」與「轉位」而言，單向「移位」只是過渡地造成雙向交互的作用，以形成「轉位」。關於此，下文特落實於藝術研究或表現加以說明。

三 「移位→轉位」運動與「完形」似動實驗

格式塔學派（Gestalt psychology）中研究「美學心理」的代表人為魯道夫・安海姆（Rudolf Arnheim，另譯「阿恩海姆」）。而其「完形論」（Gestaltlehre）之核心觀點，是「異質（同形）同構」與「部分相加不等於整體」。它源自韋特海默（Max Wertheimer, 1880-1943）

---

23 參見張立文：《中國哲學範疇導論》（臺北市：萬卷樓圖書公司，1993年4月，初版1刷），頁245。

24 以上「移位」與「轉位」之論述資料，乃由導生黃淑貞在讀臺灣師大國研所博一時所提供。

的一個實驗：「似動現象」，朱立元、張德興等指出：

> 格式塔心理學……的一個著名原則便是：各種現象都是格式塔
> 現象，整體不等於部分之和。1912年，維臺默（韋特海默）做
> 過一個著名的「似動現象」的實驗。他受到玩具影器的啟發，
> 企圖用「似動現象」來解釋看活動電影時的運動現象。這個實
> 驗表明：在一定的條件下，靜止的各個部分卻能夠產生運動的
> 整體效果。根據這個實驗，他首次提出了「部分相加不等於整
> 體」的基本觀點，從而標誌了柏林格式塔心理學派的誕生。安
> 海姆關於「知覺」的概念遵循了這一基本原則，強調了「知
> 覺」的整體性。[25]

這一實驗的「部分」是「靜」的、「整體」是「動」的，由「靜」而
「動」產生了「整體」之效果，也就是說：「部分」與「整體」之
間，因「由靜而動」，致「部分相加不等於整體」，藉此「強調了『知
覺』的整體性」。而這種「整體性」，就是一切藝術作品的特色。

關於這種「似動現象」，《歷史上的今天》載〈1943年10月21日
（癸未年九月廿三）德國心理學家韋特海默逝世〉中說：

> 格式塔學派是以「似動現象」的實驗起家的。主持這個實驗的
> 是韋特海默，觀察者是克勒和科夫卡。實驗借助於速示器，將
> a、b 兩條發亮的直線先後投射在黑色的背景上。兩條線放映
> 時間的相隔過長，例如2000或200毫秒，觀察者可先見 a 線，
> 後見 b 線，沒有看見運動；時間相隔過短，例如30毫秒，便可

---

25 蔣孔陽、朱立元主編：《西方美學通史》（上海市：上海文藝出版社，1999年11月，
　　第一版），卷6，頁709。

見兩線同時呈現，也沒有看見運動；如果時間相隔介於兩者之間，例如60毫秒，便可見 a 線向 b 線移動，或只看見運動，沒有看見線，這便稱作「似動現象」，與看電影時所見的相同。電影的相片是靜止的，但放映時觀眾卻看見人物形象的活動。[26]

此一「似動現象」，可運用於藝術研究上，據《歷史思潮》載《史地研究雜志方面文獻收集（一）》:〈「格式塔」與音樂審美場〉說:

> 真正將格式塔心理學美學理論具體而系統地運用於藝術研究的，是魯道夫‧阿恩海姆。他從格式塔學派奠基人韋特墨、考夫卡和格勒的理論中吸取了基本方式和原則，在他的《藝術與視知覺》（1954）、《走向藝術心理學》（1966）、《視覺思維》等主要著作中，取得了將格式塔心理學運用於藝術（尤其是視覺藝術）研究的突破性進展，使之形成了在西方美學界具有較大影響的格式塔美學學派。魯道夫‧阿恩海姆是格式塔心理學美學的主要代表。

又說:

> 阿恩海姆採用心理學實驗的方法集中研究了「視知覺」問題，他認為「知覺」，尤其是「視知覺」，對於藝術具有根本的意義，「視知覺」在藝術創作和鑑賞中的規律就成了格式塔心理學美學的研究中心。阿恩海姆的「知覺」概念是建立在一種「力」的式樣的基礎之上的，他借用現代物理學的一些基本概念來分析藝術現象和美學，其中「力」和「場」是運用得最為

---

26 《歷史上的今天》，引自:（http://www.lssdjt.com/d/19431021.htm）。

廣泛的兩個概念，認為心理現象（心理場）與物理現象（物理
場）相類似，有著相同的「動力結構」，由於心理現象與物理
現象具有「同形同構」的關係，人（創造者與鑑賞者）才能對
事物作出「整體」反映，這就是生理歷程與意識歷程在結構形
式方面彼此等同的「同形說」。阿恩海姆在這裡進一步發揮了
考夫卡認為藝術品是一種「格式塔」的觀點，認為藝術作品的
「格式塔」首先表現為包含在一件藝術品中的各種「力」組成
一個「有機整體」，藝術品中存在「力」的結構可以在大腦皮
層中找到「生理力」的心理對應物，這是藝術作品之所以會與
大腦皮層某些區域產生「同構」的原因，即符合格式塔心理學
所推崇的「圖形律」或「完形趨向律」，所以藝術表現性最終
原因也就在於藝術品的「力」的結構與人類情感的結構是「同
構」，在阿恩海姆看來，推動情感的「力」與宇宙普遍的
「力」實際上是同一種「力」（《藝術與視知覺》第625頁）。審
美欣賞使這種結構的「力」得到具體體現，藝術經驗，審美快
感也從中獲得。這種建立在力的結構基礎上的「同形同構」說
是格式塔心理學美學的理論基點。[27]

　　由上述可知格式塔心理學家用「同形同構」或「異質同構」來解
釋「力」。他們認為：審美體驗就是對象的表現性及其「力」的結構
（外在世界：象），與人的神經系統中相同的「力」的結構（內在世
界：意）的同型契合。由於事物表現性的基礎在於「力」的結構，
「所以一塊突兀的峭石、一株搖曳的垂柳、一抹燦爛的夕陽餘暉、一
片飄零的落葉……都可以和人體具有同樣的表現性，在藝術家的眼裡

27　《歷史思潮》，引自：（http://www.rocidea.com/roc-17799.aspx）。

也都具有和人體同樣的表現價值，有時甚至比人體還更有用。」[28]基於此，格式塔學派的代表人魯道夫・安海姆提出了「藝術品的『力』的結構與人類情感的結構是同構」之論點，以為推動我們自己情感活動起來的「力」，與那些作用於整個宇宙的普遍性的「力」，實際上是同一種「力」。他說：

> 我們自己心中生起的「諸力」，只不過是在遍宇宙之內同樣活
> 動的「諸力」之個人的例子罷了。[29]

也就是說：現實世界存在之本質乃一種「力」，它統合著客觀存在之「物理力」與主觀世界的「心理力」，在審美過程中，這種「力」使人類知覺扮演中介的角色，將作品中之「物理力」與人類情感的「心理力」因「同構」而結合為一。

對此，李澤厚在〈審美與形式感〉一文中說：

> 不僅是物質材料（聲、色、形等等）與視聽感官的聯繫，而更
> 重要的是它們與人的運動感官的聯繫。對象（客）與感受
> （主），物質世界和心靈世界實際都處在不斷的運動過程中，
> 即使看來是靜的東西，其實也有動的因素……其中就有一種形
> 式結構上巧妙的對應關係和感染作用……格式塔心理學家則把
> 這種現象歸結為外在世界的力（物理）與內在世界的力（心
> 理）在形式結構上的「同形同構」，或者說是「異質同構」，就
> 是說質料雖異而形式結構相同，它們在大腦中所激起的電脈衝

---

28 蔣孔陽、朱立元主編：《西洋美學通史》（上海市：上海文藝出版社，1999年11月，第一版）卷6，頁714。

29 安海姆著、李長俊譯：《藝術與視知覺心理學》（臺北市：雄師圖書公司，1982年9月再版），頁444。

相同，所以才主客協調，物我同一，外在對象與內在情感合拍一致，從而在相映對的對稱、均衡、節奏、韻律、秩序、和諧……中，產生美感愉快。[30]

而歐陽周、顧建華、宋凡聖等在《美學新編》中也指出：

完形心理學美學依據「場」的概念去解釋「力」的樣式在審美知覺中的形成，並從中引申出了著名的「同形論」或稱為「異質同構」的理論。按照這種理論，他們認為外部事物、藝術樣式、人物的生理活動和心理活動，在結構形式方面，都是相同的，它們都是「力」的作用模式。在安海姆看來，自然物雖有不同的形狀，但都是「物理力作用之後留下的痕跡」。藝術作品雖有不同的形式，卻是運用「內在力量」對「客觀現實」進行再創造的過程。[31]

他們以「動」、「靜」之互動為基礎，連結藝術作品之「創造」與「鑑賞」，將內在「心理力」與外在「物理力」之所以形成、互動、趨於統一，而產生美感的原因、過程與結果，都簡要地交代清楚了。基於此，通過創作者與鑑賞者之「知覺」或「視知覺」，則「靜」一定會向「動」轉化，使得「移位」向「轉位」運動，這是藝術作品之特色，也唯有如此，才合乎大自然萬事萬物的「轉化」規律。

---

30 李澤厚：《李澤厚哲學美學文選》（臺北市：谷風出版社，1987年5月初版），頁503-504。

31 歐陽周、顧建華、宋凡聖等：《美學新編》（杭州市：浙江大學出版社，2001年5月，1版9刷），頁253。安海姆之「同形說」，參見蔣孔陽、朱立元主編：《西方美學通史》（上海市：上海文藝出版社，1999年11月，第一版），卷6，頁715-717。

四 「移位→轉位」運動在辭章藝術中的呈現

「辭章」是一種重要的藝術作品，在此，特結合格式塔理論，聚焦於「動 ⟷ 靜」與審美心理之「知覺」或「視知覺」，使「辭章」中的「篇章結構」產生「移位→轉位」運動。這就像一幅畫中有「飛鳥」、「流水」，畫家正在畫它們時，是「動」的，而畫成後，呈現在畫紙上卻是「靜」的。而一篇「辭章」也如此，作家在創作時，很多景象是「動」的；寫成後，呈現於文稿上的卻是「靜」的。因此，就一篇「辭章」而言，讀者鑑賞它時，即經由審美心理之「知覺」或「視知覺」，使「靜」的變為「動」：而由藝術層面轉為邏輯層面，則產生「移位→轉位」之運動作用。否則很多時候，僅僅用「層次邏輯」加以分析，呈現的只有「移位」或「移位」與「轉位」皆有的狀況。茲酌引古文與唐詩共兩例，統合於「0一二多」的陰陽雙螺旋層次邏輯系統，略加說明如下：

古文如王安石〈讀孟嘗君傳〉：

> 世皆稱孟嘗君能得士，士以故歸之，而卒賴其力，以脫於虎豹之秦。
>
> 嗟呼！孟嘗君特雞鳴狗盜之雄耳，豈足以言得士！不然，擅齊之強，得一士焉，宜可以南面而制秦，尚何取雞鳴狗盜之力哉！雞鳴狗盜之出其門，此士之所以不至也。

這篇翻案文章，是用「先立後破」（上層）的「篇結構」以統合「次」、「底」　兩層「章結構」寫成。

它一開頭就直接以「世皆稱」四句，先立一個案，採「先因後果」（次層）的「章結構」，藉世人之口，對孟嘗君之「能得士」，作一讚美，並從中拈出「卒賴其力，以脫於虎豹之秦」，隱含「雞鳴狗

盜」之意，以作為「質的」，以引出下文之「弓矢」。再以「嗟呼」句
起至末，在此用「實、虛、實」（次層）包孕「先因後果」（底層）的
「章結構」，針對「立」的部分，以「雞鳴狗盜」扣緊「卒賴其力，
以脫於虎豹之秦」，予以攻破。所謂「質的張而弓矢至」，真是一箭而
貫紅心，雖文不滿百字，卻有極強的說服力。

　　附其「層次邏輯」系統表如下：

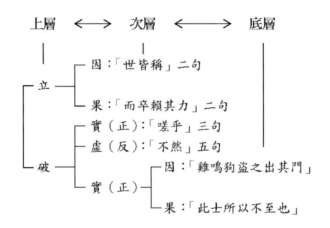

可見此文在「篇」的部分，以「先立後破」的移位性核心結構，形成
對比。但一樣的在對比中卻含有調和的成分，因為就「章」而言，在
「立」的部分，既以「先因後果」的移位結構形成了調和；在「破」
的部分，又先以「實（正）、虛（反）、實（正）」的轉位結構形成對
比，再以「先因後果」的移位結構形成調和。這樣以「對比」、「移
位」為主、「調和」、「轉位」為輔，其節奏（韻律）、風格自然趨於強
烈、陽剛。如此作鑑賞，在基礎性之「層次邏輯」之外，又已加進了
屬於「美學心理」的鑑賞功夫，產生「移位→轉位」之運動作用　。
如此分層結構就可用簡圖表示如下：

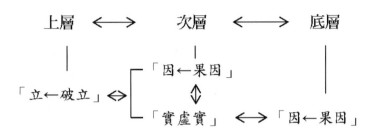

如此對應於「0一二多」而言，則此文以「次」、「底」的兩層所形成之「章結構」與節奏（韻律），形成了「多」；以「上層」所形成之「篇結構」與韻律（節奏），自為陰陽對比，形成了關鍵性之「二」，以徹下徹上；而以孟嘗君「未足以言得士」之主旨與所形成的毗剛風格、韻律，所謂「筆力簡而健」[32]，則形成了「一0」。這篇短文之所以有極強之氣勢與說服力，與這種「邏輯結構」有著密切之關係。

又如袁宏道〈晚遊六橋待月記〉：

> 西湖最盛，為春為月。一日之盛，為朝煙，為夕嵐。
> 今歲春雪甚盛，梅花為寒所勒，與杏桃相次開發，尤為奇觀。
> 石簣數為余言：「傅金吾園中梅，張功甫玉照堂故物也，急往觀之。」余時為桃花所戀，竟不忍去湖上。
> 由斷橋至蘇隄一帶，綠煙紅霧，瀰漫二十餘里。歌吹為風，粉汗為雨，羅紈之盛，多於隄畔之草，艷冶極矣。
> 然杭人遊湖，止午、未、申三時。其實湖光染翠之工，山嵐設色之妙，皆在朝日始出，夕春未下，始極其濃媚。月景尤不可言，花態柳情，山容水意，別是一種趣味。此樂留與山僧遊客受用，安可為俗士道哉！

---

[32] 郭預衡：「全文不過百字，《藝概》引謝疊山所謂『筆力簡而健』者，本文似可當之。」見《中國散文史》（上海市：上海古籍出版社，2000年3月，1版1刷），中，頁485。

此文旨在藉西湖六橋風光之盛來寫待月之樂，用「先凡後目」
（上層）的「篇結構」統合「先酒後暫」與「先賓後主」（次層）、
「先凡後目」兩疊與「賓一與賓二、賓三」與「先景後情」（三層）、
「賓一主」與「賓二賓三」、「先因後果」與「先反後正」（底層）等
「章結構」寫成。

作者首先在起段即以開門見山的方式提明西湖六橋最盛的，著眼
於「久：一年」（次層）是春景（賓一：底層）、是月景（主：底
層）；著眼於「暫：一日」（次層），是朝煙、夕嵐（暫：次層），這是
「凡」（上層）的部分。接著以二、三兩段，透過梅、桃、杏之「相
次開發」與「歌吹」、「羅紈」之盛來具寫春景，這是「目一：賓」
（次層）包孕「賓一」（三層）與「先因後果」（底層）的部分；然後
以末段「然杭人遊湖」等七句，取湖光、山色作陪襯，來具寫朝煙和
夕嵐，這是「目二：賓」（次層）包孕「賓二、三」（三層）與「先反
後正」（底層）的部分，末了以「月景尤不可言」等六句，拿花柳、
山水作點綴，來具寫月景，以帶出「樂」，這是「目三：主」（次層）
包孕「先景後情」（三層）的部分。

這樣以「春」為一軌、「月」為二軌、「朝煙」和「夕嵐」為三
軌，作為一篇綱領，採「先凡後目」的結構來寫，其「邏輯層次」極
為分明，而全文也由此融貫而為一。

附其「層次邏輯」系統表如下：

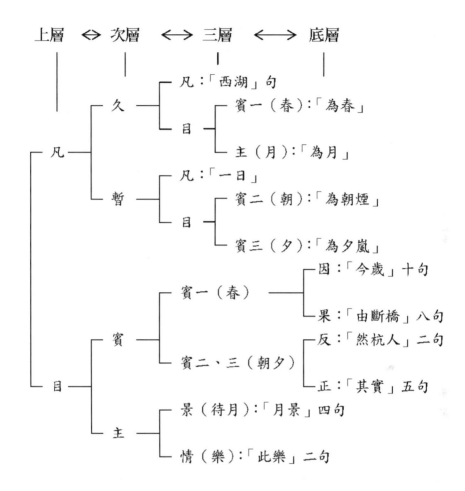

可見此文共用「先凡後目」（三疊）、「先久後暫」（一疊）、「先賓後主」（二疊）、「先景後情」（一疊）、「先因後果」（一疊）、「先反後正」（一疊）與兩疊並列（賓二、三，賓一、二、三）結構形成層層節奏而串聯為一篇之韻律。其中除了「先反後正」呈對比性外，都屬於調和性之移位結構，這對其風格、韻律之趨於「清麗峻快」[33]，是有所

33 王英志：「作者以清麗峻快之筆，描繪出西湖由白堤斷橋至蘇堤六橋一帶春日勝
　景，並顯示出作者獨特的審美情趣。」見陳振鵬、章培恆主編：《古文鑑賞辭典》
　（上海市：上海辭書出版社，1997年4月，1版3刷），下冊，頁1705。

關聯的。如此作鑑賞，在基礎性之「層次邏輯」之外，又已加進了屬於「美學心理」的鑑賞功夫，產生「移位→轉位」之 運動作用 。如此其分層結構就可用簡圖表示如下：

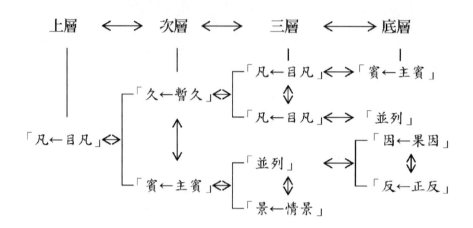

這樣對應於「0一二多」，以上層的「凡目」所形成之「篇結構」，為關鍵性之「二」，以「次」、「三」、「底」等三層的「久暫」、「賓主」、「凡目」、「並列」、「景情」、「因果」、「反正」等所形成之「章結構」，為「多」，而一篇之主旨「待月之樂」與「清麗峻快」之風格、韻律，則為「一0」。而此文之所以有極強之審美力量，與這種「邏輯結構」有著密切之關聯。

唐詩如孟浩然〈宿桐廬江寄廣陵舊遊〉：

> 山暝聽猿愁，滄江急夜流。風鳴兩岸葉，月照一孤舟。建德非吾土，維揚憶舊遊。還將兩行淚，遙寄海西頭。

據詩題，可知此詩為作者乘舟停泊桐廬江畔時所作，旨在抒發自己對揚州（廣陵）友人的懷念之情與自己的身世之感（愁）[34]，是用

---

34 喻守真：「這是旅途中寄給舊友的詩，詩中滿含傷感，想見作者奔波無定、很不得

「先底後圖」（上層）的「篇結構」統合「次」、「三」、「底」等三層「章結構」寫成的。

　　「底（背景）」（上層）的部分，為「山暝」三句，採「遠、近、遠」（次層） 的「章結構」， 一面就視覺，將空間推擴，呈現了黃昏時的山色、江流與岸樹；一面又訴諸聽覺，依序寫山上猿啼、江中急流、風吹岸樹的幾種聲音；把作者在舟上所面對的空間，蒙上一片「愁」的況味，為底下「孤舟」上主人翁（作者）的抒情，作有力的烘托，十足地發揮了「底」（背景）的作用。而「圖（焦點）」 （上層）的部分，則為「月照」五句，用「先點後染」（次層）包孕「先賓後主」（三層）與「先泛後具」（底層）的「章結構」依序而寫。其中「孤舟」句，經由「月」之照，將焦點集中在「孤舟」上的作者身上，作為抒發懷念之情的落足點，為「點」（次層）的部分。「建德」二句，指此地（桐廬）不是自己的故鄉（賓：三層），以加強對揚州舊遊的懷念（主：三層），所謂「雖信美而非吾土兮，曾何足以少留」（王粲〈登樓賦〉），使「愁」又加深一層；而「還將」二句，則「由泛而具」（底層），透過凝想，將自己的眼淚遠寄到揚州，大力地深化對揚州舊友的思念之情（愁）；這是「染」（次層）的部分。作者就這樣，主要以「先底後圖」（篇）和「先點後染」、「先賓後主」、「先泛後具」（章）的結構來寫，寫得「旅況寥落」、「情深語摯」[35]，極為動人。

　　附其「層次邏輯」系統表如下：

意的情況。」見《唐詩三百首詳析》（臺北市：臺灣中華書局，1996年4月，臺23版5刷），頁161。

35 見高步瀛選注：《唐宋詩舉要》（臺北市：學海出版社，1973年2月初版），頁438-439。

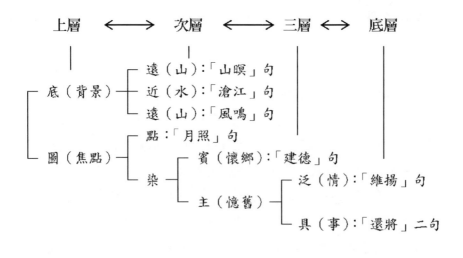

可見此詩，除了用一個「遠、近、遠」的轉位結構外，主要用了「先底後圖」、「先點後染」、「先賓後主」、「先泛後具」等移位結構。也就是說，「秩序」（移位）中雖有「變化」（轉位），但還是以「秩序」（移位）為主，而且全部都是屬於調和性的結構，這對懷舊之情，是有深化作用的。如此作鑑賞，在基礎性之「層次邏輯」之外，又已加進了屬於「美學心理」的鑑賞功夫，產生「移位→轉位」之運動作用。如此其分層結構就可用簡圖表示如下：其分層簡圖如下：

這些，如對應於「0一二多」，則以「泛具」、「遠近」、「賓主」、「點染」等各一疊所形成之「章結構」與節奏（韻律）為「多」、以「圖底」所形成之「篇結構」為關鍵性之「二」，即核心結構，藉以徹下

徹上；而以懷舊（含思鄉）之情、「清而不寒」[36]之風格與其所串成之一篇韻律，為「一0」。而此詩之所以有如此強大之審美力量，與這種「邏輯結構」是有著密切關係的。

又如王維〈輞川閑居贈裴秀才迪〉：

> 寒山轉蒼翠，秋水日潺湲。倚杖柴門外，臨風聽暮蟬。渡頭餘落日，墟里上孤煙。復值接輿醉，狂歌五柳前。

此詩乃作者與裴迪秀才相酬為樂之作。在一特定時空之下，作者藉自然景物與人物形象之刻劃，以寫自己閒適之情，是用「由先而後」（上層）的「篇結構」統合「次」、「底」兩層「章結構」寫成的。

它直接就「先」（上層），採「由天而人」（次層）包孕「先高後低」與「先視後聽」（底層）的「章結構」，在首、頸兩聯，具體描繪了「輞川」附近的水陸秋景與暮色，勾勒出一幅有色彩、音響和動靜的和諧畫面。然後就「後」（上層）採「由天而人」（次層）包孕「先低後高」與「先視後聽」（底層）的「章結構」，在領、末兩聯，於一派悠閒之自然圖案中，很生動地嵌入了作者自己倚杖聽蟬，和裴迪狂歌而至的人事景象；使兩者相映成趣，而形成了物我一體的藝術境界。李浩說此詩「全詩具有時間的特指〔『落日』時分〕和空間位置的具體固定，通過『〔柴門〕外』、『〔渡〕頭』、『〔墟〕里』、『〔五柳〕前』等方位名詞，勾勒出景物的相互位置關係，景物具有空間開發性，既活潑無礙，又彼此依存，是構成整個畫面諧調的一個部分。讀這樣的詩，應該在一個時間的片刻裡從空間上去理解作品，把握詩人

---

36 沈家莊：「作品伊始，詩人便將自己與客觀景物水乳般交融在一起，一點也不顯得生硬，且顯出一種境界開豁、情緒清寂的美學效果。難怪清人沈德潛說：『孟公詩高於起調，故清而不寒。』（《唐詩別裁》〈孟詩評〉）」見袁行霈：《歷代名篇賞析集成》（北京市：中國文聯出版公司，1988年12月，1版1刷），上，頁618。

用最高的藝術手腕所凝定下來的富有包孕性的瞬間印象」^{37}，這種體會十分深刻。

　　附其「層次邏輯」系統表如下：

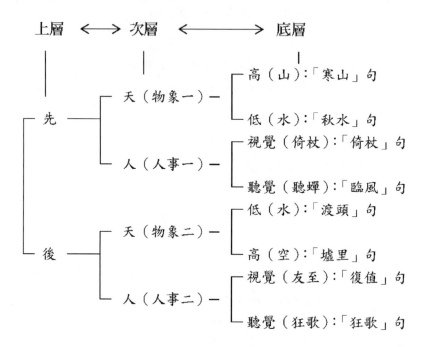

可見此詩主要以「今（後）昔（先）」、「天（物象）人（人事）」、「遠近」、「高低」與「知覺（視、聽）轉換」等章法，形成其移位結構，以「調和」全詩。其中除「今昔」之外，又將「天人」、「高低」、「知覺轉換」組成雙疊的形式，以增添其節奏流轉之美；尤其是天與人對照，將空間拓大，又擴展了氣象；這些都強化了作者閒逸之趣。作如此之鑑賞，在基礎性之「層次邏輯」之外，又已加進了屬於「美學心理」的鑑賞功夫，產生「移位→轉位」之運動作用。如此其分層結構就可用簡圖表示如下：

37　見李浩：《唐詩的美學闡釋》（合肥市：安徽大學出版社，2000年4月，1版1刷），頁255。

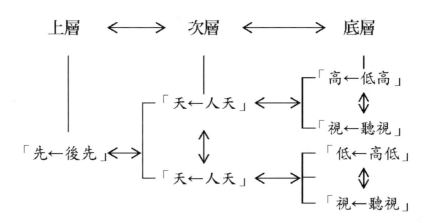

如此對應於「0一二多」，則以「遠近」、「高低」（二疊）與「知覺（視、聽）轉換」（二疊）等章法所形成之移位性「章結構」與節奏（韻律），算是「多」；以二疊「天人」（含「今（後）昔（先）」）自為陰陽所形成之移位性「篇結構」與節奏（韻律），以徹下徹上，算是關鍵性之「二」；以「閒適之趣」之主旨與所形成之飄逸風格、韻律，算是「一0」。高步瀛說此詩「自然流轉，而氣象又極闊大」，道出了本詩的特色。而這樣產生的「審美力量」，與這種「邏輯結構」顯然有著密切之關係。

可見由此凸顯「完形論」的「審美心理」與「0一二多」陰陽雙螺旋系統之「層次邏輯」有融通的關係，是很明顯的。[38]

五　綜合檢討

四十多年以來，個人研究「層次邏輯」，都將「四大規律」中之「移位」（秩序）與「轉位」（變化）視為「互動」，於是用「層次邏

---

38 參見陳滿銘：〈「完形論」的「88」陰陽雙螺旋系統〉，《國文天地‧學術論壇》第33卷第8期（2018年1月），頁107-125。

輯」分析「辭章」的「篇章」時，有的「篇章」確實會同時出現「移位」（秩序）與「轉位」（變化），但是有許多「篇章」卻只有「移位」（秩序），而不見「轉位」（變化）。於是以為有的「篇章」是可以沒有「轉位」（變化）的，這可說是蠻大之疏漏，不得不由本文作一彌補。

而這種疏漏，都一直出現在個人所有的相關論文與專著裡，為節省篇幅，特以今（2018）年四月所出版的一種專著《88陰陽雙螺旋系統之建構》[39]為範圍，擇要作調整，以見一斑。

先看第一章緒論，一開頭就說：

> 「章法學」又稱「陰陽雙螺旋層次邏輯學」，研究的是深藏於宇宙人生「萬事萬物」之間，以「陰陽二元」之「對待←→互動」為基礎，在其不斷作用下，經「移位」（秩序）或「轉位」（變化）、「聯貫」（對比、調和：徹下、徹上）與「統一」（包孕：下徹），產生「互動、循環、往復而提高」之「轉化」運動，而構成「0一二多」的「陰陽雙螺旋層次邏輯體系」，以呈現其層層「以大（大宇宙）包小（小宇宙）」之適應性與普遍性。

其中「移位」（秩序）或「轉位」（變化）應調整為：「移位（秩序）→轉位（變化）」。

其次看第二章，在論「0一二多」時，舉單層在「轉化四律」融貫下的「0一二多雙螺旋層次邏輯結構圖」為[40]：

39 陳滿銘：《「88」陰陽雙螺旋系統之建構——以科學、哲學與神學作通貫性探討》（臺北市：萬卷樓圖書公司，2018年4月，1版1刷），頁1。

40 陳滿銘：《「88」陰陽雙螺旋系統之建構——以科學、哲學與神學作通貫性探討》（臺北市：萬卷樓圖書公司，2018年4月，1版1刷），頁72。

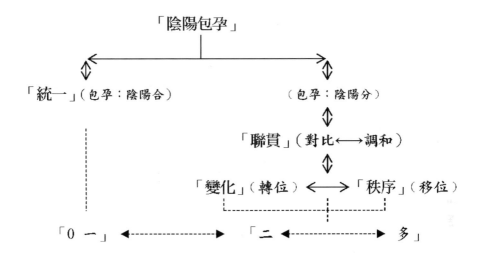

應調整為

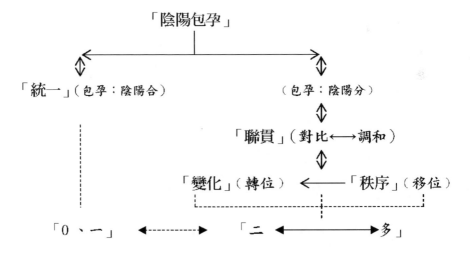

又舉單層「DNA」在「轉化四律」融貫下的「陰陽雙螺旋層次邏輯結構圖」[41]為：

---

41 陳滿銘：《「88」陰陽雙螺旋系統之建構——以科學、哲學與神學作通貫性探討》（臺北市：萬卷樓圖書公司，2018年4月，1版1刷），頁85。

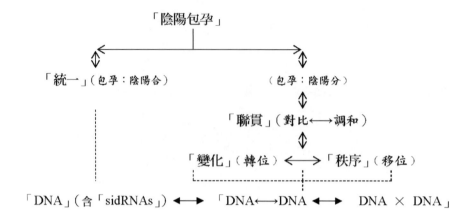

應調整為：

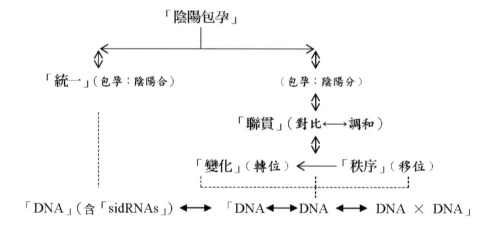

又舉單層「『S、ᘔ』、『8』、『8⟷8』、『88⟷88』」在「轉化四律」融貫下的「**88**陰陽雙螺旋層次邏輯結構圖」[42]為：

42 陳滿銘：《「88」陰陽雙螺旋系統之建構——以科學、哲學與神學作通貫性探討》（臺北市：萬卷樓圖書公司，2018年4月，1版1刷），頁88。

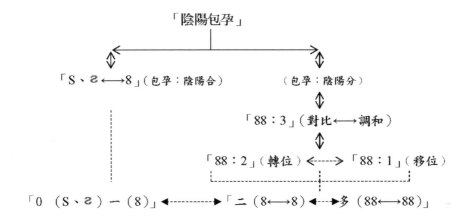

應調整為：

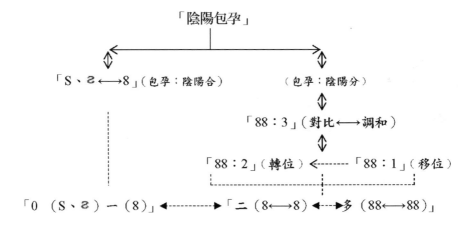

　　然後看第三章，在論篇章剛柔成分之量化時[43]，指出：在中國涉及此「剛」與「柔」的特性來談風格，而又強調用它們來概括各種風格的，首推清姚鼐的〈復魯絜非書〉……而周振甫在《文學風格例話》中對它作了如下闡釋：

---

43 陳滿銘：《「88」陰陽雙螺旋系統之建構——以科學、哲學與神學作通貫性探討》（臺北市：萬卷樓圖書公司，2018年4月，1版1刷），頁126-145。

在這裡，姚鼐把各種不同風格的稱謂，作了高度的概括，概括
為陽剛、陰柔兩大類。像雄渾、勁健、豪放、壯麗等都歸入陽
剛類，含蓄、委曲、淡雅、高遠、飄逸等都可歸入陰柔
類。……陽剛陰柔可以混雜，在混雜中，陰陽之氣可以有的多
有的少，有的消有的長，這就造成風格的各種變化。

可見風格之多樣，是由「剛」與「柔」的「多寡進絀」（多少、消
長）而形成的，因此多樣的風格，可以概括為陽剛、陰柔兩大類，以
其「剛」與「柔」之「多寡進絀」（多少、消長）而形成不同的風格。

而這種涉及「風格」之剛柔，其強度：「勢」（張力[44]），如就「章
法」（陰陽雙螺旋層次邏輯）而言， 則當受到下列幾個因素的影響：

（一）章法本身的陰柔、陽剛屬性，如「近」為陰柔、「遠」
　　　為陽剛，「正」為陰柔、「反」為陽為剛，「凡」為陰
　　　柔、「目」為陽剛。

（二）章法結構的調和、對比屬性，如淺與深、賓與主、凡與
　　　目等形成調和，而正與反、抑與揚、立與破等則形成對
　　　比。

（三）章法結構之變化，如「移位」之「順」、「逆」與「轉位」
　　　之「抝」。其中「順」屬原型，「逆」與「抝」屬變型。

（四）章法結構由「包孕」所形成之層級，如底層、次層、三
　　　層、四層……等。

（五）章法「0一二多」的核心結構。

---

44 李浩：「所謂的『勢』就是作品有限的形象向外輻射出的審美光束，亦即作品意境
　產生的張力。」見《唐詩的美學闡釋》（合肥市：安徽大學出版社，2000年4月，1
　版1刷），頁26。

以上幾個因素，對於「陰陽（剛柔）」之「勢」之「消長」影響極大，
而這所謂的「勢」，可用涂光社在《因動成勢》中的說法來說明：

> 「勢」有「順」有「逆」。「順」指其運動方式和取向與審美主
> 體的心理傾向或思維習慣協調一致，能使欣賞者有意氣宏深盛
> 壯、淋漓暢快的感受；「逆」則是其運動方式和取向與審美主
> 體的心理傾向或思維習慣相抵觸、相違背，於是波瀾陡起，衝
> 突、騷動和搏擊成為心態的主導方面。[45]

準此以觀，「順勢」較渾成暢快，「逆勢」較激盪騷動；「扐勢」則自
然地，比起順、逆來，更為渾成暢快、激盪騷動。而這些「勢」的本
身，雖然也有其陰陽（以弱、小者為陰、強、大者為陽），卻不能藉
以確定章法結構之「陰」、「陽」，是完全要看結構內之運動而定的如
結構是向「陰」而動，則加強的是陰柔之「勢」；如「結構」是向
「陽」而動，則加強的是陽剛之「勢」了。

　　如果這種看法或推測正確，則可根據以上所述幾種因素所形成的
「勢」之大小強弱，約略地推算出一物一事之剛柔成分之比例來。如
落於「辭章」來說　，大抵可據上述因素加以推定：

（一）除判其陰陽外，以起始者取「勢」之數為「1」（倍）、
　　　終末者取「勢」之數為「2」（倍）。

（二）將「調和」者取「勢」數為「1」（倍）、「對比」者取
　　　「勢」之數為「2」（倍）。

（三）將「順」之「移位」取「勢」之數為「1」（倍）、「逆」

---

45 參見陳滿銘：《「88」陰陽雙螺旋系統之建構——以科學、哲學與神學做通貫性探
　　討》（臺北市：萬卷樓圖書公司，2018年4月，1版1刷），頁128。

之「移位」取「勢」之數為「2」（倍）、「轉位」之「拗」取「勢」之數為「3」（倍）；而「拗」向「陽」者取「勢」之數為「1」（倍）、「拗」向「陰」者取「勢」之數為「2」（倍）。[46]

（四）在層層「包孕」下，將處「底層」者取「勢」之數為「1」（倍）、「次層」者取「勢」之數為「2」（倍）、「三層」者取「勢」之數為「3」（倍）……以此類推。

（五）以核心結構一層所形成「勢」之數為最高，過此則「勢」之數（倍）逐層遞降。

雖然這些「勢」之數（倍），由於一面是出自推測，一面又為了便於計算，因此其精確度是不足的，卻也已約略可藉以推測出一篇辭章剛柔成分之比例來。而且可由這種剛柔成分比例之高低，大概分為三等：

（一）首先為至剛或至柔：其「勢」之數為「66.66 → 71.43」。
（二）其次為偏剛或偏柔：其「勢」之數為「54.78 → 66.65」。
（三）又其次為剛柔互濟：其「勢」之數為「45.23 → 54.77」。

其中「71.43」是由轉位結構的陰陽之比例「5／7」推得，這可說是陰陽之比例之上限；而「66.66」是由移位結構的陰陽之比例「2／3」推得，這可說是陰陽之比例之中限；至於「45.23」與「54.77」是以「50」為準，用上限與中限之差數「4.77」上下增損推得。如果取整數並稍作調整，雖然這些「勢」之數（倍），由於一面是出自推測，一面又為了便於計算，因此其精確度是不足的，卻也已約略可藉以推測出一篇辭章剛柔成分之比例來。而且可由這種剛柔成分比例之

---

46 「拗」向「陰」或「陽」部分，乃參酌仇小屏與謝奇懿之意見加以增訂。

高低，大概分為三等：

（一）首先為至剛或至柔：其「勢」之數為「66.66 → 71.43」。
（二）其次為偏剛或偏柔：其「勢」之數為「54.78 → 66.65」。
（三）又其次為剛柔互濟：其「勢」之數為「45.23 → 54.77」。

其中「71.43」是由轉位結構的陰陽之比例「5／7」推得，這可說是陰陽之比例之上限；而「66. 66」是由移位結構的陰陽之比例「2／3」推得，這可說是陰陽之比例之中限；至於「45.23」與「54.77」是以「50」為準，用上限與中限之差數「4.77」上下增損推得。如果取整數並稍作調整，則可以是：

（一）至剛、至柔者，其「勢」之數為「65 → 72」。
（二）偏剛、偏柔者，其「勢」之數為「55 → 65」。
（三）剛、柔互濟者，其「勢」之數為「45 → 55」。

如此初步為姚鼐「夫陰陽剛柔，其本二端，造萬物者糅而氣有多寡、進絀，則品次億方，以至於於不可窮，萬物生焉」的說法，作較具體的印證。

由於「辭章」剛柔成分，關涉一篇之「主旨」與「風格」，因此，其「剛柔成分」之量化，在理性的「層次邏輯」之外，必然將感性之「審美心理」融入。如此，其「章法結構」之變化部分，一定得依循「移位→轉位」運動規則，而影響其強度：「勢」，所以試著調整如下：

在有關「因素」方面，將（三）調整為：

章法結構之變化，如「移位→轉位」之「順」、「逆」與單向

「轉位」之「拗」。其中「順」屬原型,「逆」與「拗」屬變型。

在有關「比例」方面,將(三)調整為:

將「順」之「移位→轉位」取「勢」之數為「1」(倍)、「逆」之「移位→轉位」取「勢」之數為「2」(倍)、單向「轉位」之「拗」取「勢」之數為「3」(倍);轉向「陽」者取「勢」之數為「1」(倍),轉向「陰」者取「勢」之數為「2」(倍)。

又再論「『88』陰陽「包孕」雙螺旋互動的實例說明」時,指出:在辭章內涵中,「主旨」與「風格」乃上徹的地位,是居於最為核心之層面的。而呈現「陰陽雙螺旋層次邏輯」之「章法結構」就起了關鍵作用。如果將「0一二多」雙螺旋系統再由「辭章」落到「篇章結構」之上,則「二⟷多」指「章法結構」,由「陰陽二元」為基礎以組合各個別意象或材料,形成一篇之核心結構[47]與各輔助結構;其中「一」指主旨,為作者所要表達的核心情、理;「0」指風格,為整體之「審美風貌」。[48]它們的關係結合「88」來看,可呈現如下圖:

---

47 一篇辭章之「情」或「理」,亦即「主旨」,是決定一篇辭章內容與形式,以至於風格、境界等的最主要因素。所以認辨「核心結構」,也要以此為準,換句話說,就是要以「0一」與「多」作審慎之認定。見陳滿銘:〈論章法「多、二、一(0)」的核心結構〉,臺灣師大《師大學報‧人文與社會類》第48卷第2期(2003年12月),頁71-94。

48 顧祖釗:「風格的成因並不是作品中的個別因素,而是從作品中的內容與形式的有機整體的統一性中所顯示的一種總體的審美風貌。」見《文學原理新釋》(北京市:人民文學出版社,2001年5月,1版2刷),頁184。

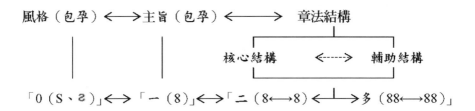

而這種結構系統，很普遍地可從不同文體之作品中獲得檢驗。……如李白〈登金陵鳳凰臺〉：

　　鳳凰臺上鳳凰遊，鳳去臺空江自流。吳宮花草埋幽徑，晉代衣冠成古邱。三山半落青天外，二水中分白鷺洲。總為浮雲能蔽日，長安不見使人愁。

　　這首詩藉作者登臺之所見所感，以寫其身世之悲與家國之痛，是採「圖、底、圖」（上層）的結構加以統合而寫成的。它首先在起聯，用「先昔後今」（次層）的結構，扣緊「金陵鳳凰臺」，凸出登臨之地點，用「遊」與「去」寫其盛衰，以寓興亡之感；這是頭一個「圖」的部分。接著在領、頸兩聯，用「先近後遠」（次層）包孕「先近後遠」、「先遠後近」（底層）的結構，先以「吳宮」二句，就「近」寫今日所見「幽徑」與「古邱」之「衰」景，而用「吳宮花草」與「晉代衣冠」帶入昔日之「盛」況，形成強烈對比，以深化興亡之感；後以「三山」二句，將空間拓大，就「遠」寫今日所見「三山」與「二水」一直延伸到「長安」的山水勝景；這對上敘的「臺」或下敘的「人」（不見長安之作者）而言，均有烘托、襯映的作用，是「底」的部分。最後在尾聯，聚焦到自己身上，用「先因後果」（次層）的結構，以「浮雲」之「蔽日」，譬眾邪臣之蔽賢，「長安」之「不見」，喻己之謫居在外，既為自己被排擠出京而憤懣，又為唐王朝將重蹈六朝覆轍而憂慮；這是後一個「圖」的部分。循此角度切

入，它的結構系統表是這樣子的：

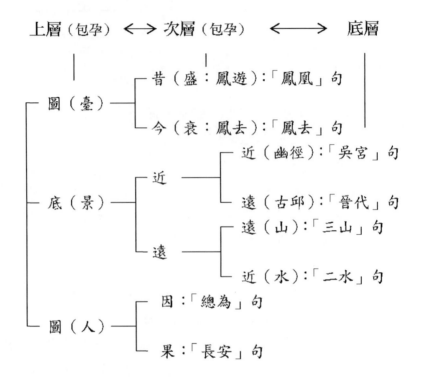

由上述可看出，作者此詩，經過「邏輯思維」，就「篇」而言，以「圖、底、圖」調和中有對比的結構，形成其條理；就「章」而言，以「先昔後今」、「先近後遠」、「先遠後近」與「先因後果」等，融合對比性與調和性兩種結構，形成其條理。而且其中「順」和「逆」並用而產生變化的，除「圖、底、圖」外，還有中間兩聯所形成的「近、遠、近」，這又增加了對比的強度。如此一來，在對比、變化中就帶有調和、整齊，而在調和、整齊中又含有對比、變化，其「邏輯思維」之精細，是值得人讚賞的。

如由「88」切入，則其分層簡圖如下：

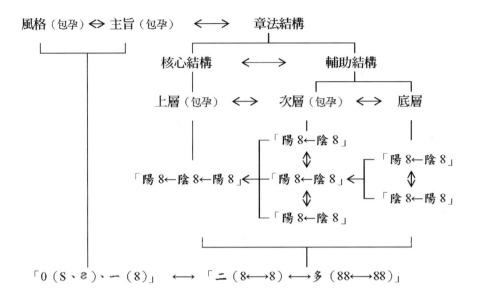

如以其剛柔成分呈現，則如下表：

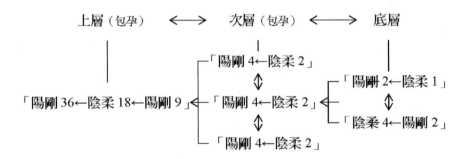

此詩含三層結構：底層以「近→遠」、「遠→近」、形成兩疊移位結構、其「勢」數為「陰柔：5，陽剛4」；次層以「昔→今」、「近→遠」、「因→果」（順）形成三疊移位結構，其「勢」之數為「陰柔：6、陽剛：12」；上層以「圖→底→圖」（拗向陽）形成轉位結構，其「勢」之數為「陰柔：18、陽剛：45」；這樣累積成篇，其「勢」之數的總和為「陰柔：29、陽剛：61」，如換算成百分比（四捨五入），則為「陰柔：34、陽剛：66」，乃「剛中帶柔」的作品。

如此對應於「0一二多」來看，則由「今昔」、「因果」各一疊與「遠近」三疊所形成之移位性結構，可視為「多（88←→88）」；由「圖底」自為陰陽徹下徹上所形成之轉位性結構，可視為關鍵性之「二」（8←→8），藉以統括輔助性結構，形成一篇規律。而以「身世之悲與家國之痛」之「深沉的感喟」為「主旨」；以「曠達高遠與略帶黯淡色彩」[49]為風格來統合全詩，則可視為「一（88←→88）←→0（S、ᴓ）」。由此對應於此詩之「0一二多」結構系統來看，是相當吻合的[50]。

若著眼於「移位→轉位」運動來看，則後兩個圖表須作如下調整：一為「分層簡圖」：

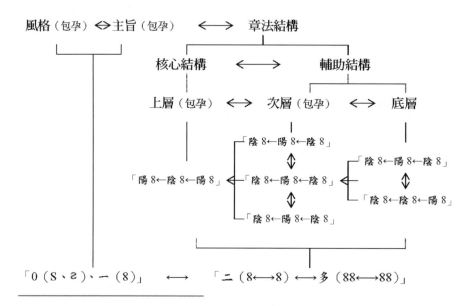

49 《天諾時空‧詩詞賞析》：「李白〈登金陵鳳凰臺〉一詩，以登臨鳳凰臺時的所見所感而起興唱歎，把天荒地老的歷史變遷與悠遠飄忽的傳說故事結合起來，用以表達深沉的歷史感喟與清醒的現實思索，以曠達高遠與略帶黯淡色彩的吟詠，成為唐詩七言律詩中的經典」。引自：（http://www.zolsky.com/read/best/tangshisanbaishou/6/6.htm）。

50 以上分析，見陳滿銘：《「88」陰陽雙螺旋系統之建構——以科學、哲學與神學做通貫性探討》（臺北市：萬卷樓圖書公司，2018年4月，1版1刷），頁138-141。

二為「剛柔成分表」：

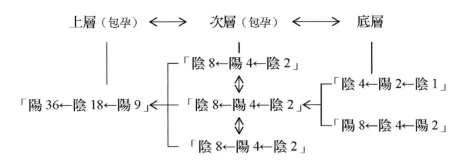

為省篇幅，據此直接總結此詩「勢之數」為：「陰柔：57、陽剛：69」，如換算成百分比（四捨五入），則為「陰柔：44、陽剛：56」，這樣，比原先「陰柔：34、陽剛：66」之「勢之數」，顯然「陽剛」少了「10」、「陰柔」多了「10」。表面看來，雖然還是「剛中帶柔」，但「剛」的成分已減、「柔」的成分已增，而邁入了「剛柔互濟」之高妙境界。[51]張志英說：「這首詩，在登臨處極目遠眺，觸景生情；語言自然天成，清麗瀟灑，憂國傷時，寓意深厚。」[52]而由此呈現的「憂國傷時」之主旨與「自然天成，清麗瀟灑」的風格，以「剛柔互濟」來呈現此詩之「一（88←→88）←→0（S、ㄥ）」，看來更合適一些。又如周密題作「吳山觀濤」的〈聞鵲喜〉：

> 天水碧，染就一江秋色。鰲戴雪山龍起蟄，快風吹海立。
> 數點煙鬟青滴，一杼霞綃紅濕。白鳥明邊帆影直，隔江聞夜笛。

這闋詞詠錢塘江潮，由潮起（動）寫到潮過（靜），形成「先動

51 見周振甫：《文學風格例話》（上海市：上海教育出版社，1989年7月，1版1刷），頁49。
52 張秉成主編：《山水詩歌鑑賞辭典》（北京市：中國旅遊出版社，1989年10月，1版1刷），頁226。

後靜」（上層）的「篇結構」以統合全詞。寫潮起（動）的部分，為
上片，用「先遠後近」（次層）包孕「由先而後」（底層）的「章結
構」加以呈現：先以起二句寫「遠」，寫江天一碧的秋色，為潮起設
下遠大的背景；後以「鰲戴」二句，寫潮水陡起的迅猛景象；作者在
此，除用鰲背雪山、龍騰水底來加以形容外，又以「快風」來推波助
瀾，這樣當然就使「海」空高立了。

而寫潮過（靜）的部分，為下片，用「先遠後近」（次層）包孕
「由視覺後視覺」（底層）的「章結構」加以呈現：它先以「數點」
二句寫「遠」，寫潮過後的遠山和雲霞，在煙水上，一青一紅，顯得
格外綺麗。後以「白鳥」二句，就視覺，寫帆影邊的鷗鷺；就聽覺，
寫隔江傳來的夜笛。作者就這樣以平和的靜景，和上片所寫潮來時壯
觀的動景，形成強烈對比，產生了映襯的最佳效果。

李祚唐分析此詞說：「上片依人的視覺，由遠及近，潮來時雷霆
萬鈞之勢，已全在眼前。下片復由上片的劇烈動態轉為平緩，逐漸消
失為靜態。」又針對著下片說：「這種平靜，正是在洶湧喧囂過後，
才體驗得分外真切；而它反過來，不也襯托出錢塘江潮的格外壯觀
嗎？詞人寫潮，即充分借助了這種靜與動的相互對比和彼此轉換，因
而著語雖不多，效果卻非常明顯」。[53]體會得很真切。雖然有人以為此
詞「作意如題」[54]，但就其結句看來，卻該有杜牧「商女不知亡國
恨，隔江猶唱後庭花」（〈泊秦淮〉）的感喟。蕭鵬認為此句「似收未
收，似闔未闔，頗有『餘音裊裊，不絕如縷』之感，與唐人的『曲終
人不見，江上數峰青』（錢起〈湘靈鼓瑟〉）同有『言有盡而意無窮』
之妙」[55]，所謂「意無窮」之「意」，該是指這種江山雖麗卻已易色的

---

53 陳邦炎主編：《詞林觀止》（上海市：上海古籍出版社，1994年4月，1版），上頁694。

54 常國武：《新選宋詞三百首》（北京市：人民文學出版社，2000年1月，1版1刷），頁
492。

55 唐圭璋主編：《唐宋詞鑑賞集成》（香港：中華書局香港分局，1987年7月，初版），
頁1250。

亡國之痛吧！

附其結構系統表如下：

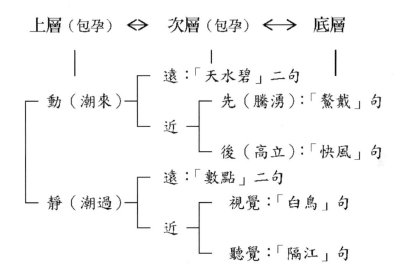

作者在此詞，藉江潮之雄奇，暗寓江山雖麗卻已易色的亡國之痛，所謂「一切景語皆情語」[56]，就是這個意思。而作者特別將這種主旨隱藏起來，置於篇外，完全經由「邏輯思維」作最好之安排，並用「先動後靜」的核心結構，形成移位、對比；又用「先遠後近」、「先視覺後聽覺」、「先（昔）後（今）」等移位結構，形成調和；而將整個具體材料「一以貫之」，真正收到了「言有盡而意無窮」之效果。

如以「88」切入，則其分層簡圖如下：

56 王國維：〈人間詞話刪稿〉，《詞話叢編》（臺北市：新文豐出版公司，1988年2月，臺1版），五，頁4257。

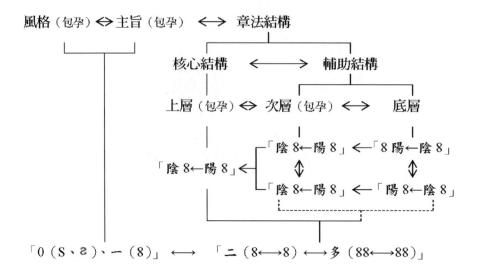

如以其剛柔成分呈現，則如下表：

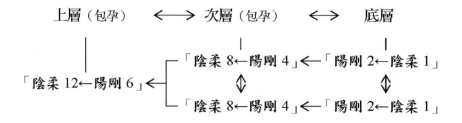

　　此詞含三層結構：底層以「先→後」「先視後聽」形成兩疊移位結構，其「勢」之數為「陰柔：2、陽剛：4」；次層以「遠→近」兩疊又形成移位結構，其「勢」之數為「陰柔：16、陽剛：8」；上層以「動→靜」再形成移位結構，其「勢」之數為「陰柔：12、陽剛：6」；這樣累積成篇，其「勢」之數的總和為「陰柔：30、陽剛：18」，如換算成百分比（四捨五入），則為「陰柔：63、陽剛：37」，乃「柔中帶剛」的作品。

　　這種結構安排，如對應於「0一二多」來看，則以核心結構之外的「遠近」（二疊）、「先後」（一疊）、「視聽」（一疊）等所形成移位性

的調和結構與節奏（韻律），可視作「多：（**88 ⟷ 88**）」，以呈現客體之「美」；以「動靜」一疊所形成一陰一陽的對比性（移位）結構與節奏（韻律），藉以徹下徹上，形成一篇規律，以呈現「善」的，可視作關鍵性之「二：（**8 ⟷ 8**）」；以暗寓「亡國之痛」的主旨與「宏麗綿邈」之風格的，可視作「一（**8**）⟷ 0（S、ｓ）」，以呈現「真」（含主體之美感）。這種結構系統，就相當於一棵樹之合其樹幹與枝葉而成整個形體、姿態與韻味一樣，是一體的，是密不可分的。[57]

若著眼於「移位→轉位」運動來看，則後兩個圖表須作如下調整：
一為「分層簡圖」：

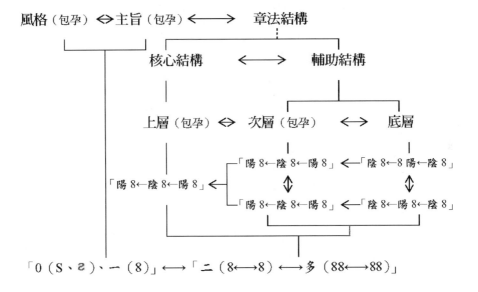

二為「剛柔成分表」：

---

57 見陳滿銘：《「88」陰陽雙螺旋系統之建構——以科學、哲學與神學做通貫性探討》（臺北市：萬卷樓圖書公司，2018年4月，1版1刷），頁141-145。

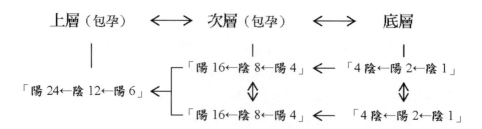

為省篇幅，據此直接總結此詩「勢之數」為：「陽剛：74、陰柔：
38」，如換算成百分比（四捨五入），則為「陽剛：63、陰柔：37」，
這樣，比原先「陰柔：63、陽剛：37」之「勢之數」，顯然「陽剛」
多了「26」、「陰柔」少了「26」，其剛柔成分顯然倒反過來，變成
「剛中帶柔」。關於這點，特借用兩層論述作對應說明：

其一就本詞之評析而言，美學家宗白華以「虛實相生」之「意象
結構」對周密「看畫船盡入西泠，閒卻半湖春色」（〈曲游春〉），稱讚
說：「能以空虛襯托實景，墨氣所射，四表無窮」（《中國藝術意境之
誕生》）[58]，而蕭鵬評析此詞時，便用它來讚美它，並強調說「的確不
是溢美之辭」。[59]

其二就周密晚期作品來看，劉揚忠認為：「周密後期部分詞作之
所以變婉麗為悲涼，變縝密為空闊，主要原因即在於時代巨變導致了
他審美趣尚的改變。周密為人，本就有豪爽外向的一面。……從他一
貫的藝術傾向來考察，還不能說後期已經演變成了稼軒派」。[60]

因此，周密的〈聞鵲喜〉這一首後期之作，說它「變婉麗為悲
涼，變縝密為空闊」、「墨氣所射，四表無窮」，而以「剛中帶柔」來
呈現此詩之「一（88 ⟷ 88）⟷ 0（S、ℨ）」，看來是更為合理的。

58　林同華主編：《宗白華全集2》（合肥市：安徽教育出版社，1996年9月，1版2刷），
　　頁334。

59　唐圭璋主編：《唐宋詞鑑賞集成》（香港：中華書局香港分局，1987年7月，初版），
　　頁1250。

60　劉揚忠：《唐宋詞流派史》（福州市：福建人民出版社，1999年3月，1版1刷），〈第
　　七章〉，頁525-526。

六　結論

綜上所述，可知以「完形」之「審美心理」與「辭章」之「層次邏輯」，對「移位→轉位」之運動作融貫性的探討，是有其理論依據與實際驗證，以見其無所不在的奧妙與重要性的。

不過，以讀者之「審美心理」而言，是因人而異的，也就是說，讀者對文本鑑賞之「視知覺」，有高有低，有偏左有偏右，往往是「見仁見智」的。而且近來對文本之鑑賞，有主張以讀者之「直觀」為主體的，固然有其價值，卻不能不重視以文本為主體的專業性「模式探索」，語文學界名家孫紹振認為「要洞察文本，與文本作深度對話，必須不斷對自發主體心理圖式進行專業積累，從而作以更新為特點的建構。建構的過程就是讀者主體比照、遵循文本層次結構，旁涉作者的深層心理結構，總結閱讀的歷史經驗，攀登上文本閱讀的歷史高度的過程。」[61]這種看法相當正確，是鑑賞文本時所應關切的。

而另外，就「辭章」之「層次邏輯」來說，它是形成「章法」之基礎，而「章法學」即依此建構「微觀」（章法類型）、「中觀」（章法四律）、「宏觀」（「0一二多」含「剛柔成分量化」）等「三觀體系」。如其中「類型」與「切入角度」不同，則其結果就有異[62]，風格學大家黎運漢就對「章法學」之研究評論說：「廣泛研究各種書面話語作品，總結出近四十種較為常見的章法（類型）。……以四大規律統帥各種章法，……分析章法現象，從自覺運用多角度切入法，這表現在兩個方面：一是多學科的角度切入，……二是從文章篇章結構特色的角度切入，……如此妙用這種研究法，很有助於增強章法分析之廣度

---

61 孫紹振：〈讀者主體和文本主體的深度同化和調節〉上，《國文天地》第26卷第3期（2010年9月），頁50-55。

62 參見陳滿銘：《章法學綜論》（臺北市：萬卷樓圖書公司，2003年6月初版），頁17-32、頁408-427。

與實用性。」[63]雖然如此,還是很難掌握得「恰如其分」的。

再來,就其「剛柔成分」之「量化」來看,更難劃一結果,而辭章學名家林大礎、鄭娟榕即評介說:「儘管……自謙地認為『雖然這些「勢」(倍),由於一面出自推測,一面又為了便於計算,因此其精確度是不足的,卻大致可藉以推測出一篇辭章剛柔成分之比例來』(《綜論》,頁308),但是按此法在實踐中予以演練,並以傳統的『風格評論』(定性分析)予以驗證,其結果可謂屢試不爽。例如:陶淵明〈飲酒詩之五〉(「結廬在人境」),以此法來測算的結果是:「陰69:陽31」,從而可判定其『章法風格』屬於以柔為主、『柔中寓剛』。這與周振甫等名家所分析的『含蓄』、『高妙』、『閒逸』等風格基本吻合。而且經過此法之分析,對『章法風格』的總體印象(陽剛、陰柔)明晰而深刻,有助於加深對辭章風格的理解。可見,此法對學習、掌握辭章風格具有一定作用。儘管它還只能測出『陽剛』與『陰柔』的大致比例,『以見章法風格之梗概』(《綜論》〈前言〉,頁015),但是只要繼續對其加以簡化、改善,並加以科學試驗,這種『章法風格定量分析法』,還是可以先逐步試而行之,然後再推而廣之的」。[64]既然有此肯定,就能給學者一些信心,繼續用力在「驗證」之上。

整體而言,使「驗證」(陽)能時時對應於「理論」(陰),而產生互動,對有志於此之學者專家來說,是該「試而行之」、「推而廣之」,從而融入「88陰陽雙雙螺旋系統」,以收到廣泛成果的。

（2018年8月8日修正）

---

63 黎運漢:〈陳滿銘對辭章章法學的貢獻〉,見仇小屏、陳佳君等編:《陳滿銘與辭章章法學》(臺北市:文津出版社,2007年12月,1版1刷),頁52-70。

64 林大礎、鄭娟榕:〈開闢漢語辭章學的新領域——陳滿銘教授創建辭章章法學評介〉,見仇小屏、陳佳君等編:《陳滿銘與辭章章法學》(臺北市:文津出版社,2007年12月,1版1刷),頁166。

論楊恩壽《姽嫿封》

林均珈

致理科技大學助理教授

摘要

在《紅樓夢》第七十八回〈老學士閑徵姽嫿詞痴公子杜撰芙蓉誄〉上半回中，小說作者描寫賈政與眾幕友們談論尋秋之勝時，賈政突然提到恆王與林四娘此一傳說，同時他要求眾人當場須作輓詞的故事。清代「《紅樓夢》戲曲」即是改編自《紅樓夢》小說的戲曲，它所敷演的故事情節大致可分為男女愛戀、家庭親情、世態人情、夢境幻境、姽嫿將軍、劉姥姥六種，而內容主要是描繪恆王與林四娘這類故事即屬於「姽嫿將軍」題材，劇作有楊恩壽《姽嫿封》以及吳蘭徵《絳蘅秋》兩種。其中，《姽嫿封》的作者為楊恩壽（1834-1891），作於咸豐十年（1860），體製上屬於南雜劇，依序為〈花陣〉、〈莠謀〉、〈哭師〉、〈完節〉、〈殲寇〉、〈證仙〉六折。本論文主要是以清代戲曲《姽嫿封》為範圍，析論其作者、劇作思想、體製結構以及藝術特徵。

關鍵詞：紅樓夢、林四娘、恆王、南雜劇、姽嫿將軍、楊恩壽論

前言

　　「巾幗英雄」一詞往往被用來稱頌女中豪傑，但從《晉書》〈宣帝紀〉中，可以知道以前的「巾幗」兩字，是三國時代諸葛亮用來譏諷司馬懿不夠男子氣概[1]，後來「巾幗」就成了女子的代稱。在清代有許多戲曲作品的內容旨在歌頌武藝高強的巾幗英雄，例如楊恩壽的《麻灘驛》以及《姽嫿[2]封[3]》，前者主要是敷演沈雲英忠孝節烈的故事；後者則是敷演《紅樓夢》中林四娘奮勇殺敵的傳說。自明代末年至清代末年，在許多筆記、小說和戲曲中，往往可以看到林四娘的蹤跡。林四娘不是歷史上真實人物，她也像西施一樣是個影子人物。《姽嫿封》是清代「紅樓夢戲曲」之一，共六折，以體製劇種來說，屬於南雜劇[4]。雖然《姽嫿封》不是敷演《紅樓夢》中以寶、釵、黛

1　從《晉書》〈宣帝紀〉：「亮又率眾十餘萬出斜谷，壘於郿之渭水南原。……亮數挑戰，帝不出，因遺帝巾幗婦人之飾」這段文字中，可以知道當時諸葛亮北伐曹魏，司馬懿守城不出，諸葛亮便以婦女戴的頭巾和首飾贈送司馬懿，想要以此來激怒司馬懿出兵。

2　「姽嫿」二字出自宋玉〈神女賦〉：「……貌豐盈以莊姝兮，苞溫潤之玉顏。眸子炯其精朗兮，瞭多美而可觀。眉聯娟以蛾揚兮，朱脣的其若丹。素質幹之醴實兮，志解泰而體閒。既姽嫿於幽靜兮，又婆娑乎人間。……」這段文字主要是描寫神女的容貌與情態。由此可知，「姽嫿」二字原指「美麗」的意思，而楊恩壽《姽嫿封》中，「姽嫿」二字則指姽嫿將軍（即林四娘）。

3　由於「姽嫿」二字指姽嫿將軍（林四娘），筆者認為「封」字的意義，應當近於古帝王將土地、爵位等頒賜有功臣子，因此「姽嫿封」應當指「姽嫿將軍封」，即「封為姽嫿將軍」之意。

4　南雜劇，有廣狹二義：廣義的南雜劇指凡用南曲填詞，或以南詞為主而偶雜北曲或合套，折數在祁彪佳（1602-1645）《遠山堂劇品》所限的十一折之內任取長短的劇體；狹義的南雜劇則指每本四折，全用南曲，即王驥德（1540-1623）所謂「自我作祖」的劇體，其體製格律正與元人北劇北曲相反。又對於南雜劇，當取其廣義。短劇、南雜劇、傳奇在分類上，僅是折數多寡之不同，其實皆是南戲、北劇的混血兒。見曾永義：《戲曲源流新論》（臺北縣：立緒文化事業公司，2000年4月），頁97。

三人感情糾葛為主題的愛情故事，而是敷演小說中的林四娘傳說，但由於《姽嫿封》與《紅樓夢》的特殊關係，《姽嫿封》仍值得學者從各方面來深入研究。本論文主要是以《姽嫿封》為範圍，探討巾幗英雄之題材、林四娘形象之異變，以及《姽嫿封》之劇作思想、體製結構與藝術特徵五方面。

一　巾幗英雄之題材

明清之際，從反映世變的文學作品中，不乏發現一個反覆出現的題材即女子與國難的關係，尤其是許多戲曲的內容主要是在歌頌武藝高強的巾幗英雄的故事。這些巾幗英雄，有些是歷史上真實出現過的人物，有些則是虛構的即影子人物。

（一）真實人物

歷史上真實有名的巾幗英雄，有南宋的梁紅玉（1102-1135）、明代的秦良玉（1574-1648）以及沈雲英（1624-1660）。例如梁紅玉，南宋高宗建炎四年，金兵統帥兀朮帶領十萬大軍南下，韓世忠（1089-1151）與梁紅玉率領八千軍士迎戰，兩軍對峙在黃天蕩（即長江下游一段，今江蘇省南京市東北）。韓世忠率領少數宋兵計誘金兵深入蘆葦叢中，再命令宋軍埋伏夾擊。梁紅玉則在樓船上慷慨激昂擂起戰鼓，軍士的精神與鬥志為之一振。此時，埋伏的宋軍火箭齊發，許多金兵中箭落江，死傷無數。兀朮見情勢不利，倉皇而逃，不敢再輕言南下。梁紅玉擊鼓退金兵的戰績，使她成為中國歷史上大家耳熟能詳的巾幗英雄。

又如秦良玉，萬曆二十三年，嫁石砫女土司覃氏之子馬千乘為妻。萬曆四十一年，馬千乘因開礦事得罪宦官邱乘雲，後來馬千乘為部民所訟，死於監獄中。秦良玉代領石砫宣撫使，所部號白桿兵。泰

昌元年，秦良玉之兄長秦邦屏於渾河之戰中戰死；天啟三年，秦良玉另一兄長秦民屏被貴州水西土司安邦彥追擊，亦戰死。崇禎七年，張獻忠進入四川，秦良玉及其子馬祥麟前後夾擊，張獻忠敗走。天啟年間，秦良玉任誥命夫人、石砫司總兵官；崇禎年間，封忠貞侯；清順治五年，秦良玉逝世，諡號忠貞。秦良玉的英勇事蹟被記載在《明史》〈將相列傳〉中，是歷史上唯一單獨載入正史的女性。

再如沈雲英，其父沈至緒（1590-1638），崇禎四年中武進士，崇禎七年授湖廣道州守備，沈雲英隨父在任所居住。崇禎十一年，湖廣臨武縣、藍山縣等地的瑤族叛軍進攻道州。沈至緒原本計劃要將敵人在地形險要處予以圍殲，而湖南道蔡官治卻故意不派援軍，致使沈至緒孤軍奮戰終至戰死，屍體陷入敵陣。沈雲英當時年僅十七歲，為完成父親守城遺志，登高一呼，道州人皆深受感動慨然出兵。沈雲英連夜率領士兵偷襲敵人，搶回父親屍體，又大開營門準備決戰，敵人不明虛實慌忙退兵。郡守上報，追贈沈至緒為昭武將軍，同時封沈雲英為游擊將軍並繼承父親職位鎮守道州。後人在道州城外八十里外的麻灘建祠祭祀沈至緒父女，香火四時不絕。

（二）影子人物

所謂「影子人物」是指歷史上這些為人所津津樂道的人物，原來既無姓也無名，好像只存在一個影子般。考察眾多流傳的故事中，可以發現許多影子人物，有西施、貂蟬、木蘭以及梅妃。例如西施，一般人認為在春秋時代吳越兩國的爭戰中，西施扮演女間諜並具有「繼絕世」的功勞。雖然在先秦諸子中，常常可以看到西施的名字，但她不是真實的人物。這點可以檢閱與吳越爭戰史實相關的典籍如《左傳》、《國語》以及《史記》所描寫內容，皆未提及西施其人其事，因此西施只是美女的符號罷了，她與吳越爭戰的史實無關。[5]

5　曾永義：《俗文學概論》（臺北市：三民書局股份有限公司，2003年6月），頁450-457。

又如貂蟬，從《後漢書》可以看出王允如何謀結朝臣，策反呂布誅殺董卓的史實。後人即根據此史實改編為戲曲和小說，戲曲如元無名氏《連環計》雜劇、明王濟《連環計》傳奇；小說如元無名氏《三國志平話》、明羅貫中《三國演義》。元雜劇《連環計》描寫貂蟬原為忻州任昂之女，名紅昌。靈帝時選入宮中，掌貂蟬冠，故名貂蟬。後來賜予丁建陽，丁建陽再配給養子呂布為妻，因戰亂夫妻失散，落入王允府中。由此可知，貂蟬之名已在元雜劇《連環計》中出現了。總的來說，在唐開元以前，民間已有進刁蟬給董卓的傳說，只是進獻的人是曹操而非王允。到了元代，「連環計」故事已成形，「刁蟬」也被定名為「貂蟬」，甚至身家履歷都更完備而有姓名、籍貫與家族。由此可知，貂蟬故事在元代已發達並已完成，甚至還有孳乳發展，例如關漢卿編有《關雲長月下斬貂蟬》雜劇（劇本已佚），因此有關貂蟬此一人物的故事，皆不可信。[6]

或如木蘭，她是一個普通家庭的女子，在和平的日子裡，她親手織布，具有勤勞的美德；一旦戰爭到來，她又能挺身而出，代父從軍，保衛父母和國家。在金戈鐵馬的征戰中，她克服了種種困難，隱瞞了自己的性別，立下汗馬功勞。她身經百戰，成了凱旋而歸的壯士，十幾年征戰的共同生活，同伴們竟沒有發現她是喬裝改扮的女子。北朝戰亂的環境，造就了一些勇武善戰的婦女，木蘭就是其中的一個。南朝陳釋智匠《古今樂錄》:「木蘭，不知名。」可見在當時，已無法得知木蘭的姓氏，因此所謂木蘭姓朱、姓花、姓魏等種種傳說，以及關於木蘭籍貫、事蹟的種種記載，亦不可信。

再如梅妃，即唐明皇後宮中與楊玉環爭寵的梅妃江采蘋，由於唐明皇妃嬪中並沒有梅妃江采蘋此人，她大概是後人因為白樂天（772-846）〈上陽白髮人〉:「……皆云入內便承恩，臉似芙蓉胸似玉。未容

6　曾永義:《俗文學概論》（臺北市：三民書局股份有限公司，2003年6月），頁595-599。

君王得見面，已被楊妃遙側目。妬令潛配上陽宮，一生遂向空房宿。……」這幾句的詩意，為了抒發帝王後宮苦命佳人的幽怨所塑造的上陽宮人的典型，因此她也只是個影子人物罷了。[7]

二　林四娘形象之異變

　　林四娘，明朝末年人。出身於武官世家，父親林樞本是江寧府的府官。自小習武，身手矯健。十六歲時，父親因所管庫銀被盜而下獄，母親氣極而死。林四娘淪落為青樓歌女，後成為恆王朱常庶寵妃。自明代末年至清代末年，在許多筆記、小說和戲曲中，往往可以看到林四娘的蹤跡[8]，然而，這些書籍如《聊齋誌異》與《紅樓夢》中的林四娘的形象卻不盡相同。

（一）《聊齋誌異》中的林四娘形象

　　《聊齋誌異》，簡稱《聊齋》，又稱《鬼狐傳》，作者為蒲松齡[9]（1640-1715）。《聊齋誌異》是著名的短篇小說集，共十二卷，四百

7　曾永義：《俗文學概論》（臺北市：三民書局股份有限公司，2003年6月），頁543-544。

8　從陳維崧（1625-1682）《婦人集》、王士祿（1626-1673）《燃脂集》、林雲銘（1628-1697）〈林四娘記〉、安致遠（1628-1701）《青社遺聞》、李澄中（1629-1700）《艮齋筆記》、蒲松齡（1640-1715）《聊齋誌異》〈林四娘〉、盧見曾（1690-1728）《國朝山左詩抄》、邱宗玉《青社瑣記》等筆記作品；曹雪芹（1715-1763）《紅樓夢》小說以及楊恩壽（1835-1891）《姽嫿封》戲曲，皆可看到關於林四娘故事的描述。

9　蒲松齡，字留仙，一字劍臣，別號柳泉居士，山東淄川（今淄博市淄川區）人，世稱「聊齋先生」。他為明崇禎十三年至清康熙五十四年間的文人，年少時，正值明朝滅亡、清軍入關，社會動盪不安。十九歲時參加縣府考試奪得第一名，考中秀才。自此以後，在科舉場中雖滿腹實學，但鄉試屢屢不中，一生頗不得志。平日除微薄田產外，以教書、幕僚為生。從二十歲起，他開始蒐集素材，四十歲時始完成筆記小說《聊齋誌異》。每成篇章，蒲松齡便請同鄉好友王士禎（1634-1711）指正。蒲松齡在世時，《聊齋誌異》並未刊刻，僅在同儕中傳抄，他幾度改易原稿，直到死前仍有增添。

九十一篇。該書的內容十分廣泛，有些是作者原創的文學作品，有些則是作者蒐集並加工的民間傳說。題材有涉及人與狐、仙、鬼、妖之間戀愛故事，如〈聶小倩〉、〈嬰寧〉等；也有批評科舉制度的腐敗，如〈考弊司〉、〈王子安〉等；也有揭露當時政治社會的黑暗，如〈席方平〉、〈促織〉等，皆反映當時的社會面貌。

蒲松齡在《聊齋誌異》一書中，塑造了許多女性的形象，例如女狐與女鬼。其中，〈林四娘〉即出自《聊齋誌異》第二卷，內容主要是描寫清康熙二年，閩人陳寶鑰出任青州按察使，衙署即設立在前朝的恆王府中。此時恆王府已荒廢多時，而王妃林四娘的墳墓也長滿了野草。陳寶鑰到任後，對恆王府進行全面的修葺，使得恆王府恢復了昔日繁盛的面貌。一天夜裡，陳寶鑰獨自在書房看書，突然有一位國色天香的女子掀了簾子進來，嫋嫋婷婷地上前行禮，自稱是前朝的林四娘。自此以後，每當夜深人靜，林四娘即到書房與陳寶鑰聊天，兩人一起評論詩詞。林四娘言詞風雅，溫柔多情，陳寶鑰愈來愈賞識她。兩人交往一年半，關係更加密切。戀愛維持了三年，一天夜裡，林四娘面色凝重悽慘，忽然來向陳寶鑰告別。當晚，這對形同夫妻的戀人形容哀楚，依依不捨。林四娘臨走前，還親自寫下一首惜別詩[10]送給陳寶鑰。

從《聊齋誌異》〈林四娘〉：「女曰：『妾年二十，猶處子也，狂將不堪。』狎褻既竟，流丹浹席。既而枕邊私語，自言『林四娘』。公詳詰之，曰：『一世堅貞，業為君輕薄殆盡矣。有心愛妾，但圖永好可耳，絮絮何為？』無何，雞鳴，遂起而去。由此夜夜必至。每與闔戶雅飲。談及音律，輒能剖悉宮商。公遂意其工於度曲。曰：『兒時

---

10 惜別詩寫道：「靜鎖深宮十七年，誰將故國問青天？閒看殿宇封喬木，泣望君王化杜鵑。海國波濤斜夕照，漢家簫鼓靜烽煙。紅顏力弱難為屬，惠質心悲只問禪。日誦菩提千百句，閒看貝葉兩三篇。高唱梨園歌代哭，請君獨聽亦潸然。」見〔清〕蒲松齡著，張友鶴輯校：《聊齋誌異會校會注會評本》（上海市：上海古籍出版社，2011年1月），頁288-289。

之所習也。』」、「又每與公評騭詩詞,瑕輒疵之;至好句,則曼聲嬌吟。意緒風流,使人忘倦。公問:『工詩乎?』曰:『生時亦偶為之。』公索其贈。笑曰:『兒女之語,烏足為高人道?』」、「雞聲忽唱,乃曰:『必不可以久留矣。然君每怪妾不肯獻醜;今將長別,當率成一章。』索筆構成,曰:『心悲意亂,不能推敲,乖音錯節,慎勿出以示人。』掩袖而去。公送諸門外,渹然沒。公悵悼良久。視其詩,字態端好,珍而藏之。」[11]這幾段文字中,可以看出林四娘是個女鬼,她不僅容貌豔麗,而且性情溫柔。更重要的是,她既懂得音律,又會評騭詩詞,甚至寫詩相贈,充滿儒雅氣質,足見她和陳寶鑰之間的愛戀之情已達到琴瑟和鳴的境界了。

(二)《紅樓夢》中的林四娘形象

《紅樓夢》第七十八回〈老學士閒徵姽嫿詞　痴公子杜撰芙蓉誄〉,描寫賈政與眾幕友們談論尋秋之勝時,突然提到恆王與林四娘的傳說,以及賈政要求眾人為林四娘作輓詞的故事。小說作者寫道:「當日曾有一位王封曰恆王,出鎮青州。這恆王最喜女色,且公餘好武,因選了許多美女,日習武事。每公餘輒開宴連日,令眾美女習戰鬥攻拔之事。其姬中有姓林行四者,姿色既冠,且武藝更精,皆呼為林四娘。恆王最得意,遂超拔林四娘統轄諸姬,又呼為『姽嫿將軍』。」[12]由此可知,林四娘被稱為姽嫿將軍,主要是因為她姿色美豔,而且武藝精湛。

後來,恆王被流賊所殺害,此時青州城內的文武官員打算獻城投降。林四娘得知恆王死訊的消息後,立即糾集諸位女將,發令說道:

---

11 〔清〕蒲松齡著,張友鶴輯校:《聊齋誌異會校會注會評本》(上海市:上海古籍出版社,2011年1月),頁286-288。

12 〔清〕曹雪芹、高鶚原著,馮其庸等校注:《紅樓夢校注》(臺北市:里仁書局,2000年1月),頁1236。

「你我皆向蒙王恩，戴天履地，不能報其萬一。今王既殞身國事，我意亦當殞身於王。爾等有願隨者，即時同我前往；有不願者，亦早各散。」[13]諸位女將聽林四娘這麼一說，都異口同聲說願意。又從「於是林四娘帶領眾人連夜出城，直殺至賊營裏頭。眾賊不防，也被斬戮了幾員首賊。然後大家見是不過幾個女人，料不能濟事，遂回戈倒兵，奮力一陣，把林四娘等一個不曾留下，倒作成了這林四娘的一片忠義之志。後來報至中都，自天子以至百官，無不驚駭道奇。其後朝中自然又有人去剿滅，天兵一到，化為烏有，不必深論，只就林四娘一節，眾位聽了，可羨不可羨呢？」[14]這段文字中，可以看出林四娘具有果敢堅毅的性情以及她抱持必死的決心。

如上所述，《紅樓夢》中所描繪的林四娘原是秦淮歌妓，後來成為恆王的寵姬。恆王在世時，她是最受寵愛的女子，因此她被選拔出來統轄諸姬。恆王被殺害，文武官員要獻城投降，但林四娘糾集諸姬，一心要為恆王報仇，最後不幸也被流賊所殺害，為恆王犧牲了性命，足見她剛烈英勇的女將軍形象與《聊齋誌異》中溫柔多情的女鬼形象迥然不同。由於在《明史》〈列女傳〉[15]、《清史稿》〈列女傳〉[16]以及《清朝野史大觀》[17]作品中，從未看到林四娘的相關條目，因此

---

13 〔清〕曹雪芹、高鶚原著，馮其庸等校注：《紅樓夢校注》（臺北市：里仁書局，2000年1月），頁1237。

14 〔清〕曹雪芹、高鶚原著，馮其庸等校注：《紅樓夢校注》（臺北市：里仁書局，2000年1月），頁1237。

15 《明史》，清張廷玉等編著，是一部紀傳體的史書，記載了從明朱元璋洪武元年（1368）至明思宗崇禎十七年（1644），共兩百七十六年的明朝歷史。

16 《清史稿》，民國趙爾巽等編著，全書共五百三十六卷，其中，本紀二十五卷、志一百四十二卷、表五十三卷、列傳三百一十六卷，以紀傳為中心。所記之事，上自一六一六年清太祖努爾哈赤在赫圖哈拉建國稱汗，下至一九一一年溥儀退位，共兩百九十六年的清朝歷史。

17 《清朝野史大觀》，小橫香室主人編著，共十二卷，分「清宮遺聞」、「清朝史料」、「清人逸事」、「清朝藝苑」、「清代述異」共五輯，書中描寫清代社會各階層人物，上自帝王將相，下至販夫走卒。

後世許多史家據此研判，林四娘也像西施、貂蟬、木蘭以及梅妃一樣
是個影子人物。

三 《姽嫿封》之劇作思想

前言已提及，在《聊齋誌異》〈林四娘〉中，蒲松齡所描寫的林
四娘是與道州按察使陳寶鑰愛戀纏綿的多情女鬼；而在《紅樓夢》
中，曹雪芹所描繪的林四娘則是一位奮勇殺敵的女將軍。楊恩壽即根
據《紅樓夢》中所描繪林四娘女將軍形象，將她的故事改編成南雜劇
《姽嫿封》。

（一）楊恩壽

楊恩壽（1835-1891），字鶴儔，號蓬海、朋海、頡父，又號坦
園，別署蓬道人，湖南長沙人。清代晚期著名詩人、書畫理論家、戲
曲家以及戲曲理論家。生於道光十五年，卒於光緒十七年，年五十
七。多年佐幕雲南、貴州，做過教習、主簿、教諭等小官，生活飄
泊。三十六歲（同治九年，1870），始中舉人。四十一歲參加會試失
敗後，放棄科舉，以幕賓為生，長期輾轉於湖南、廣西、雲南等地。
光緒初年，授湖北鹽運使[18]、湖北候補知府[19]，以候補知府充湖北護
貢使。與湖南著名士人郭嵩燾（1818-1891）、王先謙（1842-1917）、
王闓運（1833-1916）以及湘軍著名人物曾國荃（1824-1890）、李元

---

18 鹽運使，官名。宋有提舉茶鹽司，元人於兩淮、兩浙等處始置都轉運鹽使司。惟明
初鹽運使督鹽道監察，其後始為平行官。見李成華：《古代職官辭典》（臺北縣：常
春樹書坊，1988年5月），頁622。

19 知府，官名。唐於京都及創業駐幸之地，特置為府。其長官稱為尹。宋代命朝臣出
守郡為府的長官，稱為權知某府事，簡稱知府。明代始正式稱知府。管轄數州縣，
為府一級行政長官，清代沿襲之。見李成華：《古代職官辭典》（臺北縣：常春樹書
坊，1988年5月），頁464。

度（1821-1887）交往密切。一生長期在各地作幕賓，終因仕途不得
志而轉為專心著述。著有《眼福篇》十四卷，收錄古芬閣書畫題跋以
及楊氏書畫理論。工詩、詞、曲、賦、駢文，其生平著作皆輯入《坦
園全集》（或稱《坦園叢書》）中。另有小說集《蘭芷零香集》、《坦園
日記》[20]手稿十冊以及《坦園詞餘》一卷。戲曲作品有傳奇《鴛鴦
帶》、《姽嫿封》、《桂枝香》、《理靈坡》、《桃花源》、《麻灘驛》和《再
來人》七種[21]。另有戲曲論著《詞餘叢話》六卷與《續詞餘叢話》。[22]

（二）劇作思想

從楊恩壽《姽嫿封》〈自序〉：「庚申（咸豐十年，1860）仲夏，
薄游武陵，公餘，兀坐無以排遣，偶記姽嫿將軍已事，衍為填詞。每
成一折，即郵寄回家，索六兄為余正譜鈔寫成帙，置篋中且十年幾忘
之矣。頃，因刊《桂枝香》，搜得原本，並以付梓時，六兄遠官邕
管，余亦將理裝北上。每檢斯編，不勝風雨對牀之感，顧安得弟與兄
偕歸田里，展紅毹一丈，命伶人歌此曲以娛親儕，亦萊衣之樂哉！至
姽嫿，雖見《紅樓夢》，全是子虛烏有，閱者第賞其奇，弗徵其實也
可」[23]這段文字中，可以知道楊恩壽也認為小說中的姽嫿將軍林四娘
純粹是個影子人物。

《紅樓夢》作者曹雪芹描述林四娘為守城一戰而死的故事，主要
是暗示著小說故事結尾中，賈府的女人挑起家族的重擔，甚至是為家

---

20 《坦園日記》詳記所觀演的劇目以及演出的演員、班社等，保存豐富的戲曲史料。
21 七種戲曲作品，除《鴛鴦帶》未刊外，其餘合稱《坦園六種曲》（或稱《坦園傳奇
　六種》）。其中，《桂枝香》、《姽嫿封》、《雙清影》又合編為《楊氏曲三種》（或稱
　《楊氏三種曲》）。
22 戲曲論著《詞餘叢話》六卷、《續詞餘叢話》，內容皆分為《原律》、《原文》、《原
　事》三卷，其中，《原律》著重探討戲曲音律聲韻問題；《原文》多為選錄優秀曲
　文，間附以作家評述；《原事》則是關於戲曲故事淵源和扮演情況的考述。
23 新文豐出版公司編著：《叢書集成續編》（臺北市：新文豐出版公司，1991年7月），
　頁674。

族而犧牲。同時，曹雪芹也深刻地譴責在生死存亡之際，那些懦弱無能、貪生怕死的男人。由此可知，《紅樓夢》第七十八回〈老學士閒徵姽嫿詞　痴公子杜撰芙蓉誄〉中，曹雪芹先後安排眾人詩贊林四娘的故事情節是大有深意的。曹雪芹藉由賈蘭的七言絕句[24]、賈環的五言律詩[25]以及賈寶玉的〈姽嫿詞〉[26]三人的詩贊，對姽嫿將軍林四娘的忠勇精神給予高度的肯定。恆王與林四娘的故事在《紅樓夢》中，所占篇幅其實極少，而針對小說中這段林四娘故事，楊恩壽卻別出心裁將它改編成南雜劇《姽嫿封》。楊恩壽的劇作思想主要是藉由《紅樓夢》中恆王與林四娘的故事來頌揚咸豐五年（1855）鎮守新田的清將周雲耀[27]夫婦[28]，周氏夫婦即是那些因抵抗太平軍而而戰死的將領。

---

24 賈蘭的七言絕句寫的是：「姽嫿將軍林四娘，玉為肌骨鐵為腸。捐軀自報恆王後，此日青州土亦香。」見〔清〕曹雪芹、高鶚原著，馮其庸等校注：《紅樓夢校注》（臺北市：里仁書局，2000年1月），頁1238。

25 賈環的五言律詩寫道：「紅粉不知愁，將軍意未休。掩啼離繡幕，抱恨出青州。自謂酬王德，詎能復寇仇。誰題忠義墓，千古獨風流。」見〔清〕曹雪芹、高鶚原著，馮其庸等校注：《紅樓夢校注》（臺北市：里仁書局，2000年1月），頁1239。

26 賈寶玉的〈姽嫿詞〉寫著：「恆王好武兼好色，遂教美女習騎射。穠歌豔舞不成歡，列陣挽戈為自得。眼前不見塵沙起，將軍俏影紅燈裡。叱咤時聞口舌香，霜矛雪劍嬌難舉。丁香結子芙蓉絛，不繫明珠繫寶刀。戰罷夜闌心力怯，脂痕粉漬污鮫鮹。明年流寇走山東，強吞虎豹勢如蜂。王率天兵思剿滅，一戰再戰不成功。腥風吹折隴頭麥，日照旌旗虎帳空。青山寂寞水漸漸，正是恆王戰死時。雨淋白骨血染草，月冷黃沙鬼守屍。紛紛將士只保身，青州眼見皆灰塵。不期忠義明閨閣，憤起恆王得意人。恆王得意數誰行，姽嫿將軍林四娘。號令秦姬驅趙女，豔李穠桃臨戰場。繡鞍有淚春愁重，鐵甲無聲夜氣涼。勝負自然難預定，誓盟生死報前王。賊勢猖獗不可敵，柳折花殘實可傷。魂依城郭家鄉近，馬踐胭脂骨髓香。星馳時報入京師，誰家兒女不傷悲。天子驚慌恨失守，此時文武皆垂首。何事文武立朝綱，不及閨中林四娘。我為四娘長太息，歌成餘意尚徬徨。」見〔清〕曹雪芹、高鶚原著，馮其庸等校注：《紅樓夢校注》（臺北市：里仁書局，2000年1月），頁1239-1242。

27 周雲耀（？-1855），字光庭，湖南邵陽人，行伍出身，原為馬兵。道光年間，以參與平定江華趙金龍瑤民起事，擢千總。後又參與平定雷再浩、李元發起事。咸豐初在湘粵邊境從攻太平軍，官至副將，後在援永明時兵敗自殺。根據《清史稿》：「時兩廣交界土匪蜂起，朱連英、胡有祿最強，各擁萬人，稱王號，時時擾湖南邊境，

　　綜觀清代「紅樓夢戲曲」，楊恩壽與其他劇作家最大的差異在
於：楊恩壽《姽嫿封》敷演的是《紅樓夢》中占極小篇幅的林四娘傳
說，而其他劇作家大都是敷演《紅樓夢》小說中的主要人物故事如賈
寶玉和林黛玉間的愛情悲劇、賈寶玉和薛寶釵間的婚姻悲劇、晴雯故
事、劉姥姥故事、探春故事等[29]。甚至，在清代「紅樓夢戲曲」中，
還有少數劇作家是參考《紅樓夢》續書[30]來描寫補恨情節[31]的，而這
些補恨情節在《紅樓夢》小說中是沒有出現過的。

珍與參將周雲耀協防江華，數擊走之。援道州，解其圍。測賊必乘虛襲江華，日馳
百餘里，先至，待賊至迎擊，大破之。進搗桃州，出龍虎關，破恭城賊於栗木街，
回軍解寧遠、藍山圍。別賊掠零陵，周雲耀困於隘。珍率數十人馳進，令曰：『寇
眾，退且死！』據險夾擊，逐北數十里，轉戰深入九嶷山，賊氛漸清，復原官，賜
花翎。五年，土匪何賤苟勾結朱連英陷富川、江華，進犯永明。珍偕周雲耀往剿，
迭敗之。」其中，珍即王珍（？-1857），字璞山，湖南湘鄉人。湖南道州曾建三忠
祠（沈至緒父女、清朝湘軍將領王珍、周雲耀合祀），民國年間因擴建學校而被毀。

28 趙青：《清代紅樓夢戲曲探析》（上海市：華東師範大學人文學院中國語言文學系，
2006年4月），頁15。

29 清代「紅樓夢戲曲」中，內容主要是敷演《紅樓夢》小說中主要人物故事的劇作，
例如孔昭虔《葬花》（一折）；石韞玉《紅樓夢》（十折）；許鴻磐《三釵夢北曲》
（四折）；周宜《紅樓佳話》（六折）；萬榮恩《瀟湘怨傳奇》（分四卷，共三十七
折）；吳蘭徵《絳蘅秋》（二十八折）；吳鎬《紅樓夢散套》（十六折）；朱鳳森《十
二釵傳奇》（二十折）；陳鍾麟《紅樓夢傳奇》（分八卷，共八十折）。

30 乾隆五十六年（1791）程偉元、高鶚推出一百二十回本《紅樓夢》（即「程甲
本」），大抵補足了八十回本《石頭記》的未完遺憾。雖然該書有了結局，但結局卻
又不盡讀者之意，因此開始出現許多續書，從「續」字即可看出續書作者有意的仿
效。清代嘉慶年間，有關《紅樓夢》的續書有八種，包括：逍遙子《後紅樓夢》
（三十回）、秦子忱《續紅樓夢》（三十回）、蘭皋居士《綺樓重夢》（四十八回）、
紅香閣小和山樵南陽氏編輯，款月樓武陵女史月文氏校訂《紅樓復夢》（一百回）、
海圃主人《續紅樓夢》（四十回）、夢夢先生《紅樓圓夢》（三十一回）、歸鋤子《紅
樓夢補》（四十八回）以及娜嬛山樵《補紅樓夢》（四十八回）。見朱一玄編：《紅樓
夢資料匯編》（天津市：南開大學出版社，2001年10月），頁907-909。

31 清代「紅樓夢戲曲」中，內容是參考《紅樓夢》續書描寫補恨情節的劇作，例如仲
振奎《紅樓夢傳奇》分上下兩卷，上卷三十二折，改編自《紅樓夢》；下卷二十四
折，改編自逍遙子《後紅樓夢》。

此外，楊恩壽的論劇宗旨，主要是強調內容要「垂世立教」，要
求劇作家「勿為男女媒褻之辭，掃其蕪雜，歸為正音」。在藝術上，
他偏重以詩詞律曲，因此較為忽視舞臺藝術的演出。在楊恩壽另一劇
作《桃花源》中，他借劇中人的口吻說道：「我們填詞度曲，只要有
新意，有才情，二三知己，每值酒闌燈灺，讀一番，賞一番，但覺耳
目簇新，那管他合律不合律。至於幾字幾板，細細推求，這是伶人樂
工所長，非所論於我輩也」足見他的創作主張是劇作家要有新意，至
於戲曲在表演上是否合律以及板眼是否合乎要求等問題，他認為這是
伶人樂工的專業，劇作家是可以不予以理會的。由此可知，楊恩壽認
為劇作家要有新意，因此在眾多清代「紅樓夢戲曲」中，《姽嫿封》
確實是別出心裁的作品，該劇作敷演的故事不是大多數劇作家所描繪
《紅樓夢》中主要人物賈寶玉和林黛玉間的愛情悲劇，而是小說中占
極少篇幅的林四娘傳說。

四 《姽嫿封》之體製結構

關於戲曲，曾師永義已有豐富的研究。就體製劇種來說，清代的
戲曲可分為短劇[32]、南雜劇、傳奇[33]三種。楊恩壽《姽嫿封》共六
折，屬於南雜劇，體製相當短小。在宮調、套式[34]與協韻方面：首折

---

32 短劇，有廣狹二義：廣義的短劇則是專指折數在三折以下的雜劇；狹義的短劇是以
　一折譜寫一個故事。又對於短劇，當取其狹義。見曾永義：《戲曲源流新論》（臺北
　縣：立緒文化事業公司2000年4月），頁98。

33 傳奇，有廣狹二義：廣義的傳奇包括呂天成（1580-1618）之「舊傳奇」（指南戲過渡
　到新傳奇的產物，體製規律未臻完整且作品數量極有限）與「新傳奇」（指用崑山水
　磨調來演唱的傳奇，在體製規律已真正由南戲蛻變完成為一新劇種）及其後晚明和
　清代的傳奇作品；狹義的傳奇則只限於呂氏的「新傳奇」及其後晚明和清代的傳奇
　作品。又戲曲體製劇種之所謂「傳奇」或戲曲史上和學術上所謂「傳奇」應取其狹
　義。見曾永義：《戲曲源流新論》（臺北縣：立緒文化事業公司，2000年4月），頁93。

34 套式，指在戲曲的單折中，整套所有曲牌組合的結構方式。

〈花陣〉前面有〈破題〉，採用〔南呂宮〕引子【滿江紅】作為開端；第一折〈花陣〉有移宮換調即採用〔大石調〕、〔中呂宮〕兩種，九支曲子，套式是南曲套數[35]，屬於「江陽」韻；第二折〈莠謀〉採用〔中呂宮〕，五支曲子，套式是南曲套數，屬於「皆來」韻；第三折〈哭師〉有移宮換調即採用〔雙調〕、〔仙呂宮〕兩種，十支曲子，套式是南北合套[36]，屬於「蕭豪」韻；第四折〈完節〉採用〔商調〕，七支曲子，套式是南曲套數，屬於「齊微」韻；第五折〈殲寇〉採用〔中呂宮〕，四支曲子，套式是南曲套數，屬於「尤侯」韻；第六折〈證仙〉採用〔仙呂宮〕，七支曲子，套式是南曲套數，屬於「家麻」韻。

例如第一折〈花陣〉第二支曲子【玉樓春】：「（宮女引旦宮妝上）亭亭玉立天人樣，劍配珠冠趨彩仗。蛾眉淡掃為誰容，好留顏色凌煙上。」描寫林四娘美麗的容貌與妝扮；又如第三折〈哭師〉第四支曲子【江南兒水】：「（旦宮妝上）鐵馬紛紛鬧，金戈處處囂，女兒家越俎憂廊廟（這青州呵）一座空城誰與保（我大王呵），一柱擎天誰人靠，我空抱愁懷徹昏曉，恨不把賊貪狼一星摘了。」描述林四娘因寇賊入侵，滿懷憂愁，無法安眠的情況。接著，從這一段賓白：「妾乃姽嫿將軍林四娘也，幸侍賢王，倏逢亂世，近有跳梁小丑，直偪青州，當兵餉不足之時，作苟且圖全之計，這些紳士，其心叵測，所言未必可從，大王升帳商量，尚未回宮。好令人焦灼也（內侍引生上）到此躊躇不能去，諸君何以答昇平（相見介旦）商議軍情，可有頭緒否（生）紳士們紛紛議論，說寇賊已經投誠，籲請孤家，出城招撫

---

35 套數，有南曲套數（簡稱南套）、北曲套數（簡稱北套），即同宮調或管色相同之曲牌，按照音樂曲式板眼銜接的原則，聯綴成一套緊密結合的大型樂曲。套數，又稱「套曲」或「聯套」。就南曲套數而言，前有引子，中有過曲，末有尾聲。南曲套數，又可分為四種形式：其一，引子、過曲、尾聲；其二，引子、過曲，無尾聲；其三，過曲、尾聲，無引子；其四，過曲，無引子無尾聲。

36 南北合套，即南套與北套合用，但僅限於「一北一南」或「一南一北」交替出現。

（旦）哎呀，寇賊甫經起事，如何就肯投誠？大王輕入賊巢，恐中詭計，紳士的話，怎麼聽得呀（生）也顧不得許多了」中，可以看出恆王與城內官紳商議軍情，而林四娘內心焦灼的情況；又從該折第五支曲子【北雁兒落帶得勝令】：「不提防豺狼徧地嗥，怕的是鴉鵲同巢鬧，明知他機牽陷阱牢，拚把這頭向刀山掉（不料本朝的事一壞至此）奈深宮聲色惑當朝，望孝陵風雨先哭朝（這些紳士之言，明知無兵無餉，除了此計，別無良策可施，這不是要君而行麼）劣紳矜生成泮水鵁，熱夫妻打散同林鳥（倘若平安而返）功高唱刀環同笑倒（若是逆賊心懷不軌，孤必不能生還矣）名高撥餘爐有魂招（旦）妾聽得這些紳士呵」中，可以看出城內官紳紛紛建議恆王出城招撫寇賊，而恆王與林四娘卻擔憂寇賊心懷不軌的情況。

又如《姽嫿封》第四折〈完節〉，宮調是〔商調〕，「齊微」韻，此折的套式屬於南曲套數，有引子、過曲、尾聲，共使用七支曲子，依序為〔商調〕引子、過曲【金絡索】、【前腔】、【前腔】、【前腔】、【前腔】、【尾聲】。腳色有老旦、小旦、雜三種，所扮飾的劇中人物依序是姽嫿將軍部下左右翼長、姽嫿將軍林四娘、城中官紳，內容主要是敷演林四娘率領女將奮勇殺敵而後自刎的故事。劇作家在該折一開始，安排老旦、小旦素甲上場，老旦自報家門：「痛哭六軍皆縞素，身留一劍答君恩。我等乃姽嫿將軍部下，左右翼長是也。大王誤中詭計，深入賊巢，猝不及防，捐軀殉難。城中官紳商議，就想獻了此城。姽嫿將軍聞得此信，以將作內應的擒斬數人，並傳集我們，即刻出城迎敵，只得在此伺候者（四女將素衣跳舞執械上）」從老旦的賓白中，可以知道林四娘一聽到恆王不幸身亡的消息，就把城裡那些為寇賊作內應的官紳殺了，同時，她還集合女將打算出城迎敵，為恆王報仇。

緊接著，小旦出場並唱首曲〔商調〕引子【風馬兒】：「（旦孝衣執鎗上）痛哭王孫竟不歸，東南半壁誰支，歎將軍灞上真兒戲，拚把珠

顏玉骨一例付寒灰。」首曲後面，小旦口念集句詩並自報家門：「禍稔蕭牆竟不知，甘言巧計奈嬌痴。出師未捷身先死，天地塵昏九鼎危。我乃姽嫿將軍林四娘也，莠民作亂，狗黨潛通，大王成致命之忠，小丑作跳梁之計。在城紳士，紛紛納款投降。我雖擒斬數人，但羽黨太多，眼見孤城難保。咳，想我林四娘，雖是女流之輩，常抱節烈之心，生受死重，恩當殉節，與其閉門待死，不如殺賊捐軀，為此傳集妃嬪，殺上前去，縱令碎身粉骨，亦所甘心，想我大王呵！」小旦唱完第二支曲子即過曲【金絡索】以及四支【前腔】後，緊接著唱【尾聲】：「明明白白今朝死，可算得千秋奇女子（這青州死難的），除了我姽嫿將軍更有誰（自刎下眾歡笑下）」從小旦的賓白中，可以想像林四娘在眼見城內官紳紛紛投降，孤城難保之下，決定殺賊捐軀，即使粉身碎骨也在所不惜。

《紅樓夢》小說中所描繪的林四娘是糾集諸姬，一心要為恆王報仇，最後不幸也被寇賊所殺害，為恆王犧牲了性命；而楊恩壽《姽嫿封》中所敷演的林四娘則是率領女將奮勇殺敵，最後林四娘自刎。由此可知，劇作家主要是繼承了《紅樓夢》中林四娘女將軍形象來渲染故事，而且劇作家以唱曲和賓白敷演林四娘的容貌、思想、言語與行為，使林四娘的形象更加鮮明與豐富。

五　《姽嫿封》之藝術特徵

《姽嫿封》是以曲牌、套數來講求人工制約的藝術，以六折[37]的

---

37 《姽嫿封》各折的內容，包括：第一折〈花陣〉，主要是敷演恆王在宮中行樂，命林四娘帶著宮女演習陣圖的故事；第二折〈莠謀〉，主要是敷演寇賊想出裡應外合的奸計，打算除去恆王的故事；第三折〈哭師〉，主要是敷演恆王誤中詭計，不幸被殺身亡的故事；第四折〈完節〉，主要是敷演林四娘率領女將奮勇殺敵而後自刎的故事；第五折〈殲寇〉，主要是敷演朝廷派遣靖逆將軍率領雄兵，加上，孔有微募鄉勇相助，終於殲滅賊兵的故事；第六折〈證仙〉，主要是敷演朝廷敕建忠烈專

篇幅來敷演恆王與林四娘的故事。今以定場詩、下場詩，以及借鑑前
人詩篇三方面來說明《娬嬟封》的藝術特徵。

（一）定場詩

　　戲曲中，許多角色在剛出場時，常會自報身分和來歷，並藉此點
出角色的個性或特質，這就是定場詩[38]，也稱為上場詩或出場詩。定
場詩大多有四言詩、五言絕句、六言律詩、七言絕句、七言律詩、宋
詞以及歌謠等形式。在清代「紅樓夢戲曲」中，劇作家使用定場詩的
作品極為普遍。

　　例如楊恩壽《娬嬟封》第四折〈完節〉，劇作家描寫老旦、小旦
素甲上場，首先，老旦上場念道：「痛哭六軍皆縞素，身留一劍答君恩。
我等乃娬嬟將軍部下，左右翼長是也。」其中，這首兩句七言詩：「痛哭
六軍皆縞素，身留一劍答君恩」即是老旦的念白。由於念白也是表演
技藝中重要的一環，因此念白的文字特色必須配合腳色的身分、口
吻，才不會讓劇中人物的形象顯得突兀、不自然。

　　又如劇作家在首曲〔商調〕引子【風馬兒】唱完後寫道：「〔集
句〕禍稔蕭牆竟不知，甘言巧計奈嬌痴。出師未捷身先死，天地塵昏九鼎危。
我乃娬嬟將軍林四娘也。」其中，這首四句七言詩：「禍稔蕭牆竟不知，

祠奉祀恆王與林四娘，而遇難的宮女也配饗千秋，眾人死後登仙並受後人祭奠的故
事。見新文豐出版公司編著：《叢書集成續編》（臺北市：新文豐出版公司，1991年
7月），頁674-679。

38 定場詩是用來鎮定劇場之安寧，使觀眾知道戲劇已經上演，其內容必須合乎人物的
身分與心志。簡言之，定場詩是演員為了吸引觀眾注意力，在每次演出的開始所說
的一首詩。定場詩一般有幽默、感悟人生或豪氣衝天等數種類型，有時還具有數種
文學作用如伏筆、懸念或切題等。定場詩是各種腳色都可以念的，定場詩與人物性
格、身分等關係密切，因此生、旦的念白與淨、丑的念白，在文字上就應該有些差
別。此外，淨、丑若扮飾諧趣的人物，腳色所採用的上場詩就類似打油詩，有時甚
至不是五、七言詩，而是四、六言詩或是其他形式的詩句。越是次要人物，腳色念
的上場詩，越不可能像詩。

甘言巧計奈嬌痴。出師未捷身先死，天地塵昏九鼎危」即是小旦的念白，因此文字類似七言詩的特色。

(二) 下場詩

下場詩，即劇中人物下場時所念的詩，各種腳色都可以念。下場詩一般用五言絕句或七言絕句，內容多概括劇情大要，給人啟發或引人思考。從形式來看，下場詩大多是上下兩兩相對的詩句。由於下場詩不是由生、旦所念而是由末、貼所念，因此詩句不像是一般七言詩而是具有對聯性質的八言詩。

例如楊恩壽《姽嫿封》首折〈花陣〉前面有〈破題〉，而〈破題〉結尾處有下場詩。〈破題〉中，劇作家在〔南呂宮〕引子【滿江紅】結束後，寫道：

> 眾庸奴暗招真狗盜　　勇元戎明收汗馬功
> 賢藩王死配忠臣廟　　女將軍生膺姽嫿封

這四句具有對聯性質的八言詩即是下場詩，句子結構為「3＋5」，主要是暗喻恆王誤中詭計不幸被殺身亡，而林四娘率領女將奮勇殺賊最後自刎的結局。楊恩壽《姽嫿封》中的〈破題〉，下場詩的第四句「女將軍生膺姽嫿封」，簡稱為「姽嫿封」，而此劇的名稱即《姽嫿封》。

如上所述，從《姽嫿封》首折〈花陣〉前面的〈破題〉來看，它的四句下場詩中的第四句「女將軍生膺姽嫿封」簡稱為「姽嫿封」，該句頗有元雜劇在劇本末尾處「題目正名」[39]的特徵。

---

39 元雜劇在劇本的末尾有所謂的「題目正名」，往往以二句或四句韻文來說明劇本的思想內容，作為全劇的收場語。題目正名，即劇情提要，劇作家用兩句或四句的韻語概括全劇主要關目，最後一句多是此劇的全名，而此句的末三字或四字多為此劇

（三）借鑑前人詩篇

關於宋詞借鑑唐詩之技巧，王偉勇教授已有深入的研究。[40]在戲曲的創作中，劇作家取材唐詩的情況也非常普遍，其中，運用〔集唐〕最廣泛且最出色的戲曲是明代的《牡丹亭》，因此湯顯祖（1550-1616）可說是為戲曲開啟〔集唐〕之風氣。楊恩壽《姽嫿封》借鑑前人詩篇的方法，大致可分為襲用前人詩篇成句、增損前人詩篇字面、化用前人詩篇句意以及檃括前人詩篇篇章四種。

首先，劇作家直接採用原句而不加以更動一字的現象，稱為「襲用前人詩篇成句」[41]。例如《姽嫿封》第五折〈殲寇〉，劇作家在「四將引末甲冑上」的那一段賓白中，寫了〔集句〕詩：「削平妖孽在斯須，一將功成萬骨枯。行望鳳京旋凱捷，風雲常為護儲胥。」其中，〔集句〕第一句「削平妖孽在斯須」實出自方干〈狂寇後上劉尚書〉：「孫武傾心與萬夫，削平妖孽在斯須。才施偃月行軍令，便見台

的簡稱。題目正名的作用有二：一是寫在「花招」上作為廣告；一是在散場時宣念，作為全劇結束。例如元雜劇《關大王獨赴單刀會》，簡稱《單刀會》，其題目正名有兩種版本：其一，元刊本為四句六言詩，即「喬國老諫吳帝，司馬徽休官職；魯子敬索荊州，關大王單刀會。」其二，趙鈔作為四句八言詩，即「孫仲謀獨占江東地，請喬公言定三條計；魯子敬設宴索荊州，關大王獨赴單刀會。」見曾永義：《中國古典戲劇選注》（臺北市：國家出版社，2007年9月），頁43。

40 晏殊《珠玉詞》借鑑唐詩的技巧，大致可分為八種：其一，泛用唐詩字面，含實字與虛字以言之；其二，截取唐詩字面，係指截取唐代特定詩人之作品以言之；其三，增損唐詩字面，凡增減、改易之現象均屬之；其四，化用唐詩句意，又分「一句化一句」、「一句化兩句」、「兩句化一句」、「兩句化兩句」、「兩句化多句」等五項；其五，襲用唐詩成句；其六，檃括唐人詩篇，凡檃括唐人全首詩篇，或大部份詩意者，均屬之；其七，引用唐人故實；其八，綜合運用各類方法，係指以「截取」、「增損」、「化用」、「襲用」、「檃括」等兩種技巧以上，綜合運用以成詞章者。見王偉勇：〈晏殊《珠玉詞》借鑑唐詩之探析——兩宋詞人大量借鑑唐詩之先驅〉，《東吳中文學報》第3期（1997年5月），頁159-160。

41 王偉勇：〈晏殊《珠玉詞》借鑑唐詩之探析——兩宋詞人大量借鑑唐詩之先驅〉，《東吳中文學報》第3期（1997年5月），頁192。

星逼座隅。獨柱支天寰海正，雄名蓋世古今無。聖君爭不酬功業，仗
下高懸破賊圖。」[42]中的第二句；〔集句〕第二句「一將功成萬骨枯」
實出自曹松〈己亥歲〉二首之一：「澤國江山入戰圖，生民何計樂樵
蘇。憑君莫話封侯事，一將功成萬骨枯。」[43]中的第四句；〔集句〕第
三句「行望鳳京旋凱捷」實出自賀朝〈從軍行〉：「朔胡乘月寇邊城，
軍書插羽刺中京。……行望鳳京旋凱捷，重來麟閣畫丹青。」[44]一
詩；〔集句〕第四句「風雲常為護儲胥」實出自李商隱〈籌筆驛〉：
「猿鳥猶疑畏簡書，風雲常為護儲胥。徒令上將揮神筆，終見降王走
傳車。管、樂有才真不忝，關、張無命欲何如？他年錦里經祠廟，
〈梁父吟〉成恨有餘。」[45]中的第二句，凡此，都是採用「襲用前人
詩篇成句」。

其次，劇作家取材前人詩篇整句，但不變更其文意、語序，而僅
增減一、二字，或改易一、二字的現象，稱為「增損前人詩篇字
面」。[46]例如《姽嫿封》第六折〈證仙〉，在〔仙呂〕過曲【八聲甘

---

42 陳貽焮主編：《增訂注釋全唐詩》（北京市：文化藝術出版社，2001年5月），冊4，頁822。

43 〔清〕彭定求等主編；陳書良、周柳燕整理注釋：《御定全唐詩簡編》（海口市：海南出版社，2014年3月），頁1679。

44 賀朝〈從軍行〉：「朔胡乘月寇邊城，軍書插羽刺中京。天子金壇拜飛將，單于玉塞振佳兵。騎射先鳴推任俠，龍韜決勝佇時英。聞有河湟客，悁悁理惟帝。常山啟霸圖，氾水先天策，銜珠浴鐵向桑乾，蘩旗膏劍指烏丸。鳴雞已報關山曉，來雁遙傳沙塞寒。直為甘心從苦節，隴頭流水鳴鳴咽。邊樹蕭蕭不覺春，天山漠漠長飛雪。魚麗陣接塞雲平，雁翼營通海月明。始看晉幕飛鵝入，旋聞齊壘啼烏聲。自從一戍燕支山，春光幾度晉陽關。金河未轉青絲騎，玉箸應啼紅粉顏。鴻歸燕相續，池邊芳草綠。已見氛清細柳營，莫更春歌落梅曲。烽沉灶滅靜邊亭，海晏山空肅已寧。行望鳳京旋凱捷，重來麟閣畫丹青。」見陳貽焮主編：《增訂注釋全唐詩》（北京市：文化藝術出版社，2001年5月），冊2，頁808。

45 〔清〕彭定求等主編；陳書良、周柳燕整理注釋：《御定全唐詩簡編》（海口市：海南出版社，2014年3月），頁1421。

46 王偉勇：〈晏殊《珠玉詞》借鑑唐詩之探析——兩宋詞人大量借鑑唐詩之先驅〉，《東吳中文學報》第3期（1997年5月），頁183。

州】之後的那一段賓白中,他安排〔集句〕詩:「浮生共是北邙塵,
試灑椒漿合有神。多難始應彰勁節,九天雨露又重新。」其中,〔集
句〕第四句「九天雨露又重新」實出自蘇軾〈送馮判官之昌國〉:「斬
蛟將軍飛上天,十年海水生紅煙。……九天雨露聖恩深,萬里扶搖雲
外廓。」[47]一詩,楊恩壽將原詩「九天雨露聖恩深」中的「聖恩深」
改成「又重新」,凡此,都是採用「增損前人詩篇字面」。

再次,劇作家取材唐詩片段,不變更其文意而另造新句的現象,
其方式有:一句化一句、一句化兩句、兩句化一句、兩句化兩句、兩
句化多句五種,即稱為「化用前人詩篇句意」[48]。例如楊恩壽《姽嫿
封》第一折〈花陣〉,在〔大石調〕過曲【念奴嬌序】之後的那一段
賓白中,楊恩壽安排兩首各四句七言的〔集句〕詩。第二首為:「碧
瓦桐軒月殿開,香車寶馬玉人來。當場擊動漁陽鼓,軍令分明數舉
杯。」其中,〔集句〕第三句「當場擊動漁陽鼓」實出自白居易〈長
恨歌〉:「漢皇重色思傾國,御宇多年求不得。……漁陽鼙鼓動地來,
驚破霓裳羽衣曲。……天長地久有時盡,此恨綿綿無絕期。」[49]一

---

47 蘇軾〈送馮判官之昌國〉:「斬蛟將軍飛上天,十年海水生紅煙。驚濤怒浪盡壁立,
　樓櫓萬艘屯戰船。蘭山搖動秀山舞,小白桃花半吞吐。鷗夷不裹壯士屍,白日貔貅
　雄帥府。長鯨東來驅海鰌,天吳九首龜六眸。鋸牙鑿齒爛如雪,屠殺小民如有仇。
　春雷一震海帖伏,龍變海魚安海族。魚鹽生計稍得蘇,職貢重修遠島服。判官家世
　忠孝門,獨松節士之奇孫。經綸手段飽周孔,豈與弓馬同等倫。畫窮經史夜兵律,
　麟角鳳毛多異質。直將仁義化答榜,羞與奸贓競刀筆。吾聞判官昔佐元戎幕,三軍
　進退出籌度。使移韜略事刑名,坐使剽游歸禮樂。鳳凰池,麒麟閣,酬德報功殊不
　薄。九天雨露聖恩深,萬里扶搖雲外廓。」見(宋)蘇軾著,〔清〕馮應榴輯注:
　《蘇軾詩集合(上海市:上海古籍出版社,2001年6月),冊6,頁2502。
48 王偉勇:〈晏殊《珠玉詞》借鑑唐詩之探析——兩宋詞人大量借鑑唐詩之先驅〉,
　《東吳中文學報》第3期(1997年5月),頁184。
49 白居易〈長恨歌〉:「漢皇重色思傾國,御宇多年求不得。楊家有女初長成,養在深
　閨人未識。天生麗質難自棄,一朝選在君王側。回眸一笑百媚生,六宮粉黛無顏
　色。春寒賜浴華清池,溫泉水滑洗凝脂。侍兒扶起嬌無力,始是新承恩澤時。雲鬢
　花顏金步搖,芙蓉帳暖度春宵。春宵苦短日高起,從此君王不早朝。承歡侍宴無閒

詩，楊恩壽將原詩「漁陽鼙鼓動地來」改成「當場擊動漁陽鼓」，凡
此，都是屬於「化用前人詩篇句意」。

　　最後，劇作家檃括唐人全首詩篇，或大部分詩意的現象，稱為
「檃括前人詩篇篇章」[50]。例如楊恩壽《姽嫿封》第三折〈哭師〉，在
〔雙調〕【北新水令】之後的那一段賓白中，楊恩壽安排〔集句〕
詩：「威雄八陣役風雷，落日愁登大將臺。家散萬金酬死士，安危須
仗出群才。」其中，〔集句〕第二句「落日愁登大將臺」脫胎自杜甫

暇，春從春遊夜專夜。後宮佳麗三千人，三千寵愛在一身。金屋妝成嬌侍夜，玉樓
宴罷醉和春。姊妹弟兄皆列土，可憐光彩生門戶。遂令天下父母心，不重生男重生
女。驪宮高處入青雲，仙樂風飄處處聞。緩歌謾舞凝絲竹，盡日君王看不足。漁陽
鼙鼓動地來，驚破霓裳羽衣曲。九重城闕煙塵生，千乘萬騎西南行。翠華搖搖行復
止，西出都門百餘裏。六軍不發無奈何，宛轉蛾眉馬前死。花鈿委地無人收，翠翹
金雀玉搔頭。君王掩面救不得，回看血淚相和流。黃埃散漫風蕭索，雲棧縈紆登劍
閣。峨嵋山下少人行，旌旗無光日色薄。蜀江水碧蜀山青，聖主朝朝暮暮情。行宮
見月傷心色，夜雨聞鈴腸斷聲。天旋地轉回龍馭，到此躊躇不能去。馬嵬坡下泥土
中，不見玉顏空死處。君臣相顧盡沾衣，東望都門信馬歸。歸來池苑皆依舊，太液
芙蓉未央柳。芙蓉如面柳如眉，對此如何不淚垂。春風桃李花開日，秋雨梧桐葉落
時。西宮南內多秋草，落葉滿階紅不掃。梨園弟子白髮新，椒房阿監青娥老。夕殿
螢飛思悄然，孤燈挑盡未成眠。遲遲鍾鼓初長夜，耿耿星河欲曙天。鴛鴦瓦冷霜華
重，翡翠衾寒誰與共。悠悠生死別經年，魂魄不曾來入夢。臨邛道士鴻都客，能以
精誠致魂魄。為感君王輾轉思，遂教方士殷勤覓。排空馭氣奔如電，升天入地求之
遍。上窮碧落下黃泉，兩處茫茫皆不見。忽聞海上有仙山，山在虛無縹緲間。樓閣
玲瓏五雲起，其中綽約多仙子。中有一人字太真，雪膚花貌參差是。金闕西廂叩玉
扃，轉教小玉報雙成。聞道漢家天子使，九華帳裏夢魂驚。攬衣推枕起徘徊，珠箔
銀屏迤邐開。雲鬢半偏新睡覺，花冠不整下堂來。風吹仙袂飄飄舉，猶似霓裳羽衣
舞。玉容寂寞淚闌幹，梨花一枝春帶雨。含情凝睇謝君王，一別音容兩渺茫。昭陽
殿裏恩愛絕，蓬萊宮中日月長。回頭下望人寰處，不見長安見塵霧。惟將舊物表深
情，鈿合金釵寄將去。釵留一股合一扇，釵擘黃金合分鈿。但教心似金鈿堅，天上
人間會相見。臨別殷勤重寄詞，詞中有誓兩心知。七月七日長生殿，夜半無人私語
時。在天願作比翼鳥，在地願為連理枝。天長地久有時盡，此恨綿綿無絕期。」見
〔清〕彭定求等主編；陳書良、周柳燕整理注釋：《御定全唐詩簡編》（海口市：海
南出版社，2014年3月），頁1165-1167。
50 王偉勇：〈晏殊《珠玉詞》借鑑唐詩之探析──兩宋詞人大量借鑑唐詩之先驅〉，
《東吳中文學報》第3期（1997年5月），頁193。

〈後出塞〉五首之二：「朝進東門營，暮上河陽橋。落日照大旗，馬鳴風蕭蕭。平沙列萬幕，部伍各見招。中天懸明月，令嚴夜寂寥。悲笳數聲動，壯士慘不驕。借問大將誰？恐是霍嫖姚。」[51]楊恩壽似有櫽括杜甫〈後出塞〉五首之二，這就是屬於「櫽括前人詩篇篇章」。

六　結語

在清代「紅樓夢戲曲」中，內容提到姽嫿將軍林四娘的劇作有兩種：一是吳蘭徵《絳蘅秋》，共二十八折，僅第二十四折〈演恆〉與第二十五折〈林殉〉敷演姽嫿將軍故事，約占該劇百分之七；一是楊恩壽《姽嫿封》，共六折，從第一折〈花陣〉、第二折〈莠謀〉、第三折〈哭師〉、第四折〈完節〉、第五折〈殲寇〉至第六折〈證仙〉全劇皆敷演姽嫿將軍故事，占該劇百分之一百。

《姽嫿封》作於咸豐十年（1860），共六折，以體製劇種來說，是屬於南雜劇。清代「紅樓夢戲曲」是清代文人對《紅樓夢》文本閱讀之後所創作的一種獨特的文學形式。《姽嫿封》是清代「紅樓夢戲曲」之一，劇作家楊恩壽藉由《紅樓夢》中姽嫿將軍林四娘來頌揚咸豐五年鎮守新田的清將周雲耀的妻子知兵善戰的故事。從《姽嫿封》中，可以看出劇作家對婦女才智能力並不低於男子的認識。較諸其他清代「紅樓夢戲曲」，楊恩壽《姽嫿封》敷演的故事不是《紅樓夢》小說中主要人物的故事，而是小說中占極少篇幅的林四娘傳說。

林四娘是個影子人物，她的形象主要有兩種：一是女鬼，如《聊齋誌異》中的林四娘形象；一是巾幗英雄，如《紅樓夢》中的林四娘形象。又《姽嫿封》是以《紅樓夢》為底本所改編的戲曲，《姽嫿

---

51 〔清〕彭定求等主編；陳書良、周柳燕整理注釋：《御定全唐詩簡編》（海口市：海南出版社，2014年3月），頁681。

封》與《紅樓夢》兩者故事的差異在於：《紅樓夢》小說中的林四娘一心為恆王報仇，最後不幸也被流賊所殺害，為恆王犧牲了性命；而《姽嫿封》中的林四娘則是率領女將奮勇殺敵，最後自刎了。較諸小說形式，同樣是描寫悲劇結局，但透過戲曲形式來敷演故事，姽嫿將軍林四娘的英勇形象就更加豐富與鮮明了。

參考文獻

〔宋〕蘇軾著　〔清〕馮應榴輯注《蘇軾詩集合注》　上海市　上海
　　古籍出版社　2001年6月

〔清〕彭定求等主編　陳書良、周柳燕整理注釋　《御定全唐詩簡
　　編》　海口市　海南出版社　2014年3月

〔清〕蒲松齡著　張友鶴輯校　《聊齋誌異會校會注會評本》　上海
　　市　上海古籍出版社　2011年1月

〔清〕曹雪芹、高鶚原著　馮其庸等校注《紅樓夢校注》　臺北市
　　里仁書局　2000年1月

阿英編　《紅樓夢戲曲集》　臺北市　九思出版有限公司　1979年2月

李成華　《古代職官辭典》　臺北縣　常春樹書坊　1988年5月

新文豐出版公司編著　《叢書集成續編》　臺北市　新文豐出版公
　　司，1991年7月　冊210

王偉勇　〈晏殊《珠玉詞》借鑑唐詩之探析——兩宋詞人大量借鑑唐
　　詩之先驅〉　《東吳中文學報》第3期（1997年5月）

曾永義　《戲曲源流新論》　臺北縣　立緒文化事業公司　2000年4月

曾永義　《俗文學概論》　臺北市　三民書局股份有限公司　2003年
　　6月

曾永義　《中國古典戲劇選注》　臺北市　國家出版社　2007年9月

陳貽焮主編　《增訂注釋全唐詩》　北京市　文化藝術出版社　2001
　　年5月

朱一玄編　《紅樓夢資料匯編》　天津市　南開大學出版社　2001年
　　10月

李根亮　〈清代紅樓戲曲文本意義的接受與誤讀〉　《武漢大學學
　　報》（人文科學版）（2005年1期）

李惠儀　〈女英雄的想像與歷史記憶〉　《嶺南學報》復刊號（第
　　　　一、二輯合刊）　2005年

趙　青　《清代紅樓夢戲曲探析》　上海市　華東師範大學人文學院
　　　　中國語言文學系　2006年4月

沈惠如　《從原創到改編——戲曲編劇的多重對話》　臺北市　國家
　　　　出版社　2006年5月

林均珈　《紅樓夢本事衍生之清代戲曲、俗曲研究》　臺北市　臺北
　　　　市立教育大學中國語文學系博士論文　2013年7月

螺旋結構論觀點下的
語文補救教學
——以繪本為主的設計與實踐[*]

陳佳君

臺北教育大學語文與創作學系副教授

摘要

本教學設計與實踐研究乃針對語文補救教學，以辭章學體系為理論支持，歸本於形象、邏輯、綜合三大思維力之運作，建立系統性及螺旋性之語文教學整體架構。本研究亦基於透過繪本帶起低成就學生對語文的興趣與能力之前提，選以兒童繪本為語文補救教學教材，提供多元散點式與單一浸染式之實務運用方針。復經教學示例之研發與實施，提出教學省思與建議。最後總結出語文歸本原則、螺旋動能原則、學習興趣原則、實作策略原則、學生本位原則供語文補救教學與研究之參。

關鍵詞：語文教學、補救教學、兒童繪本、思維力、語文能力、辭章學、螺旋

---

* 本文修訂自教育部國民小學師資培用聯盟「國語文領域教學研究中心」一〇四學年度「兒童繪本融入國語文補救教學實驗研究計畫」之部分成果（原係未出版之專案研究報告）。

一 前言

　　本研究主要是以螺旋式教學法為設計理念，進行兒童繪本融入語文補救教學之設計與實踐，研究目的在於嘗試建構具理論系統支持的語文補救教學，並透過兒童繪本帶起低成就學生對語文的興趣與能力，以增進在職教師與師資生之了解，並提供運用方針。

　　本實驗教學之設計與實踐之研究動機蓋緣起於教育部國小師資培用聯盟國語學習領域教學研究中心在執行國語領域之「補救教學」時，於教學示例研發、公開觀課與教師專業對話會議、教學演示成果發表暨評課與座談會中之研討，無論在學術研究端之教授群或是教學現場端的在職教師群，悉皆認同教育部大力推動補救教學之美意，唯於教學現場實際操作面上還存有許多問題待議。例如怎樣不讓補救教學淪為課後作業班、如何避免單一而零碎的「頭痛醫頭，腳痛醫腳」方式、怎樣避免課本教材的二度夢魘等。因此，如何能研發更有效的語文補救教學設計？是否有更強而有力的學理依據支持？是否能規劃出更具系統性的教學層次？如何能減低學生對學習語文的那顆害怕和恐懼的心？怎樣能在補救教學的課堂中，提升低成就學生學生語文的興趣與能力等，這諸多的補救教學問題與教學需求，就成了迫切需要嘗試解決的議題。

　　有鑑於此，本研究計畫案已執行並發表相關文獻爬梳與理論建構之先導研究，回顧了運用繪本於語文補救教學之相關文獻與研究概況，並確立本研究計畫之理論基礎。細部而言，乃予以理清辭章學的體系與語文能力的關係，再藉由互動、循環、提升的螺旋結構論，透過形象思維、邏輯思維、綜合思維等三大思維力，統整補救教學中語文知識向度，此外，亦提出多元散點式與單一浸染式的教學設計框

架，以利於進一步的實驗教學設計與實踐。[1]

本案在研究方法上，先由研究者在學術上提供理論支持，以大辭章學之體系為整體設計架構，並召開多次的教學實驗研究計畫會議、教學示例研發與審議會議，而由教育部國語中心實務教師及資深在職教師實際執行實驗教學、進行教學省思與檢討等步驟執行。在研究取材方面，經實驗教學研究會議決議，為符應上述「引發學生學習興趣」、「避免再用課本為教材」的目的，選定兒童繪本為教學設計之教材來源，原則上編寫出二至四年級皆可適用的層次性系列式補救教學設計。

本文擬先概述先導研究之重點，以建構本教學設計與實踐研究之理論基礎，接著再以形象思維、邏輯思維、綜合思維等三大思維力，螺旋式的統整補救教學中語文能力養成之種種面向，透過三則課例依序提出教學設計、理念分析、教學省思與建議。

二　理論基礎

（一）以思維力統貫的辭章學體系

「辭章」是指詩詞散文等各類文學作品或話語藝術體裁[2]，而辭章學即是一門研究一切關於各種文藝作品內容與形式之理論與應用的學科領域。辭章學的體系含攝由「形象思維」、「邏輯思維」、「綜合思維」的運作下，所關聯的各個子系統，包含：意象學、詞彙學（含

1　詳見陳佳君：〈繪本融入語文補救教學之理論先導研究——以螺旋結構論為主軸的探討〉，《章法論叢（第十一輯）》（臺北市：萬卷樓圖書股份有限公司，2017年11月），頁323-346。

2　鄭頤壽：「辭章是『話語藝術形式』，它包含口語之話篇、書語之文篇，包括藝術體、實用體及其融合體。」見鄭頤壽：《辭章學導論》（臺北市：萬卷樓圖書股份有限公司，2003年11月），頁1、頁15-16。

形、音、義）、修辭學、文法學、章法學、主題學、文體學、風格學
等。

　　進一步的說，「形象思維」、「邏輯思維」、「綜合思維」這三種思
維力，各有所司。「形象思維」是運用典型的藝術形象，來顯示各種
事物的特質，以表情達意[3]，這涉及了取材、措詞、修飾等有關意象
之形成與表現等層面；「邏輯思維」是用抽象概念來顯示各種事物的
組織，使情意思想及物事材料形成條理[4]，關乎運材、布局、構詞與
組句等意象之組織；「綜合思維」是結合形象思維與邏輯思維，將文
藝作品統合為有機整體，包含立意、韻律格調等有關意象之統合。

　　從學科體系的上下位概念而言，因為三種不同的思維力彼此相互
運作與連結，而使得各個子領域學科之間，形成有層級性的立體關
係，茲圖示如下[5]：

3　彭漪漣：「形象思維需要遵守聯想律，也就是形象結合的方式。具體一點說，人們
　　在文藝創作中，必須從對象中選取最足以揭示其本質的形象，用聯想律（如時空上
　　的接近聯想、現象上的相似聯想、事件間的因果聯想和對立面的對比聯想等）來把
　　握形象的內在聯繫，形成具體的詩的意境，或構想出典型環境中的典型性格。」見
　　彭漪漣：《古典詩詞邏輯趣談》（上海市：上海人民出版社，2001年9月），頁13。
4　吳應天：「人們的思維既有形象性，也有邏輯性，所以既可寫成形象體系，也可寫
　　成邏輯體系。……如果辨證地看問題，那就知道形象體系中寓有邏輯性，邏輯體系
　　中也包含著形象性，兩者不僅互相聯繫、互相滲透，而且還互相結合、互相轉化。
　　原因在於形象性和邏輯性具有對立統一關係。正由於這個緣故，由於簡明扼要的邏
　　輯系統很容易為人們所理解，而生動具體的形象體系更容易使人感動，所以許多文
　　學作品往往是形象性和邏輯性結合的複合文。」見吳應天：《文章結構學》（北京
　　市：中國人民大學出版社，1989年8月），頁345。
5　參見陳滿銘：〈論篇章辭章學〉，《國文學報》第35期（2004年6月），頁35-68。又，
　　此立體圖表與相關論述由陳滿銘修訂於〈篇章內容、形式包孕關係探論——以多二
　　一（0）螺旋結構切入作探討〉，《中國學術年刊》第32期秋季號（2010年9月），頁
　　283-319。

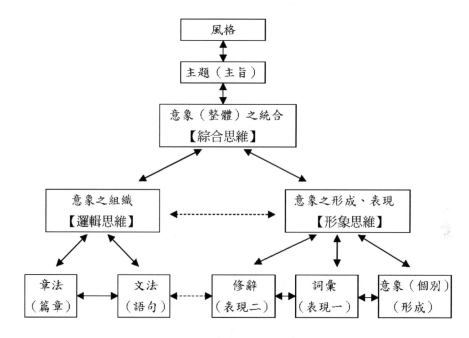

圖一：辭章學的體系

如落實到小學語文教學而言，首先，形象思維的語文能力即關乎語文／意象之「形成」，例如文意理解、摘取文本大意、辨識故事材料並能掌握其語用功能或背後所蘊含之意等；此外尚有詞彙與修辭，前者是指稱，後者是修飾，兩者都屬語文／意象的「表現」。其次，邏輯思維的運作則是負責語文／意象之「組織」，重點在釐清條理關係，例如就篇章而言的課文結構和就字句而言的短語、句型等。其三，綜合思維乃串起全篇所有物事材料與情意思想的核心主軸，在語文教學上通常包含課文的文體、主旨、氣氛筆調等，屬於語文／意象之「統合」。這樣的體系是結合內容深究與形式深究去看待文本的，並且系統性的標舉了語文知識向度。

（二）辭章學體系中的螺旋動能

透過上節之梳理可知，在形象思維、邏輯思維、綜合思維的運作

下，大辭章學體系中收編著彼此關聯的各個下位次領域，而辭章學的
這種學科融合特性表現在語文教學的研究與實務上，就形成了一種具
有科學性與螺旋性的教研系統，因為這些由三大思維力貫串起來的各
種教學面向——取材、措詞、修飾、謀篇布局、構詞組句、立意、文
體、風格等，會在教學過程中不斷形成互動、循環、提升的螺旋結構
（Spiral Structure）。

　　互動、循環、提升的螺旋結構原理可上溯到中國古代哲學理論，
無論在有與無、體與用、理與氣等陰陽二元範疇中，都存在著由二元
而互動而循環而提升的螺旋動能[6]。螺旋結構早在十七世紀就被借鑒
於教育理論，由捷克教育家夸美紐斯（John Amos Comenius，1592-
1670）提出用螺旋式代替圓周式的教材排列，以突顯教材在教學過程
中會逐步擴展和加深的含義。美國哈佛大學的心理學教授布魯納（J.
S. Brunner，1915-2016）也提出「螺旋式課程（Spiral Curriculum）」，
強調應根據某一學科的概念結構，以促進學生的認知能力發展為目的
來設計課程。[7]而王耘、葉忠根、林崇德編著的《小學生心理學》更
指出了兒童思考能力的發展：

　　　　在小學生辯證思考的發展中……有一定的順序性，是一個從簡
　　　　單到複雜，從低級到高級的不斷提高的過程。[8]

從兒童思維力的發展心理學而言，其學習存在著由簡單而複雜，且是
「不斷提高」的動態歷程。陳滿銘也明確的主張：

6　參見陳滿銘：《多二一（0）螺旋結構論——以哲學文學美學為研究範圍》（臺北市：
　　文津出版社，2007年1月），頁1-5。
7　參見顧明遠主編：《教育大辭典》（上海市：上海教育出版社，1990年6月），頁276。
8　見王耘、葉忠根、林崇德編：《小學生心理學》（臺北市：五南圖書出版股份有限公
　　司，1998年10月，臺初版2刷），頁168。

思維力的鍛鍊與語言能力的進展，可說是密切相關，是可以互動、循環、提升的。[9]

熊川武在為庫伯（David A. Kolb）的《體驗學習（Experiential Learning）》譯本寫序時也提到這樣的概念，他評論道：體驗學習是一種過程，是一個起源於體驗並在體驗下不斷修正並獲得觀念的連續過程；並表示：在幾個基本階段中並不是單純的、平面的循環，而是一個「螺旋上升的過程」。[10]

在三大思維力運作下而開展的上下位學科立體系統，就是辭章學和語文教學研究的學科概念結構。誠如上述，形象思維、邏輯思維、綜合思維之間的調控培養和語文能力的訓練推展也具有內在「螺旋上升的過程」。這樣一來，螺旋式教學法與三大思維力的關係，大致可透過下列圖表示意：

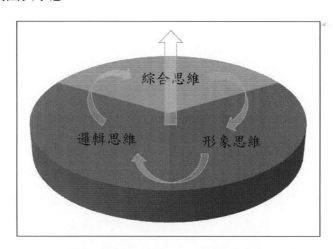

圖二：螺旋式教學法與三大思維力關係示意圖

9　見陳滿銘：〈語文能力與辭章研究〉，收於《篇章結構學》（臺北市：萬卷樓圖書股份有限公司，2005年5月），頁400。

10　參見〔美〕庫伯著，王燦明等譯：《體驗學習──讓體驗成為學習和發展的源泉》（上海市：華東師範大學出版社，2008年2月），頁3-4。

另外，本案在先導研究中也以螺旋式的教學設計框架，提出兩大教學設計與實務運用之進路，一是多元散點式，也就是依體系表中的各個下位子學科，選擇繪本、設計教法，使學生能在多元文本的刺激下，像拼圖或蓋屋般的一份一份吸收語言文學的營養素；另一種方案是單一浸染式，意即運用同一本繪本，選擇多個知識面向，設計系列式課程，使學生能在精熟故事的過程中，學會從多角度欣賞文本，並逐步互動、循環、提升相應的語文能力[11]。

總體而言，本研究為提升補救教學學生之學習興趣，選以兒童繪本為教材來源，再透過三大思維力之運作來設計課程內容，則可達到互動、循環、提升的教學螺旋動能，如此一來也符合布魯納所建議的動機原則和結構原則，意指兒童在學習時要先有動機（Motivation），教材設計也要有組織性，教學才會有成效。因此，本實驗教學之整體設計即以辭章學體系為架構，並以螺旋式教學為理念。以下即分由「形象思維」、「邏輯思維」、「綜合思維」落實於教學實務應用面，針對三則課例分析之。

三 教學設計與省思

本教學實驗研究計畫之參與者，主要為教育部師培聯盟國語教研中心實務教師及資深在職教師或中心諮詢教師[12]。教師成員之背景有國教輔導團國小國語文領域專任輔導員，亦有擔任攜手或補救教學專班之指導老師，並且都有公開授課或發表教學論文之經驗。實驗教學

---

11 參見陳佳君：〈繪本融入語文補救教學之理論先導研究——以螺旋結構論為主軸的探討〉，《章法論叢（第十一輯）》（臺北市：萬卷樓圖書股份有限公司，2017年11月），頁340-345。

12 本實驗教學之執行，感謝教育部國小師培聯盟國語領域教學研究中心實務教師暨諮詢教師群之共同參與。

之施行與研討之時程，歷時上下兩學期，由執行者運用國語課搭配生活、晨光、彈性時間，或直接於攜手／補救教學專班來進行教學活動。以下即依形象思維、邏輯思維、綜合思維呈現補救教學任務導向之下的繪本教學設計與省思。

（一）形象思維補救教學實驗——《我爸爸》譬喻修辭教學

本教學設計者長期擔任補救教學專班之指導教師，熟悉弱生之學習心理，語文專長在兒童文學、放聲朗讀、多文本閱讀、讀者接受論與教學等。教師在本教學實驗計畫中選擇安東尼・布朗深受大小朋有喜愛的繪本《我爸爸》[13]，做為形象思維補救教學之教材，目的在於設計出活潑有趣的譬喻教學。實際教學對象為三年級補救教學專班。

1 教學設計

《我爸爸》以兒童的視角，透過許多現實與想像互涉的事例和有趣且鮮明的譬喻，描繪他心中的父親形象有多麼「酷」，並且在圖文所呈現的各種巧思與幽默中，傳達出深刻而溫馨的親子之情。作者在故事中靈活的運用譬喻，不僅成了文本最吸引兒童注意的特色之一，也是教師在進行語文形象思維教學時，可以著力的部分。

在教學方法方面，為符合補救教學的學生雖然依賴心較強，但能透過模仿精熟學習內容的特質，採用明示性的教學策略。首先由教師示範，搭出學習鷹架，再經由師生共作、修正盲點、引導示範、再次共作練習等模式，達成學習目標，並打好日後獨立學習的基礎。在工具方面，使用范氏圖（Venn diagram）引導學生逐步了解譬喻要素——本體、喻詞、喻體[14]，再進一步指導學生能自己利用范氏圖，

---

13 見〔英〕安東尼・布朗圖文，黃鈺瑜譯：《我爸爸》（臺北市：格林文化，2001年7月）。

14 劉蘭英等主編之《漢語表達》一書就指出：「構成比喻有四個條件：本體（被比喻

發現繪本中的譬喻句。

教學目標則是設定在能找到課本及繪本的譬喻修辭，能欣賞修辭的藝術技巧，並且能運用譬喻修辭，完成句子的練習。

教學流程以五節為本單元之完整編排，程序分述如下。

一、第一節——認識譬喻法的暖身活動：（一）以欣賞廣告影片，引起學習動機；（二）尋找課文中的譬喻句；（三）透過 PPT 簡報共同討論出譬喻法的寫作特色。

二、第二節——圖像閱讀：（一）圖像閱讀——《我爸爸》繪本共讀；（二）「尋讀」的練習——找出作者對爸爸的描述；（三）便利貼時間——寫下描述爸爸的文字中，哪些部分很誇張？哪些部分令人印象深刻？（四）教師歸納，共同統整出繪本裡誇張和譬喻的句子；（五）分享時刻——進行誇張和譬喻句子的辨識。

三、第三節——譬喻法遊戲大競擊：（一）複習前兩節學到的譬喻句；（二）「三張紙遊戲」——分別在三張紙上寫上「名字」、「做什麼事的時候」、「像……一樣……」，學生從三個紙袋中抽出紙張，貼到黑版，大聲讀出來；（三）統整討論與歸納。

四、第四節——群文閱讀的偵探任務：（一）教師示範如何運用范氏圖，找到譬喻句；（二）偵探任務——指導學生帶著范氏圖，從「群書閱讀」中，找出譬喻句；（三）學生將找到的譬喻句寫進范氏圖小卡中，完成任務；（四）統整討論與歸納。

五、第五節——譬喻短文大挑戰：（一）三色詞卡排排樂——教師發下三種顏色的語詞小卡，請學生選詞卡排出以譬喻形容五官的三句話，每一句話都要包含以三種顏色標示之譬喻要素的卡片；（二）怪物聯想小創作——利用學會的譬喻句形式，將排好的三句話串聯起

的事物）、喻體（用來作比喻的事物）、比喻詞語（聯繫兩者的詞語）以及相似點。」見劉蘭英、吳家珍、楊秀珍主編：《漢語表達》（南寧市：廣西教育出版社，2001年1月），頁213。

來;(三)學生上台發表,教師及其他同學聆聽並協助完成通順的短文發表;(四)學生上台畫出短文中形容的怪物;(五)共同欣賞創作的短文及圖畫。

2 教學省思

實際執行本補救教學的教師表示,根據補救教學科技化評量系統的診斷書報告,以及學生平時之學業成就表現顯示,補救教學之學生在照樣造句的能力很弱,因此這學期是以句子為語文單位來設計系列課程內容。

這個單元(共五堂課)是由課文的譬喻習得,連結到廣告影片和超現實繪本大師安東尼・布朗的經典作品《我爸爸》,藉由視覺圖象的刺激,能引發學生的好奇心,使他們由喜歡故事到願意「尋讀」(Scanning),再到書寫一句話,甚至能挑戰一段短文。經實驗教學顯示,圖像或故事鮮明有趣的繪本,確實較能在補救教學的課堂中,敲開學生對學習語文的興趣之門,營造出「想要學」的氛圍。另外,能讓學生從單向聽講轉化為操作,也會讓學習的樂趣和效果提升,例如此次實施的便利貼時間、辨識小比賽、三張紙遊戲、范氏圖小卡的偵探任務、三色詞卡排排樂、畫畫與短文小創作等。

譬喻是透過聯想,針對所欲描寫的對象進行表達上的修飾,以使語文效果更高、更生動、或更具感染力的方式,在思維力的運作上,是屬於形象思維(意象表現)的範疇。譬喻的語文修飾技巧在小二的課文中就開始出現,而且由於「持續性」與「順序性」的課程組織原則,同樣的修辭概念,會出現在二至六年級的課文中。所以,這次的教學設計雖以南一三下的國語課文為出發點,但繪本教材因為不受版本限制,且適用於二至四年級的學生,較具有彈性。

教師也在省思時表示,比較可惜的是,為了要照顧到七個有著不同學習差異的學生,有時在教學過程中,教師未能完整的記下每位學

生回應的句子，並且立即的給予鼓勵與概念澄清。因此，教師需要時時提醒自己，莫只是急著要達到每節課的預設目標，而打亂了學生循序漸進的學習步驟，同時也要儘量避免讓孩子帶著模糊的觀念離開課堂。事實上，在每個教學環節的當下做出概念澄清，對學生是最具學習成效的，教師若能放下追趕課前設定的教學目標，帶著每一個孩子一步一腳印的學習，相信對補救教學班的孩子是最有助益的。

（二）邏輯思維補救教學實驗──《我是大象》故事組合教學

本教學設計者之語文教學專長在注音符號、識字與寫字、中低年級閱讀、語文能力與寫作教學等，並多次擔任典範教師、受邀演示補救教學。這次選以總分式結構的繪本《我是大象》[15]，來設計兩節邏輯思維補救教學，其中最吸引孩子的就是組合繪本圖卡成為自己的一本小書。實際教學對象為四年級補救教學專班。

1 教學設計

五味太郎的作品一直以「具有遊戲感」的圖文，廣獲親師生的喜愛。《我是大象》以一頭大象的自述，作者仿擬出大象幽默又富有創意的口吻，包裝「觀察」、「測量」、「比較」的概念，在輕鬆的文本氣氛中，建構對自我認同的價值感。

文本特色是觀點統一而明確，大象將自己定位為「雄偉」、「了不起」的，在一連串的具體事證中，孩子能深入的理解、推論與比較繪本裡的詞彙涵義及其差異。本書還運用了許多常見且實用的句型，例如用因果句說明理由、用轉折句突出大象的好惡、用遞進句證明大象

---

15 見〔日〕五味太郎圖文，蔣家鋼譯：《我是大象》（臺北市：信誼基金出版社，2006年2月）。

的特質等。此外，由於繪本善於透過圖與文，以「比較」的方式來表現出大象的體型（如：「大」、「高」、「重」、「雄偉」），能藉以訓練學生的邏輯思考能力。更特別的是，全書的邏輯條理是以「總—分—總」結構寫成首尾完足的故事，適合進行邏輯思維的語文教學活動。

教學方法採用師生與生生互動式討論、實際操作故事分鏡圖、預測性閱讀策略、遊戲教學法等。

教學目標則是設定在能理解詞意，能以合適的語氣朗讀句子，進而能掌握整個故事的重點；接著能根據圖意與文意，排出合理的順序，並嘗試說明排序的原因；最後是能掌握動物的特質，運用書中句型完整描述，進行猜謎活動。

兩節課之教學流程如下：一、第一節：（一）引起動機：猜一猜——題名預測：從繪本書名猜測書中內容；（二）排一排——白色兩張圖：1、發下p1與p12[16]，學生練習讀給同伴聽，並於閱讀後，決定圖片的先後順序；2、詞意理解：教師提問[17]，促進思考。（三）排一排——藍色五張圖：1、老師發下p7-11的內容[18]；2、學生觀察圖片兩兩一組，試著排出五張圖的順序，一人試說排序後的內容，另一人聆聽，再交換試讀，接著決定出合理的圖文順序。（四）分享：學生發表組內排序的結果，教師提示聆聽時的要點，如：各組不同的地方、他們的理由。（五）公布答案：教師揭示書中的圖文順序，比對學生的排序，進一步了解故事內容。（六）句型教學——遞進句（「不

---

16 p1的文字內容是「我是大象。／我是一隻很大、很雄偉的大象。」p12的文字內容是「不管別人怎麼說，我都是了不起的大象。」

17 教師提問包含：「我」是一隻怎樣的大象？「很大」、「很雄偉」、「了不起」是什麼意思？如果學生能理解，則可再進行進階提問，如：如果把「很大」、「很雄偉」、「了不起」這三個詞與分成兩類，可以怎麼分類？

18 p7-11的內容主要是依序描述大象又高又重、力氣大、跑得快、鼻子靈巧、食量大、有令人感到驕傲的祖先。教師可提示學生觀察圖片、文字的連接詞和語氣的銜接等來判斷先後順序。

只⋯⋯還⋯⋯」）：1、克漏字：填入 p9缺漏的連接詞，朗讀同學完成的句子，找出最恰當的關聯詞語（比較與判斷）。2、應用練習：用「不只⋯⋯還⋯⋯」向同學介紹自己的兩個特點。（七）統整活動：教師以學生造的句子肯定學生優點，接力重述繪本主要內容。

　　二、第二節：（一）寧靜閱讀：延續上一節的成果，組好手中的故事圖卡（p1、p7-11、p12）。（二）擴充故事內容：1、教師以提問引起學生動機：除了介紹大象很大、很雄偉，還能介紹大象的哪些方面？2、排一排──黃色五張圖：同上一節的模式，兩兩試排、互相聽說練習、說出排序及理由、比對作者版本、理解故事內容。（三）句型教學──轉折句（「⋯⋯可是⋯⋯」）：同上一節的模式，玩克漏字遊戲、圈出「可是」前與後相對的敘述、應用練習。（三）句型教學──因果句（「⋯⋯因為⋯⋯」）：同上一節的模式，將 p3「因為」以下空白的地方補完整、朗讀補寫成果、比對作者版本、熟悉因果句。（四）組合一本書：1、學生兩兩合力將 p2-6的內容插入上一節已排好的 p1→p7-11→p12中。2、分組接力朗讀全書內容。3、利用便利貼，師生共同整理各段的敘寫重點與全書結構。（五）延伸──猜謎活動：以「我」自稱，運用繪本裡的句型，代替某種動物自我介紹，互相猜一猜是什麼動物。（六）統整：教師以繪本關鍵詞「了不起」，具體的肯定每位學生的課堂表現。

2 教學省思

　　這部繪本是第一人稱視角的大象自述，由於整體的語言風格充滿趣味性，透過實際在補救班級中施作的觀察，確實比起課內教材更能引起學生的閱讀興趣，並提起了學生投入課堂活動的學習動力。

　　誠如前述，因為這部可愛的繪本觀點具有統一性，所以老師很容易透過大象的各種情況，讓孩子自然而然的了解詞義，甚至能在老師的引導下，做出詞彙的比較，比起背誦解釋，繪本的故事情境提供了

很好的鷹架。正因為繪本具有結合圖文來說故事的特質，因此教師可善用「由圖像到文字」之搭橋，使補救教學的學生能感到難度降低、成就感提高。

在課堂中，研究者也觀察到，學生雖然在認字、書寫有些困難，但跟著老師的提問「思考」、順暢的「口語表達」（例如以完整句陳述、推論原因、以形容詞表述圖意等）都是孩子能做到的，在教師熱切的追問和鼓勵不同想法的氣氛之下，孩子更加願意嘗試。

本書在文字的鋪陳上，採用許多常見的句型，例如因果、轉折、假設、遞進、條件，不但可以補充課內教材待釐清的句型概念，更能利用繪本中出現的句子，帶領學生以日常生活為素材來練習應用。

過程中，學生在組合成一本小書的部分十分投入，這個練習主要在考驗學生是否記得故事脈絡，更重要的是運用邏輯思維去判斷故事圖片（含文字）的條理。組合好之後，老師貼心的為每個學生釘上釘書針，並且做為小禮物送給學生，小朋友們在獲得屬於自己的小小繪本時，無不滿溢著喜悅與成就感。不過，在第一次的實驗教學時，教師一次發下全部的圖片，在接近下課之前時間緊迫的狀態下，學生顯得手忙腳亂，因此教師在修正後，改以顏色區分成「組圖」，並且配合兩堂課中的故事總起與總結（p1、p12）、主內容（p7-11）、擴充內容（p2-6），分三部分先排序，最後再插入與排順即可，確實提高了學生的完成度。[19]

總體而言，在補救教學中不採取教師單向灌輸式的講述，而是給予任務，透過「做中學」的方式，藉著遊戲、實作，更能讓學生沉浸在學習情境中，教師也能在過程的各種表徵中，發現學生「已發展」和「待開發」的語文能力。其次是「合作與幫補」、「放手與相信」，

---

19 漢語篇章分析的研究取向之一即重視「結構的關聯性分析」（Cohesion）。教師以組圖策略來實施教學活動，呼應了文本切分與銜接的理論視角。相關理論可參見胡壯麟編著：《語篇的銜接與連貫》（上海市：上海外語教育出版設，1996年2月，3刷）。

雖然接受補救教學的學生某些語文能力偏弱，但仍有他們可發揮的優勢能力，因此，這次的實驗教學大量啟動同儕互動機制，例如兩兩合作拼圖、互為聽說者、彼此討論與決定等，從中形成一個幫補的循環；教師也需適度的放手，讓學生能表達自己合理的詮釋，而老師的認同、鼓舞，更能讓孩子發現「自己能」，也珍惜彼此的優點。在共同議課時，與會教師們也都肯定於老師能「看見學生」，並且讓學生「看見自己」。尤其在最後一個統整環節中，教師以繪本關鍵詞「了不起」，具體的肯定每位學生的課堂表現，這樣的內在型增強，在建立學習信心的成效上，力量是很大的，相信補救教學的學生也能因此更加「樂學」。

(三) 綜合思維補救教學實驗──《三隻怪獸》文意理解教學

本教學設計者於新北市週三實驗課程中，長期進行低年級繪本教學，並且熟悉篇章邏輯寫作之創思教學、大意摘要策略等教學。此次在鎖定綜合思維與語文能力補救教學之繪本教材方面，選擇《三隻怪獸》為主要文本[20]，在經過多次的討論與修訂後，設計並實施文意理解之教學活動。實際教學對象為二年級。

1 教學設計

《三隻怪獸》講述有兩隻懶惰的紅、藍怪獸住在一邊靠海、一邊到處是大小石頭的地方。有一天，來了一隻黃怪獸。黃怪獸想要找個地方住，剛開始紅、藍怪獸不同意而把牠趕走，但想到可以利用牠來做事才答應。後來黃怪獸努力工作，搬走石頭、泥土、樹木來建立自己的小島。故事的旨意是傳達出：面對困難時，不放棄尋求任何的一

---

20 見〔英〕大衛・麥基圖文，柯倩華譯：《三隻怪獸》（臺北市：阿布拉教育文化有限公司，2008年4月）。

點點可能，運用智慧、謙卑忍讓並付出努力，最後終能成功，同時贏得尊重。

文本特色是每一隻怪獸都有鮮明的個性或人格特質，也都是作者明示或暗示寓意的所依。教師在設計理念中就提出：以「三隻怪獸」為喻，讀者可以從容、安全的進行投射處理，自我學習與調整。此外，《三隻怪獸》裡有趣、誇張的對話，一直是小朋友閱讀、演戲的最大「笑」點。看似聰明又奸詐的怪獸占盡便宜；看似懦弱又可憐的怪獸卻反敗為勝，為自己贏得生存空間與尊嚴。「反諷」的手法使這部繪本情節峰迴路轉，引人入勝。

教學方法採用問思教學法和分組合作學習法。前者是藉由良好的提問設計與教學活動規劃，引導學生在文本閱讀的歷程，進行不同層次的思考，搭出鷹架，幫助學生逐步理解文意。後者是讓不同背景的學生組成小組，在解決「任務」時互動、互助的過程中，為自己的學習負責，也要幫助同組的成員學習。

教學目標則是設定在藉由閱讀繪本，連結生活經驗，理解字詞。能歸納書中重要的寫作材料與訊息。透過提問討論，根據重要訊息，提出推論的看法。

教學流程如下：一、準備活動：從標題、封面、封底預測故事內容、初步掌握故事關鍵物。二、發展活動：（一）問思教學：利用繪本 PPT，分段提出問題與學生進行討論，並配合填寫學習單。提問重點包括找出證明怪獸性格的證據；從圖文歸納怪獸的動作、話語，並從中感受牠們的心情；了解情節走向與轉折的原因；釐清故事角色的反應、決定和理由；再次看圖片比較與思考新發現等。（二）角色扮演：分段模仿演出紅、藍怪獸與黃怪獸互動的表情和言語。（三）故事浸濡式的詞彙教學：配合實際攪拌布丁，理解爛布丁黃、芥末臉等形容，感官式的理解詞語背後的真意。（四）歸納三隻怪獸的個性，並從故事圖文中找兩個支持的理由。三、綜合活動：統整故事內容和

寓意；預告將製作屬於自己的怪獸面具。

2 教學省思

總體而言，這部繪本有許多獨特的形容和生動的詞語，能引發學生的興趣，很快就進入故事的情境中，在戲劇表演的環節，亦是興致高昂。其次，運用實物和感官操作，有助於讓學生認識故事中出現的組合式詞語，了解角色的態度及其給人的感受。其三，小組合作學習的效益比預期來的高，除了建立互助機制之外，計分方式也可以促使低成就的學生勇於嘗試更多的發表。

在研討時，教師針對節數安排方面提出，若鎖定形象思維 —— 意象形成，例如文意理解、摘取故事大意、辨識故事材料等，依其操作繪本教學之多年經驗，一般需要二到四節課來完成一本繪本的導讀、摘取文意和延伸活動。

其次，由於繪本具有結合圖文共同說故事的特質，教師在指導摘取文意時，可以加強引導兒童觀察有關「寫作材料（個別意象）」的部分，像是特別的景象、物品或事件，繪本的文意符碼有的在圖、有的在文、有的圖文皆備，這些訊息都能幫助學生閱讀理解。除了圖像語言有利於輔助弱生理解字詞意義、故事內容之外，在課堂中透過合作討論繪本圖文互動的各種模式[21]，也比較能吸引學生的目光。不過，補救學生對繪本圖文連結和推論的能力，仍需要教師多一點的引導，例如，只聽到對話，忽略了角色的表情和動作；對於圖片多半只能單幅觀看，極少能前後聯想或比較異同；無法透過角色的手勢去推論故事結局等。

此外，教師亦提醒，教師在一節課中所設定的學習重點不宜貪多，尤其是面對補救教學的學生，他們需要老師更加清楚而細緻的引

---

21 參見培利‧諾德曼著，楊茂秀等譯：《話圖：兒童圖畫書的敘事藝術》（臺東市：財團法人兒童文化藝術基金會，2010年11月），頁284-319。

導步驟，因此，教案編寫需要再更精準的掌握教學目標和策略。經實驗顯示，若要特別照顧低成就學生，教學設計者在本則課例中所運用的方法確實可行，例如以圖文並茂或新奇有趣的繪本提高學習語文的興趣、多嘗試口語表述以減低課堂中的書寫任務、透過合作學習的理念互相帶起能力等。另外，建議教師也可以考慮融入差異性提問或標註適性學習目標，如此一來也比較能為不同程度的兒童設定合宜的學習任務。教育部在針對國小學童各學習階段應具備之閱讀理解策略與能力中指出，低年級兒童適合進行預測、重述故事重點和連結線索的推論[22]，因此本課例安排有封面及題名預測、重述故事重點，在依線索推論文意的部分，例如本課例中所融入的找出因果關係、支持的理由等，低年級優秀的學生較能達到，但低成就學生則多半有困難，教師可適度的減低難度、增進學生的信心。

四　結語

綜合本教學實驗計畫之設計、實施與檢討，可針對兒童繪本融入國語文補救教學，總結出五大原則。

一、語文歸本原則：為跳脫零碎、片段的語文教學項目，講究有系統、有層次的語文補救教學，本文提出立基於思維力之運作，以辭章學的體系建立語文學科的知識地圖。透過形象思維、邏輯思維、綜合思維三大思維系統之歸本，有序的培養與提升學生在內容與形式、表現與組織、統合與審美等方面的語文能力。

二、螺旋動能原則：已有許多語文教育家、兒童心理學家提出，兒童的思考和語言能力的進展，可以透過良好的教材教法產生互動、循環、提升之作用。就繪本融入補救教學的層面而言，無論在課程上

---

22 參見教育部五區閱讀教學研發中心「課文本位的閱讀理解教學」計畫〈閱讀理解策略成分與年級對照表〉。

是單堂課程之累積、系列式課程的設計；或是在教材上選擇一部繪本做多焦點式教學、選擇多部繪本扣合三大思維力之養成。只要教師能具備辭章學學理概念，就能使教學的各個面向產生互動、循環、提升的螺旋動能，慢慢帶起補救學生的學習力。

三、學習興趣原則：要讓參加補救教學的學生願意接觸語言文字，教師首先要能開發其學習興趣，其次，教師也需要拿捏好文本難度與學生程度。因此，謹慎的選擇和編寫適合語文補救教學且具有學習吸引力之教材與教法，相形重要。在本學年度的教學實驗中，參與的教師皆在實際的教學過程裡證明，精彩有趣的兒童繪本能夠喚起低成就學生對語文的學習興趣。

四、實作策略原則：在本學年度的補救教學實驗中，三位教師都運用了以「動手作」搭起學習鷹架的策略，例如便利貼時間、三色詞卡排排樂、繪本圖卡組合小書、克漏字遊戲、操作實物認識詞彙、角色扮演等。教師在課堂中引領學生動手操作、實際體驗，以取代被動的接收教師講授，使學生能在實作中一步步累積學習歷程，建構語文相關概念。

五、學生本位原則：在幾次的實際教學或公開課中，「『看見』孩子！」無疑是補救教學的課堂中，最需要經營也是最具有感染力的部分。教師們指出，低成就的學生絕大多數對自己的表現沒有信心，依賴心很強，而主動性相對較弱，因此，指導者在教學過程中的「陪伴」，能夠發揮很大的鼓舞之力。教師能藉由繪本豐富的圖文進行提問、討論、操作等活動時，隨時發現學生表現良好的地方，即時予以具體的鼓勵，哪怕只是一點點的進步，因為「被看見」，學生都能因而逐步的建立學習語文的信心。

在語文補救教學的實施與研究中，無論是教學策略的研發或是教學素材的選編，都需要第一線教師與語文研究者更多的合作和探討，共同耕耘。期望藉此所建構之具有學理依據與教學實證的語文補救教學，能真正對師生皆有一定的助益。

故事的多層次結構及其在閱讀與寫作上的應用

陳添球

東華大學教育與潛能開發學系教授

摘要

　　本文所謂故事的多層次結構是指故事的章法結構、情節結構和故事的自然段結構、故事的意義段結構等。故事的底層結構是自然段與時間順序、前敘、後敘、插敘、倒敘等的章法結構。上層結構是章法結構和情節結構的意義段，情節結構如主角、背景、起因、問題、解決、結果、回響等。本研究的結論有：1. 故事的結構分析應包含章法結構與情節結構及插敘等多層次結構。2. 故事的章法結構分析應包括自然段與意義段兩種層次。3.故事的章法結構與情節結構應並存於結構與內容分析表或構圖。4.閱讀時製作概念構圖與寫作時製作心智構圖，兩者具有一致性。本研究的建議有 1.教科書或教師手冊的故事結構分析應包含情節結構與章法結構。2.進一步分析不同數量情節的故事分析模型。

關鍵詞：故事結構、章法結構、情節結構、概念構圖、心智構圖

一 研究動機

認知心理學取向的故事結構分析，Stein, & Glenn（1979）主張：應包括語意結構（semantic struture）和章法結構（syntactic struture），其中章法結構就是時間順序（temporal sequence）（頁115）。但是國內延用這一取向的教授、研究者、教師在實際做故事結構分析時，幾乎僅使用單一的「語意結構」，省略章法結構。文學取向的故事結構分析，誠如佛斯特（1974：75）謂：故事是按時順序安排的事件的敘述；情節也是事件的敘述，但重點在因果關係上；在情節中仍然保有時間順序，但已為因果關係所掩蓋。事實上目前的國小國語科教科書及教師手冊對故事結構的「時間順序」已遺忘。因此，落實使用這兩種結構做分析，是本研究的動機之一。

《十二年國民基本教育課程綱要——語文領域：國語文》（草案）〈二、學習內容之（一）文字篇章〉列有「Ad-I-1自然段、Ad-II-1意義段、Ad-III-1意義段與篇章結構」等學習內容；在（二）文本表述的「記敘文本」中有「Ba-IV-1 順敘、倒敘、插敘與補敘法」等學習內容。然而，目前的國小國語科教科書及教師手冊對「故事」的結構分析大多使用原因、經過、結果，少了自然段、意義段、順敘、倒敘、插敘與補敘等多層次結構的分析。故事是一種記敘文本，因此，融合國語文課綱所提出的多層次結構應用於故事的的結構分析，是本研究的動機之二。

讀寫結合時，閱讀與與寫作的結構應類似，以利遷移。目前認知心理學取向的故事結構分析，在故事閱讀時只做情節結構分析，少了底層章法結構分析，寫作時就無章法結構可循。此外，國小國語教科書的故事分析，幾乎都採用簡化的情節結構——「原因、經過、結果」。寫作時就無時間的章法結構可循。所以，使故事閱讀與與寫作

的多層次結構具有同一性，是本研究的動機之三。

閱讀時常製作「概念構圖」，寫作時常製作「心智構圖」。在讀寫結合／仿作時，這兩種圖應具有一致性，達成「結構」的遷移。此外，概念構圖與心智構圖的「組織結構」應包含多層次的章法結構與情節結構。目前國小教科書與教師手冊，或現場教師的實際教學，常出現故事的概念構圖與心智構圖不一致的現象，兩種圖也未能完整包括章法結構與情節結構。本研究擬提出故事的概念構圖與心智構圖一致，並包含多層次的章法結構與情節結構的示例，是本研究的動機之四。

二　研究目的

承上述的動機，本研究的目的為：

一、建構融合章法結構與情節結構的故事結構分析模型。

二、發展故事的閱讀與寫作之章法結構與情節結構之應用實例。

三　文獻探討

本研究針對故事的章法結構與情節結構進行文獻探討如下：

（一）故事的章法結構──時間順序的自然段結構與意義段結構

故事的章法結構可分為時間順序、自然段與意義意段及前敘、插敘、補敘等分述如下：

1 時間順序的自然段結構

「章法」所探討的，是篇章內容的邏輯結構（陳滿銘，2011：

123）。「章法」所探討的是篇章之條理，亦即連句成節（句群）、連節成段、連段成篇的邏輯組織（仇小屏，2004：23）。其中「連段成篇」是章法的主軸，首要是連結「自然段」構成一篇文章。

　　「自然段」是寫作重點的自然分段，通常一個重點寫一段，每段起頭空兩格，提示讀者上一個重點結束，下一個重點開始。有時一個重點的內容太少，可能和其他重點合併成一段。在略寫法中，常把好幾個重點略寫在一個自然段。

　　戴子翔分析一〇一學年度康軒版國小國語教科書一到十二冊之中的一百六十三課課文之後，發現文章「中段」的「自然段」組織結構法主要有時間、地點（空間）、人物、種類和問答等五種（戴子翔，2014：219-221）。

　　不同的組織結構法中，自然段有不同的名稱。在「時間組織結構法」中，就用時間來切分段落，在詳寫法中，一個時間的重點寫成一段，稱為「單一時間段」；在略寫法中常有兩個以上的時間與重點寫成一段，是「二、多時間段」。在「地點組織結構法」中，通常一地點寫一段，稱為「單一地點段」，反之為「二、多地點段」。在「人物組織結構法」中，通常一人物寫一段，稱為「單一人物段」，反之為「二、多人物段」。在「種類組織結構法」中，通常一種類寫一段，稱為「單一種類段」，反之為「二、多種類段」。此外，尚有問答／對話段。因此，基本的自然段是時間段、地點段、人物段、種類段、問答段等五種。蔡尚志（1989）認為故事的消極意義是指「一些依時間順序排列的事件的敘述」、「強調個體敘述其本身或聽聞於他人的經驗事件，並以時間順序加以敘述者」。佛斯特（1974）謂：「故事是按時間順序安排的事件的敘述。」（頁75）「小說完全摒除時間後，什麼都不能表達。」（前引文，頁35）所以故事的自然段章法結構是時間順序，在結構分析時，可以將此等自然段及時間順序予以編號。

2 中斷時間序列的前敘、插敘、補敘

順敘、倒敘仍是時間順序的結構。前敘、插敘、補敘是在時間順序的自然段序列中，中斷或擱置時間，以獨立的自然段「詳述」人、地、事、物、景、情、理、法、問答等。如此，詳述「人」則形成人物段，詳述「地」則形成地點段，詳述「事、物、景、情、理、法」者通常則形成「種類段」或列舉段。

前敘通常是在故事的「開端」，中斷時間序列以獨立的自然段「詳述」人、地、事、物……，讓前情或背景更清楚。

插敘通常是在故事的「發展」中，中斷時間序列以獨立的自然段「詳述」人、地、事、物……，讓它們更清楚、生動、吸睛。

補敘通常是在故事的「結尾或尾聲」中，中斷時間序列以獨立的自然段「詳述」事、物、景、情、理、法……的意義、價值或啟示等，讓它們達到「畫龍點睛」的效果。

以時間順序排列的故事，除了有時間順序的自然段之外，仍會以前敘、插敘、補敘穿插人、事、物、景、情、理、法…的詳述或表達意義、價值或啟示等。

3 章法結構的意義段結構

「章法結構的意義段」主要是根據「已知的章法結構類目」，將文章的自然段依「章法結構類目的同質性」（在章法上的邏輯屬性），把自然段「組塊化」（chunking），將它們分類或分組，形成有「組內同質性」及「組間異質或相對關係」的大段或段組。在分組過程中，有些是一個自然段獨立成一組，有些是數個自然段成一組。此等大段可用「已知的章法結構類目」予「命名」，並產生意義段的「名稱」。最基本的意義段類目如開頭、中段、結尾，又如起承轉合。

陳滿銘（2007：32）在《章法學結構原理與教學》一書中說明目

前所能掌握之章法，共四十種：今昔、久暫、遠近、內外、左右、高低、大小、視角轉換、知覺轉換、時空交錯、狀態變化、本末、淺深（輕重）、因果、眾寡、並列、情景、論敘、泛具、虛實（時間、空間、假設與事實、虛構與真實）、凡目、詳略、賓主、正反、立破、抑揚、問答、平側（平提側注、平提側數）、縱收、張弛、插補、偏全、點染、天（自然）人（人事）、圖底、敲擊等。筆者認為可增加長幼、親疏、重要性遞增／減等章法結構（大家應可再發現有用的章法結構）。章法結構的名稱通常包含「結構類目」，如「因果」包含兩類目。「今昔今」包含三類目。「起承轉合」包含四類目。這些已知的章法結構名稱與類類目可用來為「章法結構的意義段」命名。

「意義段」或章法結構類目可分為切分型、連續型兩種。「切分型」意義段是明確劃分自然段的歸屬界線。常用的切分型意義段如開頭／中段／結尾、起承轉合、今昔今、並列、總分、論敘、正反、因果等。「連續型」意義段是自然段之間的關係是（兩極）連續與漸進／漸變的，像光譜一般的漸變，例如近遠、長幼、親疏、重要性遞增／減等。

目前，使用自然段與意義段做文本結構分析的論文如何昶毅（2010）、徐慧芳（2013）、陳麗如（2013）、戴子翔（2014）、陳添球（2015、2017）、陳臘嘉（2017）等，他們的論文中也將故事做自然段與意義段的結構分析，有興趣的讀者可自行參閱。

（二）故事的情節結構分析

故事的情節結構分析可分認知心理學取向與文學或國學取向做分析如下：

1 認知心理學取向的故事結構分析

故事的結構可粗糙的分為語意結構和章法結構兩種。Rumelhart 提

出的故事結構或故事文法（story grammar）聚焦在「語意結構」（Rumelhart 1975: 213-4, 224）。他提出最簡單的故事結構之第一原則是「背景伴隨一個情節（episode）」，第三原則是「情節是事件＋反應」。他繪圖表達「情節」的「語意結構」之「結構類目」（categories）為起因（initiate）、理由（reason）、行動（enable）、結果（result）等（Rumelhart 1975: 224-5）。所以，情節是語意結構的重心，情節結構類目加上背景，就是故事的語意結構。

Thorndyke（1977）的論文稱所有故事的必要「元素」為背景、主題、情節和解決（p.80）。他也稱故事結構為「情節結構」（plot structure）。故事文法代表「情節」的抽象「結構元素」（p.77）。單一的「情節排序」（plot sequence）包括主角面臨的「問題」、主角解決此一問題的一序列「嘗試」、和一些最終的「問題解決」（p.78）。Thorndyke 也是將情節結構元素（類目）加上背景，就是單一情節的故事結構。

Stein & Glenn（1979：62, 92）將故事的文法或語意結構「類目」（categories）分為：故事的主要背景（Major setting）、次要背景（Minor setting）、起因（Initiating event）、內在反應（Internal response）、嘗試解決（Attempt）、結果（Direct Consequence）、回響（Reaction）。在其故事結構分析中，「情節系統」（episode system）是故事的重心，它包含一個或多個情節。一個情節是由完整的「行為序列」所組成，從事件的開始到結束之因果鍊，包括起因、內在反應、嘗試解決、結果、回響等。綜合以上的主張，Stein & Glenn 單一情節的故事結構也是「背景＋情節」，而情節是故事的重心。

國內教授、研究者、教師採用認知心理學取向的故事結構分析的實例如：王瓊珠（2004：18）謂：故事體的結構大約包含以下幾種成份：主角（及主角特點）、情境（時間、地點）、主要問題或衝突、解決問題的經過，以及結局，有些故事還有啟示。謝淑美（2008：5）

在其《國小教師協助學生摘寫故事體文章大意之行動研究》的碩士論文中謂：本研究所指故事結構元素為故事結構的「內容元素」，而非「故事的結構元素」。其「內容元素」分為主角、地點、問題、動作、結果與反應等六個。沈羿成（2017：36）在其《融合式閱讀教學法提升五年級學生閱讀後設認知與故事結構摘要能力》的博士論文中，所使用的「故事結構」為背景、起因、問題、解決、結果、回響。

綜觀上述，認知心理學取向所倡議的故事結構是語意結構或情節結構。雖然 Stein, & Glenn（1979）主張：應包括語意結構和章法結構，其中章法結構就是時間順序（temporal sequence）（p.115）。但是，在此派的結構分析圖或表中，時間結構是不存在的。

就情節結構的類目而言，此派提出的有：背景／情境（主要背景、次要背景）、主角、起因、理由、問題、衝突、內在反應、行動、嘗試解決、結果、回響等。

2 文學或國學取向的故事結構分析

文學或國學取向的故事結構分析包括時間結構及情節結構。誠如佛斯特（1974:75）謂：故事是按「時間順序」安排的事件的敘述；情節也是事件的敘述，但重點在因果關係上；在情節中仍然保有時間順序，但已為因果關係所掩蓋。其中「時間順序」已在章法結構中論述，此處就「情節」結構進一步分析。

情節的類目為何？首先，情節要表現事件的因果關係。佛斯特（1974:75）謂：故事是按時順序安排的事件的敘述；情節也是事件的敘述，但重點在因果關係上。廖卓成（2002：109）強調情節的設計要有懸疑、衝突與化解、伏筆...等。

蔡尚志，1992：155-188認為「情節」情節通常是由開端、發展、高潮和結局四個部分所組成。周到一些的故事，開端之前還有序幕、結尾後面還有尾聲。開端簡單的指出人物、時間、地點（事件背

景）、扼要交代發生什麼事。發展是衝突或困難的演變過程。高潮是故事情節的高峰或頂點，使讀者產生極度的驚奇、意外、喜悅、傷心或憤慨的時刻。結局是衝突或困難的解決、人物和事件的結果。尾聲是未來的發展。

何三本（1995：423）則謂：一個完整情節必備的六個要素是：時空明確、人物個性對比、矛盾／衝突、指向（目的、目標）、上升或下降、尾音。

情節是作品中整個敘事的變化過程，通過事件、插曲、行動等結構成分，向結尾推進。情節包括解說、衝突、劇情昇溫、高潮、劇情降溫、結局、劇情手法、次要情節、對白等（https://zh.wikipedia.org/wiki/情節）以上文學或國學取向的故事結構類目包括：開端、人物、時間、地點、事件簡介、發展、伏筆、解說、懸疑、矛盾／衝突／困難、指向（目的、目標）、上升、高潮、下降、化解／解決、結局／結果、尾音／尾聲等。

綜合認知心理學與文學或國學取向的故事結構類目，情節結構類目約莫有：開端、背景／情境（主要背景、次要背景）、人物、時間、地點、事件簡介、發展、伏筆、解說、懸疑、問題、矛盾／衝突／困難、行動、指向（目的、目標）、內在反應、上升、高潮、下降、化解／解決、結局／結果、尾音／尾聲、回響等。

文學或國學取向的故事結構類目如伏筆、上升、高潮、下降等對故事的寫作很有指引性，在閱讀與寫作教學時，應多加指導。

3 情節結構的意義段分析

Thorndyke（1977：24）對情節結構（structure）與故事內容（content）的關係，有很具啟示性的說明。他說：結構是情節各種成分之間的功能關係，獨立於任何特殊人物或他們表現的特殊行動。內容是指涉故事個別命題的語意：一組人物、特殊的背景資訊和這些人

物的行動。換句話說，情節結構是放諸四海皆準（所有故事）的通用結構，而內容是指個別故事。

閱讀時，讀者用情節結構的類目將故事的自然段依其不同屬性分類與命名，有些是一類一個自然段，有些是一類數個自然段，如此就產生閱讀文本的情節結構之意義段。

寫作時，作者可將故事材料依情節結構的類目分類，並以時間順序排序。有些類目寫一個自然段，有些類目寫成幾個自然段。如此也就產生寫作文本的情節結構之意義段。

每篇故事的情節結構的類目不盡相同。吳英長謂：典型的故事有六項結構元素，而它的「典型排列順序」是背景〉起因〉反應／問題〉解決〉結果〉回響，稱為「順敘」。而「變型排列」，它們是結構元素的省略或顛倒（調換）（2005: 5, 9）。

國小國語教師手冊普遍採用「原因、經過、結果」的「意義段」組織結構分析，簡單明瞭。例如：國立編譯館國語教師手冊90年版第十冊第六課〈往西天取經的玄奘〉，其課文結構分析表的意義段組織結構為引子、動機、過程、結果。

康軒版國語教師手冊99年初版第十一冊第十三課〈孫悟空三借芭蕉扇〉，其課文結構分析表的意義段組織結構為起因、經過、結果。

（三）故事的多元結構分析模型

故事的結構宜包括自然段與意義段的章法組織結構，也應包括情節結構及前敘、插敘、補敘等。

四 故事的多元結構在閱讀與寫作上的應用實例

筆者將「故事的多元結構分析模型」應用在閱讀文本案例分析及寫作的案例分析，提出閱讀與寫作的「分析實例」如下：

（一）閱讀與故事的章法結構與情節結構之融合分析實例

綜合上述的論點，故事的結構分析可分為章法結構與情節結構。茲以〈大愛不死〉這篇文章的情節結構與組織結構融合的分析模型如下：

大愛不死

國立編譯館國語第11冊（2001.8）

十二年前，醫生宣佈我得了尿毒症，必須靠長期的洗腎以維持生命。當時我簡直不敢相信這個事實，就像是一個人無緣無故被判了死刑，叫我怎麼能甘心？怎麼去承受？我才二十三歲，正是人生的黃金歲月，一切都才正要開始，怎麼會？怎麼會？

以後的一連串日子裡，不管颱大風、下大雨或是過年過節，我每週固定要到醫院洗腎三次。洗腎如同枷鎖，把我的形體、我的自由緊緊的給鎖住。殘留在體內的毒素，使我的皮膚變得蠟黃、灰暗，特別是一到冬天，皮膚變得乾燥難忍，只要喝點熱湯，或吃點辣味，立刻就奇癢無比，像是千萬隻小蟲在身上叮咬，癢得兩隻手都來不及抓，真是狼狽極了。身心所受的痛苦折磨，以及生命的逐漸凋零，幾乎使我萬念俱灰，還好有家人濃濃的親情，和期待一絲絲換腎的機會，支撐著我，讓我能堅強的活下去。

一個春季午後，突然接到台南成大醫院的緊急電話，問我願不願意接受腎臟移植？我喜出望外，不加思索的立刻同意，接著腦中湧出一連串的問題：「捐贈的人是誰？」「他是什麼原因走完人生的路？」「他為什麼願意捐出身上的器官？」

手術過後第二天，哥哥拿著報紙，指著斗大的標題「美國少女依莉莎白遺愛人間」給我看，上面寫著：「美國少女依莉莎白到台灣的教會實習，不幸被貨車撞倒，送成大醫院急救。她的父親韋伯是美國的醫

師，當他千里迢迢由美國趕到醫院時，確認愛女被判定腦死。韋伯醫師強忍悲痛，主動簽下器官捐贈同意書，將愛女的眼角膜、肝、腎等器官全部捐贈出來……」我含著淚水讀完每一句每一字，原來這就是我的再生父母啊！

　　換腎以後，讓我重新開始新的健康人生。我迫不及待的與韋伯醫師取得聯繫，感謝他們父女的大愛精神。我更來到依莉莎白服務的教會，在她生前最喜愛的榕樹下，我流著感恩的淚，祈求上帝厚愛這位善良溫柔的女孩。輕撫著樹幹，彷彿輕撫著依莉莎白的手。牧師把我介紹給教會的弟兄，並且為我及依莉莎白祈禱：「我們的好朋友依莉莎白並沒有死，她還有一個腎臟在這位先生身上日夜不停的運作，她的精神永遠長在……」聽到這裡，我已經淚流滿面了。

　　我相信人間有愛，器官捐贈延續生命的大愛，永遠不死。

　　自然段組織結構分析的第一步是寫出「段序」。〈大愛不死〉一共有六段，編號一到六（填入結構與內容分析表）。

　　故事的自然段以「時間」為基礎，一個自然段有時只有一個時間，我們稱它為「單一時間段」。有時一個自然段有好幾個時間，可稱為「兩時間段、多時間段」。在故事結構分析的第二步驟是寫出代表「時間」的關鍵詞，稱為「時間結構關鍵詞」和段落結構名稱。如〈大愛不死〉這篇文章每一段的時間結構關鍵詞非常明確，它們是十二年前、以後的日子裡、一個春季午後、手術過後第二天、換腎以後。（填入結構與內容分析表）「段落結構名稱」都是「一時間段」（填入結構與內容分析表）。

　　第三步驟是列出文章的「分段要點」（填入結構與內容分析表）。

　　第四步驟是寫出意義段，這篇文章是順敘。

　　第五步驟，在「組織結構」處理完之後，再處理「情結結構」。

〈大愛不死〉結構與內容分析表						
段序	自然段結構關鍵詞	自然段結構名稱	意義段結構名稱一	意義段結構名稱二	情節結構名稱	分段內容要點
1	十二年前	一時間	原因	順敘	背景原因	作者得尿毒症，必須靠洗腎維持生命。
2	以後的日子裡	一時間	經過		問題	作者每週到醫院洗腎，期待換腎的機會。
3	一個春季午後	一時間			解決	接到醫院徵詢腎臟移植意願的電話，作者立刻同意。
4	手術過後第二天	一時間			高潮	報紙標題「美國少女依莉莎白遺愛人間」。得知是她捐贈器官給作者。
5	換腎以後	一時間	結果		結果	讓作者重新開始新的健康人生。感謝捐贈者的的大愛精神。
6	結尾				回響	作者相信人間有愛，器官捐贈延續生命的大愛，永遠不死。

　　閱讀時製作概念構圖是常用的摘要方式，也是一種結構──內容分析。前述「結構與內容分析表」可以用構圖的方式，把〈大愛不死〉的「章法結構」和「情節結構」和分段要點繪製閱讀的概念構圖如下：

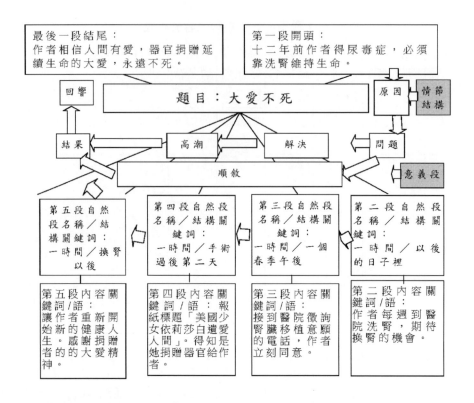

閱讀理解的成果之一是「摘大意」。「以自然段的文章結構摘大意」，是將結構內容分析表或概念構圖中的「自然段結構關鍵詞」當連接詞，連接分段內容要點，即得「全課大意」（略）。

以「章法結構與情節結構」摘大意的方法是先以「自然段結構關鍵詞」當連接詞，連接分段內容要點，即得「分段大意」。再以「內容結構元素」名稱當連接詞，串連成全課大意。

本文開頭敘述事情的 背景 是 十二年前 ，原因 是作者得尿毒症，要靠洗腎維持生命。作者面臨的 問題 是 以後的日子裡 每週洗腎，期待換腎的機會。問題的 解決 是 一個春季午後 ，接到醫院徵詢腎臟移植意願的電話，作者立刻同意。 手術過後 第二天 ，作者看到報紙標題「美國少女依莉莎白遺愛人間」，

得知是她是捐贈器官者。事情的 結果 是 換腎以後 ，讓作者重新開始新的健康人生。他感謝捐贈者的的大愛精神。結尾作者對這件事的 回響 是：相信人間有愛，器官捐贈延續生命的大愛，永遠不死。

以「情節結構元素」名稱當連接詞串聯大意，讀起來不甚流暢，如果只用「章法織結構」的關鍵詞和名稱當連接詞，「情節結構」名稱以「括弧註」的方式達，可以使大意通順，也讓「情節結構」明顯。

本文敘述 十二年前 （ 背景 ），作者得尿毒症，要靠洗腎維持生命（ 起原 ）。中段敘述 以後的日子裡 每週洗腎，期待換腎的機會（ 問題 ）。 一個春季午後 ，接到醫院徵詢腎臟移植意願的電話，作者立刻同意（ 解決 ）。 手術過後第二天 ，作者看到報紙標題「美國少女依莉莎白遺愛人間」，得知是她是捐贈器官者。 換腎以後 ，讓作者重新開始新的健康人生。他感謝捐贈者的的大愛精神（ 結果 ）。結尾作者相信人間有愛，器官捐贈延續生命的大愛，永遠不死（ 回響 ）。

由前面這個例子，分段大意串聯為全課大意時，以章法結構來貫串，語句才會流暢。

五　寫作與故事的章法結構與情節結構之融合應用實例

本文提出兩篇寫作與故事的章法結構與情節結構之融合應用實例如下：

（一）時間順敘加上前敘、後敘的組織結構

〈十倍大的麵包果〉的故事「主角」是陳壽豐先生。一九九〇年他在吉安鄉的慶豐村買房子，在院子裡有一棵麵包樹（背景一）。它會結「麵包果」，最大的麵果約一公斤，煮來吃很好吃（插敘／背景二）。住進新居的第一年，陳先生把吃不完的果子送給鄰居吃，（背景三）。有一天陳先生載著麵包果要送同事（起因），途中發現有人載著「十倍大的麵包果」，讓他自卑回頭，從此只送鄰居、不送同事（問題）。三年後，他在南迴公路發現這種「十倍大的麵包果」是「波蘿蜜」（解決）。詳述波蘿蜜這種果實的特徵（插敘）。此後他很有信心的把麵包果分送給公司的上司和同事（結果）。他想：當年早問，就不必自卑這麼久（後敘／回響）。

寫作的心智構圖是當代寫作教學的顯學。我們可以用構圖的方式，把〈十倍大的麵包果〉的「章法結構」和「情節結構」繪製寫作的心智構圖（寫作大綱）如下：

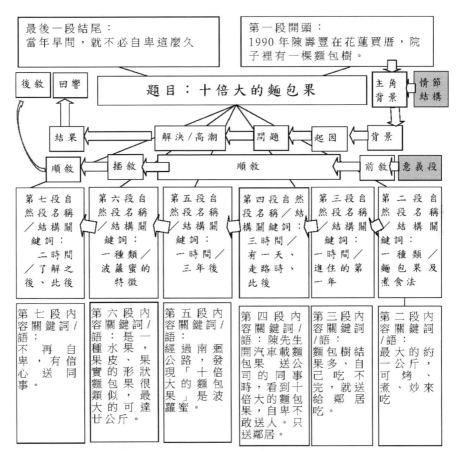

以上的心智構圖和閱讀的概念構圖在結構上是相同的，只是元素或類目的不同。根據以上的心智圖，寫成完整的故事如下：

〈十倍大的麵包果〉　　作者：陳添球

　　1990年，陳壽豐先生從台北搬到花蓮，在吉安鄉的慶豐村買了一棟透天厝，院子裡有一棵高大的麵包樹。

　　麵包樹是常綠喬木，樹高十五到至廿公尺。「麵包果」是生長在麵包樹上，每年的七、八月為盛產期。麵包果的果皮長滿了三角錐的突刺，像榴槤，最大的麵果約一公斤，可烤、

煮、炒來吃，風味類似麵包，因此稱為麵包果。麵包果雖然有「果」字，但它是一種蔬菜，不是「水果」。

陳先生進住新居的第一年，麵包樹就結滿了麵包果。鄰居教陳先生把麵包果煮來吃，陳先生覺得麵包果真的很好吃。然而，麵包果結實累累，自己吃不完，就送給左鄰右舍吃。

麵包果真會結果實，鄰居也吃不完。有一天，陳先生摘下許多成熟的麵包果，五個裝一袋，要分送給公司的上司和同事。他開汽車載著好幾袋麵包果出發了，走在吉安鄉中山路上時，他突然看到有一個機車騎士載著一個「十倍大的麵包果」——約十公斤吧！他看了很自卑，心理暗想：「我這種小小的麵包果怎能送人呢？怎麼送給上司？」他停下車子，想了半天，「為什麼差這麼多！」。越想越不好意思，回家吧！送給鄰居就好，因為鄰居平常說他的麵包果很好吃，沒有嫌他的麵包果長得「小」。從此以後，他的麵包果只送給鄰居吃。

三年後，陳先生開車經過南迴公路時，赫然發現那種令他自卑的「十倍大的麵包果」，他下車想問問如何種出這麼大的麵包果。一問才知道，那是「波蘿蜜」不是麵包果。他輕然開朗，原來三年前他看到的是「波蘿蜜」，不是「特大號的麵包果」。

波蘿蜜是一種水果，果皮、果實的形狀和榴槤、麵包果很類似，但最大的波蘿蜜可達廿公斤。波蘿蜜的果實為聚生果，果肉就像「釋迦果」一般，它由上百個小瓣組成，每個瓣肉的中間有一顆手指頭般大、烏黑晶亮的種籽。瓣肉當水果吃，有點像榴槤；種籽可煮排骨湯，或者蒸熟當菱角吃。

陳先生充分了解兩種果實之後，不再自卑了，此後，他很有信心的把麵包果分送給公司的上司和同事。

哎呀！「早問早知道」，陳先生想：當年早問，就不必自卑這麼久！

（二）時間倒敘及種類插敘的組織結構

〈鼠愛真偉大〉是作者記敘母老鼠護子的故事。作者先敘述主角一九五○年代嗜吃老鼠（山河鼠），為了吃鼠肉，就成了殺鼠不眨眼的屠夫。一九九五年前後，主角買農地種蔬菜、紅甘蔗、玉米、花生、地瓜、水果等。老鼠就偷吃他的農作物，鼠害令他頭疼，恨不得把牠們打扁。二○○○年的某一週末挖地瓜時，挖到一窩五隻未開眼的小老鼠，他高舉鋤頭想把牠們打扁時，母鼠捨命挺身保護小鼠，令他震憾！他緩緩的放下鋤頭，內心吶喊「母愛真偉大！」。對鼠輩，他不再是殺鼠不眨眼的殺手了。他對這群老鼠變得博愛與仁慈。

作者使用「結構與內容計畫表」做寫作大綱，並且使用把章法結構和情節結構梳理寫作材料。〈鼠愛真偉大〉結構與內容計畫表如下：

〈鼠愛真偉大〉結構與內容計畫表（寫作大綱）					
段序	自然段結構關鍵詞	自然段結構名稱	意義段結構名稱一	意義段結構名稱二	情節結構名稱	分段內容要點
1	十餘年來	時間	開頭／今	倒敘	主角背景	2000年前後，母老鼠護子的故事。
2	1950年代	時間	昔		背景	家鄉花蓮縣富里鄉掀起吃「山河鼠」的風潮
3	山河鼠	種類		插敘	背景	別名、食性、體重、肥美的肉食。
4	有一天下午	時間			背景	挖到一隻山河鼠，用鋤頭柄撞死牠，有一公斤重。
5	緊接著	時間			背景	拎鼠回家宰殺，炒成麻油鼠、美味可口！
6	1960年代開始	時間			背景	使用「捕獸夾」捕鼠。

	〈鼠愛真偉大〉結構與內容計畫表（寫作大綱）					
段序	自然段結構關鍵詞	自然段結構名稱	意義段結構名稱一	意義段結構名稱二	情節結構名稱	分段內容要點
7	捕獸夾的種類	種類		插敘	背景	分為巨型、中型和迷你型三種。
8	買來捕獸夾之後	時間			背景	開始使用捕獸夾捕鼠，捕到之後擊斃、宰殺、快炒和食用
9	1985年結婚後	時間			背景	內人建議不要再吃山河鼠。
10	1995年前後	時間			起因	在花蓮縣買農地種蔬菜、紅甘蔗、玉米、花生、地瓜、水果等。
11	每當花生成熟時	時間			起因	老鼠就偷吃花生
12	偷吃玉米	種類		插敘	起因	把玉米穗吃得精光、一半或三分之二。
13	偷吃地瓜	種類		插敘	起因	半數的地瓜被吃得殘缺不全
14	偷吃紅甘蔗	種類		插敘	起因	半數都是東倒西歪的、半枯的、全枯的甘蔗
15	多年來	時間			問題	鼠害，真令人頭疼
16	2000年的某一週末	時間			解決高潮	挖地瓜時挖到一窩五隻未開眼的小老鼠，高舉鋤頭想把牠們打扁……。
17	那時	時間			解決高潮	母鼠捨命挺身保護小鼠，令人震憾！
18	接著	時間			解決高潮	我緩緩的放下鋤頭內心吶喊「母愛真偉大！」

\<鼠愛真偉大\>結構與內容計畫表（寫作大綱）					
段序	自然段結構關鍵詞	自然段結構名稱	意義段結構名稱一	意義段結構名稱二	情節結構名稱	分段內容要點
19	最後	時間			解決	摘來兩片香蕉葉，幫牠們搭起臨時帳蓬。
20	從此	時間			結果	對鼠輩，我不再是殺鼠不眨眼的殺手了。
21	下一週的週末	時間			結果	鼠已去、窩已空，祝牠們全家平安快樂！
22	直到2018年元月	時間	今		回響	寫下這篇愛的故事，每看一遍，都讓我盪氣迴腸。

根據上述〈鼠愛真偉大〉結構與內容計畫表，寫出故事全文如下：

〈鼠愛真偉大〉　　　作者：陳添球

　　2000年前後，當我在挖地瓜時，挖到一隻坐月子的母鼠，牠奮不顧身的保護五隻尚未開眼的小鼠。十餘年來，感人的母鼠護子的場面仍歷歷在目，好像在敦促我寫下牠的故事，把這份愛傳出去。

　　1950年代，我出生在花蓮縣富里鄉，家人在福崗山上種雜糧維生。到了1970前後，我的家鄉掀起吃「山河鼠」的風潮。鄉里瘋傳牠的味美，令人垂涎三尺！

　　「山河鼠」又稱田鼠、甘蔗鼠。牠們在甘蔗田裡偷吃甘蔗，在雜糧園裡偷吃玉米、花生、地瓜。沒得偷吃時，就在荒野裡吃五結芒、矛草的根。牠們的體重可以超過一公斤。在那缺乏食物──缺乏肉類的年代，可真是肥美的食物。

　　有一天下午，我和家兄倆在茅草園裡發現一個大鼠洞，

我們各持一把鋤頭，他一鋤、我一鋤，開始奮力的挖。不到三分鐘，看到大鼠的臀部，見獵心喜，我們快快的把鋤頭倒過來，用鋤頭柄的尾端往老鼠臀部撞下去，只聽「吱」一聲，老鼠就斷氣了。家兄小心翼翼的用手捏著鼠尾，拖出鼠洞，哇！大鼠，有一公斤重！

緊接著，我們很高興的拎起這隻大鼠，飛也似的奔回家，比照殺雞的程序，廿分鐘就宰殺完畢。家母煮晚飯時，用薑、麻油、酒、醬油……快炒，一會兒一道「麻油鼠」就出爐了。那天的晚餐，我們家第一次吃到鼠肉——皮嫩富彈性、肉細纖維短，不塞牙縫，帶著麻油香和薑絲的微辣，真是美味可口！

1960年代開始，鄉親們開始使用「捕獸夾」捕鼠。把捕獸夾埋藏在老鼠的洞口或經常出沒的路，老鼠經過那兒，就被捕獸夾夾住。有了補獸夾，捕鼠真輕鬆。

捕獸夾大致可分為巨型、中型和迷你型三種。巨型的捕野豬等大型野獸；中型的捕山羌、果子狸等中型野獸；迷你型的捕捉山河鼠、竹雞等小動物。

我們從市面上買到「迷你捕獸夾」之後，開始使用捕獸夾捕鼠。巡狩時，發現捕到老鼠了，就用刀柄重敲老鼠的頭，一敲即斃。帶回家後，重演宰殺、快炒及吃鼠肉的戲碼。整個福崗山的住戶都用它來捕鼠，不出一、兩年，山上的山河鼠變得稀少了。往後的幾年，每年只能捕到三、兩隻。為了吃到美味的鼠肉，愛吃鼠肉的鄉親們都變成殺鼠不眨眼的屠夫。

1985年，我結婚之後不久，搬來花蓮市定居。內人覺得吃老鼠像是古代的野人。不要教小孩吃老鼠，以免教成山頂洞人。而且，想到老鼠就噁心。所以我們也不再吃山河鼠了。

1995年前後，我們在花蓮縣吉安鄉買了一塊農地，每逢週末，就來這種植各種蔬菜、紅甘蔗、玉米、花生、地瓜、水果等。

每當花生成熟時，老鼠就偷吃花生。廿坪的花生田，東吃半棵，西吃半棵，被吃了三分之一。吃得滿地都是花生殼。

牠們也偷吃玉米。我每月種一百棵玉米，當玉米成熟時，牠們爬上玉米桿，把一半的玉米吃得精光，而另外的半數——有些吃了一半，有些吃了三分之二，幾乎沒有一棵是完好的！

牠們也偷吃地瓜。半數的地瓜被吃得殘缺不全，煮地瓜時，必需削去被老鼠咬壞的部分。大部分的地瓜被削得像陀螺一般，而洗菜槽裡堆滿了削下來的壞地瓜。

牠們也偷吃紅甘蔗。牠們愛吃甘蔗根，從甘蔗的頭部挖半圈，把根吃了，那棵甘蔗就倒了、枯死了。他們也吃甘蔗的頭部，把頭部那一段吃了半邊，甘蔗也倒了、枯了。廿坪大的甘蔗園，只見半數都是東倒西歪的、半枯的、全枯的甘蔗！

多年來的鼠害，真令人頭疼！每次到田裡，看著鼠害的情景，讓人咬牙切齒！拳頭緊握，真想捶扁牠們！

2000年前後的某一個週末，我到田裡挖地瓜。走進被老鼠挖得凹凸不平，像連綿丘陵般的地瓜園，邊挖地瓜，心裡邊生著悶氣。在某一鋤挖起來時，像龍捲風掀走了「鼠窩」頂，乍現一窩五隻、還沒有開眼、沒有長毛，全身細嫩粉紅的小老鼠，窩邊直立站著一隻母鼠。怒火中燒的我，奮力的高舉鋤頭，要把這一群鼠輩打扁…。

說時遲、那時快，母鼠像「愛麗絲夢遊仙境」中的撲克牌王國，那些會站立、舞動兵器的撲克牌一般，牠一邊舞動前肢，一邊聲嘶力竭的吼著「齒！齒！齒！」。在鼠窩邊，時而面向左、時而向右、時而向我，驚慌、焦躁，不知所措的打轉著，又做出要捨命挺身保護小鼠的態勢，小鼠們則恬靜的睡著。這一幕真令人震懾！

接著，我緩緩的放下鋤頭，持續了一、兩分鐘的觀察，

牠的勇敢，讓我震懾，叫我住手！住手！住手！。不禁讓我的內心吶喊「母愛真偉大！」

最後，我摘來兩片香蕉葉，幫牠們搭起臨時帳蓬，信手抓起一把地瓜藤，蓋在上面當做保護網，以免大風吹走了帳蓬。為了不讓鼠母再受到驚嚇，能安心的照顧小孩，我當天就不工作了，我帶著感動的心情回家。

從此，對鼠輩，我不再是殺鼠不眨眼的殺手了，我變成了博愛的耶穌基督，變成仁慈的活佛！

下一週的週末，我再來查看時，鼠已去、窩已空，我祝牠們全家平安快樂！

直到2018年元月，我寫下這篇愛的故事，每看一遍，都讓我盪氣迴腸一次。過去、現在、未來，我總是熱血奔騰的歌誦──鼠愛真偉大！

〈鼠愛真偉大〉這篇故事的自然段「組織結構」是以「時間」為主軸，安排內容／材料的先後順序。中間有「種類／插敘」，中斷了時間順序，致力於把某一事、物、景、情⋯說清楚（詳寫）。意義段則為「今昔今」。而「情節結構」主角、背景（時間／地點）、起因、問題、解決、結果、回響（反應）等，在本文寫作功能上，主要是提醒作者可以寫這些內容面向，尤其是回響（反應），更能突顯故事的意義。

六　結論與建議

綜合前面的論述，本文的結論與建議如下：

（一）結論

1. 故事的結構分析應包含章法結構與情節結構及插敘等多層次
   結構

故事的章法結構旨在安排故事的時間順序，增益內容的條理。而情節結構則將內容分類與定性，增益內容的廣度或完整性。插敘、補敘促進詳寫或表達意義、價值或啟示等。

2. 故事的章法結構分析應包括自然段與意義段兩種層次

故事的章法結構分析應包括自然段與意義段兩種層次，才能和其他文類的結構分析觸類旁通，也符應十二年基本國教國語科重要的「學習內容」。

3. 故事的章法結構與情節結構應並存於結構與內容分析表或構圖

故事的結構包括章法結構與情節結構，在閱讀與寫作製作「結構／內容析表」或「概念／心智構圖」時，應表現這兩種結構。

4. 閱讀時製作概念構圖與寫作時製作心智構圖，兩者具有一致性

本研究提出了故事的閱讀概念構圖與寫作心智構圖一致，並包含多層次的章法結構與情節結構的示例。

（二）建議

1. 教科書或教師手冊的故事結構分析應包含情節結構與章法結構

「故事」佔了小學的國語課文的很大部分，所以教科書或教師手冊的故事結構分析應包含情節結構與章法結構，讓學生有結構上有完整的學習。

2. 進一步分析不同數量情節的故事分析模型

目前討論「情節結構」如主角、背景（時間／地點）、起因、問題、解決、結果、回響（反應）等，大多是針對「單一情節」，建議增加不同數量情節的分析模型。

參考文獻

王瓊珠　《故事結構教學與分享閱讀》　台北市　心理　2004年

王瓊珠　《閱讀教學模式》　載於王瓊珠、陳淑麗主編　《突破閱讀
　　　　困難：理念與實務》　台北市　心理　2010年　頁27-43

林文寶　《兒童文學故事體寫作論》　台北市　毛毛蟲　1994年

仇小屏　《篇章結構類型論》　台北市　萬卷樓圖書有限公司　2000年

仇小屏　〈論常見於國小國語課文的幾類章法——以因果類、映襯類、
　　　　時間類章法為例〉　《國立臺北師範學院學報》第17卷第1
　　　　期（2004年）　頁23～46

吳　鼎　《兒童文學研究》　台北市　遠流出版事業公司　1965年

吳英長　《兒童故事的基架分析》　載於《台東大學故事讀寫教學論
　　　　文集》（2005年）　頁1-21

何三本　《幼兒故事學》　台北市　五南　1995年

何昶毅　《國小五年級概念構圖策略融入記敘文篇章結構教學之研
　　　　究》　花蓮縣　花蓮教育大學碩士論文　2010年（未出版）

沈羿成　《融合式閱讀教學法提升五年級學生閱讀後設認知與故事結
　　　　構摘要能力》　花蓮縣　國立東華大學教育與潛能開發學系
　　　　博士論文　2017年（未出版）

佛斯特著　李文彬譯　《小說面面觀——現代小說寫作的藝術》　台
　　　　北市　志文　1974年

徐慧芳　《國中國文教科書篇章結構之研究-以南一版為例》　花蓮
　　　　縣　東華大學碩士論文　2013年（未出版）

陳滿銘　《章法結構原理與教學》　臺北市　萬卷樓圖書有限公司
　　　　2007年

陳滿銘　〈論章法之包孕式結構——以全篇用「因果」章法包孕而成

之作品作考察〉 《中國學術年刊》第33期 臺北市 國立臺灣師範大學國文學系 2011年

陳添球 〈以文章結構寫大意的螺旋式課程設計模式〉 中華章法學會主編 《章法論叢》第11輯（2015年11月） 台北市 萬卷樓圖書有限公司 2017年 頁347-391

陳添球 〈六何法整合篇章結構類型的摘大意教學模式之建構〉 中華章法學會主編 《章法論叢》第9輯 台北市 萬卷樓圖書有限公司 2015年 頁251-316

陳臘嘉 《國小以文章結構摘取大意的模式之研究》 花蓮縣 東華大學碩士論文 2017年（未出版）

陳麗如 《國小四年級結構取向的讀聽寫說整合教學促進寫作成效之研究》 花蓮縣 東華大學碩士論文 2013年（未出版）

情節（無日期） 2018年6月20日 取自：（https://zh.wikipedia.org/wiki/情節）

廖卓成 《童話析論》 台北市 大安 2002年

蔡尚志 《兒童故事原理》 台北市 五南 1989年

蔡尚志 《兒童故事寫作研究》 1992年

謝淑美 《國小教師協助學生摘寫故事體文章大意之行動研究》 臺中市 國立台中教育大學教育學系碩士論文 2008年（未出版）

戴子翔 《國小國語教科書篇章結構之研究——以康軒版為例》 花蓮縣 國立東華大學課程設計與潛能開發學系碩士論文 2014年（未出版）

Dymock, Susan J. "Learning about text structure." Eds In Brian G.Thompson and Tom Nicholson, *Learningto read:beyond phorich and whole language* (New York:1999) pp. 174-192.

Rumelhart, D. E.,"Notes on Schema for Stories." Eds. InBobrow,D. G. & Collins, A., *Representation and understanding: studies in cognitive science* (New York: Academic Press,1975) pp.211-236.

Stein, N.L., & Glenn, C.G., "An analysis of story comprehension in elementary school children." ed. In R.O. Freedle, *New directions in discourse processing: Advances in discourse processing*(Vol. 2) (Norwood, NJ: Ablex, 1979) pp. 53–120.

Thorndyke, P.W.,"Cognitive Structures in Comprehension and Memory of Narrative Discourse."*Cognitive Psychology*,9 (1977) pp. 77-110.

李白懷古詩情意與構圖

黃麗容

淡水真理大學語文學科副教授

摘要

李白（西元 701-762）留下許多懷古詩。在其懷古詩中，李白摹寫古蹟、特定地點、建築物等，傳達獨特觀察視點和視覺語言美感，反映其浪漫奇絕的藝術思想模式。與一般懷古詩不同，李白懷古詩改變懷古詩和詠史詩之間平行關係，將古蹟建築摹寫和詠史抒懷融合，藉古蹟、建築物、特定地點等，或省思自己人生，或呈現理想境界，或思考歷史人事現象等。其懷古詩含有獨特李白特色和研究價值。

本文懷古詩定義，指凡詩題與詩作內容摹寫登覽古蹟、特定地點、建築物等而抒發情意者，即稱懷古詩。

本文期由解析李白詩作的古蹟、建物等之繫連關係，探討其對李白懷古詩結構特色之影響。並且深入探究懷古詩獨特意蘊和謀篇美感價值。

關鍵詞：李白、懷古詩、視覺語言、建築美學、比例

一 前言

本文研究材料與方法，以李白懷古詩為核心，其次採用詩歌理論、意象學、建築美學、造形原理、幾何造形、黃金比例、繪畫美學、立體派、繪畫藝術與數學比例等等，作為研究佐證材料。

本論文研究目的是為了研究李白如何在懷古詩運用建築物意象、地理古跡、物象位置，與其在詩作中形成的對稱表現、黃金比構圖關係，反映對古人古地、歷史結局的思考，甚至進一步地表現李白對生命與歷史本質的看法，此正是李白懷古詩作的獨特價值。

本論文懷古詩定義，凡詩題與詩作內容摹寫登覽古蹟、特定地點、建築物等而抒發寄託情意者，即稱懷古詩。李白（西元701-762）藉著摹寫古蹟、特定時間空間、建築物、景地等，表露其特殊視覺語言之美，亦流露觀看宇宙萬物物象時，表現出對稱和比例構圖視覺觀點。本論文檢視李白詩篇一千○五十一首，統計出一共有二十首懷古詩，並製成統計表，請詳參論文表一：李白懷古詩篇統計表。

本論文分析李白懷古詩建物意象，凡引發視覺上對稱與黃金比結構美感者，探究其中空間安置、圖形及其他圖形的相對視覺比例、作品整體構圖上各個圖形間的相對關係之視覺比例美感。

懷古詩建物意象，擷取自人為創造的空間設計，與模擬詩人眼中景物物象之整體環境。這整體環境包括自然、人類和天文宇宙，亦具有其「深不可測的規則」和「維持在最舒適地黃金比例」。[1]（註1）

---

1 參見何政廣主編，吳礽喻編譯：《柯比意：現代建築與純粹主義大師》（台北市：藝術家出版社，2011年9月），頁48-61。據（瑞士）建築師、畫家、詩人柯比意（Le Corbusier 1887-1965）一九四八年收錄在『空間的新世界』（New World of Space）書中之一文〈柯比意的創作自白〉云：「人類、大自然、星球體系：正是那些令我們深不可測的法則的核心，我們以科學及數學運算掌握存在於事物之中的規則。但是潛在地情感：痛苦或快樂，我們只能盡其所能地去掌控周遭環境的比例，讓他們維

懷古詩建築物和空間意象,即是一套視覺語言詞彙與文法,[2]詩人將現實建物、空間物象之實用性退去,在懷古詩中顯露其真正造形比例,調和出其中蘊含的情意和美感。[3]

　　(瑞士)建築師、畫家、詩人柯比意(Le Corbusier, 1887-1965)認為:「(藝術定位)我的第一幅畫沒有任何『指導方針』。第二幅畫也一樣。但開始創作第三幅作品時,我不覺得自己有權力再忽略,該整理那些我所蒐集的各種詩的元素,無論那是正面圖、平面圖、橫截面圖或是一張畫。……『一個能夠建築的畫家!』、『一個能夠畫的建築師!』、『如工程師那般的心靈!』、『詩人畫家!』」指出作品中的

　　持在最舒適地黃金比例。取之不盡、用之不竭的黃金比例。所有事物都能夠套用這個比例:維度、光線、距離、色彩、輪廓、或是整體的造形結構。任何人都有權利表達那股無法壓抑的慾望,將一切改造成最傑出的,無論那是在畫布上、建築、或是城市中的色彩都能因此而得到提升。」另見林崇宏著:《造形與構成》(台北市:視傳文化事業有限公司,2002年),頁106-109。參見施植明著:《柯布 Le Corbusier》,(台北市:商周出版,2015年9月),頁149-151。另參見金柏麗·伊蘭姆(Kimberly Glam)著;吳國慶、呂珮鈺譯;《設計幾何學:發現黃金比例的永恆之美》(台北市:積木文化出版,2016年1月),頁22-30。另參呂清夫:《造形原理》(台北市:雄師圖書股份有限公司,2000年12月),頁168-171。

2　據建築師、畫家、詩人的(瑞士)柯比意(Le Corbusier, 1887-1965)研究,所有現實中所見物體、空間、建物,都是環境構成元素,文人「就像是一個魁儡師傅,只要學會牽動對的線,你的作品就會活起來。」,又:「日常生活物品,……在柯比意的眼裡它們退去了一般乏味的實用性,顯露出真正的身份以及獨特的造形。這是柯比意所謂的『牽動對的線』,找到通往『奇蹟的大門』,讓造形與色彩混亂的表象獲得和解及調和。他下的挑戰是去『學習人類所發明最美麗的遊戲——藝術的規則』。觀察不是上天賦予的禮物,而是一門需要去學習的規範。餐桌成了研究的對象,上頭餐具的構成元素就像是一套視覺語言的詞彙及文法。」見何政廣主編,吳礽喻編譯《柯比意:現代建築與純粹主義大師》(台北市:藝術家出版社 2011年9月),頁218-220。另參見(羅馬尼亞)M.吉卡(Matila Ghyka, 1881-1965)著,盛立人譯:《生命·藝術·幾何》(北京市:高等教育出版社,2014年1月),頁13-15、頁85-89、頁91-94、頁158-163、頁173-174。

3　朝倉直已著,呂清夫譯:《藝術·設計的平面構成》(台北市:新形象出版事業有限公司,2013年9月),頁80-81。

空間、建物、物象等構成組合，可呈現視覺中平面景象、橫切面景象等，這些圖象造形構成元素，既可表現在繪畫、建築和詩作中。[4]

又提到：「直角及線條為藝術作品帶來了組織性，無論是在製作、思想或是精神的層面上。……能將東西做好的領域才是藝術的領域，天才的傑出是因為他令人詫異地掌控了絕對的精準度。……將數字、幾何置入我的作品已成為日常訓練的一部分，他能變得很簡單，也很隨性。眼及手成了專家，我用直覺就能將事物置入對的比例之中。」[5]藝文作品建築空間意象組成，即可據此而探究其中視覺語言的比例美感。（瑞士）建築師、畫家、詩人柯比意提出「黃金模矩」理論，將人體工學及黃金比例作為所有藝術設計的基礎。「黃金模矩」即是「比例基準」（module）及「黃金分割比例」（section d'or）。「比例基準」（module）即是「對稱」（symmetry）[6]「對稱」和「黃金分割比例」均可稱為是圖形的探求。[7]「對稱」（symmetry）從形態上而論，指物象大小、質料、上下、左右等平衡。對稱是屬平衡的一支，是一種形式原理，作品具對稱表現，能引起安定平穩的美

4　參見何政廣主編，吳礽喻編譯《科比意：現代建築與純粹主義大師》（台北市：藝術家出版社，2011年9月），頁64-71。另見呂清夫：《造形原理》（台北市：雄師圖書股份有限公司，2000年12月），頁168-169。朝倉直巳曾說：「如同文章的寫作，造型要素相當於文字或字彙，但使人感動的優美文章則須把這些要素巧妙細含起來，亦即必須經過作文（composition）的手續才行，必須把字彙加以組織（compose）」起來才行。在造形上言，由於亦有相當於文法、作文法、或修飾法的東西，在此便稱『造形文法』」，見朝倉直巳著，呂清夫譯：《藝術・設計的平面構成》（台北市：新形象出版事業有限公司，2013年9月），頁80。

5　見何政廣主編，吳礽喻編譯：《科比意：現代建築與純粹主義大師》（台北市：藝術家出版社，2011年9月），頁79-82。

6　參呂清夫：《造形原理》（台北市：雄師圖書股份有限公司，2000年12月），頁167-168。另見何政廣主編，吳礽喻編譯：《科比意：現代建築與純粹主義大師》（台北市：藝術家出版社，2011年9月），頁120、頁207-215。

7　參何政廣主編，吳礽喻編譯：《科比意：現代建築與純粹主義大師》（台北市：藝術家出版社，2011年9月），頁211。另見呂清夫：《造形原理》（台北市：雄師圖書股份有限公司，2000年12月），頁168。

感。[8]「黃金分割比例」之「比例」指部份與部份，或部份與整體的數量關係，「黃金比例」即能產生優美的美感感受和勻稱的形態。[9]

李白懷古詩建物和空間意象，表現出優美勻稱的詩歌情意與詩句比例形態，故本文分析其美感效益。

從李白懷古詩與傳統懷古詩、詠史詩關係看，李白懷古詩突破處是：縮小篇幅形式與不僅侷限陳述古跡歷史內容，改採取關懷現實時空，例如李白〈越中覽古〉、〈蘇臺覽古〉等等。李白懷古詩省略過去歷史的追述，只就目前所見來抒發深沈的懷古感慨。詩作中不用大篇幅的敘寫模式，藉突顯數個強烈時空對比設計的片段，成功地表現懷古詩的思想，將過去與現實繫連或重合，此可見李白懷古詩與傳統懷古詩在表現形式與內容的不同處。李白作品將景物與詠懷抒情融合，一方面敘寫懷古詩現在地景，此外亦透過歷史襯托今日的感嘆，例如李白〈經下邳圯橋懷張子房〉、〈登廣武古戰場懷古〉等等懷古詩作品。李白懷古詩將陳述古跡歷史、議論、弔古等融合為一，增加了懷古詩的容量，也消除了詠史詩與懷古詩的界限。

二 李白懷古詩情意意蘊

李白懷古詩取舊都古城或特定地點，傳達出其獨特觀察視點，呈現個人理想或志向，甚至將一己抒懷與詠史融合。在李白懷古詩中，一連串的景、地、物、人等意象設計，顯現強烈視覺語言美感和情意，時而流露對生命短促之感嘆，時而表達人生未竟之夢想，或因憑弔歷史人事而引發的感傷，這些都再現李白人格與歷來文人感嘆身世的悲調。

8　參見呂清夫：《造形原理》（台北市：雄師圖書股份有限公司，2000年12月），頁168。

9　參見呂清夫：《造形原理》（台北市：雄師圖書股份有限公司，2000年12月），頁168-169。

（一）追求理想境界

李白常藉登覽高山，周覽世界，表現追求高超宏遠的理想境界。
試分析下列詩作和景地。

1 敬亭山

> 敬亭一迴首，目盡天南端。仙者五六人，常聞此遊盤。
> 谿流琴高水；石聳麻姑壇。白龍降陵陽；黃鶴呼子安。
> 羽化騎日月；雲行翼鴛鸞。下視宇宙間，四溟皆波瀾。
> 汰絕目下事，從之復何難？百歲落半途，前期浩漫漫。
> 強食不成味，清晨起長嘆。願隨子明去，鍊火燒金丹。
>
> （〈登敬亭山南望懷古贈竇主簿〉）

本詩摹寫李白登敬亭山南望而懷古，《元和郡縣志》卷二八宣州
宣城縣：「敬亭山，州北十二里，即謝朓賦詩之所」。[10]傳聞宣州敬亭
山有數位仙人，如琴高、麻姑、子安與竇子明等，李白歷經仕宦際遇
不佳，據敬亭山之古仙竇子明在此成仙之說，呼應詩篇「汰絕目下
事，從之復何難。」對於放下塵俗，追隨仙人竇子明登敬亭山燒火鍊
昇天金丹，表現李白服食成仙之理想。[11]

2 峨嵋山

> 蜀國多仙山，峨眉邈難匹。周流試登覽，絕怪安可悉？
> 青冥倚天開，彩錯疑畫出。泠然紫霞賞，果得錦囊術。

---

10 參詹鍈主編：《李白全集校注彙釋集評》（天津市：百花文藝出版社，1996年12月），
　　冊4，卷11，頁1851。另見瞿蛻園校注：《李白集校注》（台北市：里仁書局，1980
　　年），卷12，頁809。

11 參詹鍈主編：《李白全集校注彙釋集評》（天津市：百花文藝出版社，1996年12月），
　　冊4，卷11，頁1855。

雲間吟瓊簫；石上弄寶瑟。平生有微尚，歡笑自此畢。

烟容如在顏；塵累忽相失。儻逢騎羊子，攜手淩白日。

（〈登峨眉山〉）

　　本詩作於開元八年。李白遊成都之時，登峨眉大山，周遊登覽山色勝絕奇怪者，因山青冥之色，倚天而開，使人有登峰遊仙界之感。[12]詩作取「仙山」、「登覽」、「青冥」、「彩錯」、「雲間」、「儻逢騎羊子」、「攜手淩白日」等物態、動態、色彩，圖形等詞，連結高聳仙山寶境，例如「峨眉」、「倚天開」等，以登高、登上仙山等制高點的空間，摹寫超脫凡俗高遠之美，亦託喻求仙學仙的心願，流露長住仙人居地的夢想。

（二）胸懷不凡壯志

　　李白懷古詩採用登臨特定空間，托寓自己遠大志向，願為國效力，貢獻一己之才。試分析以下詩作和景地。

1 下邳圯橋

子房未虎嘯，破產不為家。滄海得壯士，椎秦博浪沙。

報韓雖不成，天地皆振動。潛匿遊下邳，豈曰非智勇？

我來圯橋上，懷古欽英風。唯見碧流水，曾無黃石公。

嘆息此人去，蕭條徐泗空。（〈經下邳圯橋懷張子房〉）

　　本詩當是天寶五、六載李白由東魯南下會稽途經下邳時作。[13]據

---

12 見瞿蛻園校注《李白集校注》（台北市：里仁書局，1980年），卷21，頁1212。另見詹鍈主編：《李白全集校注彙釋集評》（天津市：百花文藝出版社，1996年12月），冊6，卷19，頁2943-2945。

13 參見詹鍈主編：《李白全集校注彙釋集評》（天津市：百花文藝出版社，1996年12

《舊唐書》〈地理志〉：河南道徐州下邳：「漢下邳郡。元魏置東徐州。……元和中復屬徐州。」又見《漢書》〈張良傳〉：「良嘗閒從容遊下邳圯上。」[14]「我來圯橋上，懷古欽英風」摹寫李白經下邳圯橋懷念張子房，讚嘆子房行止光明、智識高遠、具雄才謀略，唯報韓仇刺秦行動未成功，但其英勇名聲流傳於天下。李白希望得到名揚天下的機會，一展長才，昔日英雄已去，但今日仍有有志之士，只是胸懷大志，懷才不遇，託寓李白不凡的豪情壯志。

2　至邯鄲登城樓

> 醉騎白花駱，西走邯鄲城。揚鞭動柳色，寫鞚春風生。
> 入郭登高樓，山川與雲平。深宮翳綠草，萬事傷人情。
> 相如章華巔，猛氣折秦嬴。兩虎不可鬥，廉公終負荊。
> 提攜袴中兒，杵臼及程嬰。空孤獻白刃，必死耀丹誠。
> 平原三千客，談笑盡豪英。毛君能穎脫，二國且同盟。
> 皆為黃泉上，使我淚縱橫。磊磊石子崗，蕭蕭白楊聲。
> 諸賢沒此地，碑版有殘銘。太古共今時，由來互衰榮。
> 傷哉何足道！感激仰空名。趙俗愛長劍，文儒少逢迎。
> 閑從博徒遊，悵飲雪朝醒。歌酣易水動，鼓震叢臺傾。
> 日落把燭歸，凌晨向燕京。方陳五餌策，一使胡塵清。

(〈自廣平乘醉走馬六十里至邯鄲登城樓覽古書懷〉)

本詩當是天寶十一載（西元752）李白北上幽燕經過廣平郡至邯鄲時所作。另據《繫年》云：「『日落把燭歸，凌晨向燕京，方陳五餌

月），冊6，卷20，頁3186。另瞿蛻園校注：《李白集校注》（台北市：里仁書局，1980年），卷22，頁1298。

14　見詹鍈主編：《李白全集校注彙譯集評》，冊6，卷20，頁3181。

策，一使胡塵清」則白之遊燕薊，蓋思獻滅胡之策耳。」[15]李白因感到古往今來興衰榮辱是相同的，所以歷史上藺相如和廉頗的將相和；公孫杵臼和程嬰救趙氏孤兒而必死之事；平原君三千門客中毛遂脫穎而出，完成楚趙同盟抗秦之事，三件重大趙國史事及豪傑，令人感動流淚，而「諸賢沒此地」，故一己懷古仰慕又何足道呢?不如明日往燕京幽州，「日落把燭歸，凌晨向燕京。方陳五餌策，一使胡塵清。」期許自己貢獻良策，使天下太平，胡兵不再侵犯，寄寓為國效力的志向。

3 登廣武古戰場

> 秦鹿奔野草，逐之若飛蓬。項王氣蓋世，紫電明雙瞳。
> 呼吸八千人，橫行起江東。赤精斬白帝，叱吒入關中。
> 兩龍不並躍，五緯與天同。楚滅無英圖；漢興有成功。
> 按劍清八極；歸酣歌大風。伊昔臨廣武，連兵決雌雄。
> 分我一杯羹，太皇乃汝翁。戰爭有古跡；壁壘頹層穹。
> 猛虎嘯洞壑；飢鷹鳴秋空。翔雲烈曉陣；殺氣赫長虹。
> 撥亂屬豪聖，俗儒安可通？沉湎呼豎子，狂言非至公。
> 撫掌黃河曲，嗤嗤阮嗣宗。　　（〈登廣武古戰場懷古〉）

本詩疑是太白自東京遊梁園，途經廣武，有感而作。[16]據《元和郡縣志》卷八：「東廣武、西廣武二城」，各在一山頭，相去二百餘步，在縣西二十里。漢高祖與項羽俱臨廣武而軍，今東城有高壇，即

---

15 見詹鍈主編：《李白全集校注彙釋集評》（天津市：百花文藝出版社，1996年12月），冊6，卷20，頁3171。另見瞿蛻園校注：《李白集校注》（台北市：里仁書局，1980年），卷30，頁1693。

16 參瞿蛻園校注：《李白集校注》（台北市：里仁書局，1980年），卷21，頁1262。另見詹鍈主編：《李白全集校注彙釋集評》（天津市：百花文藝出版社，1996年12月），冊6，卷19，頁2971。

是項羽坐太公於上，以示漢軍處。」[17]李白認為漢高祖與項王，各雄霸一方，叱吒風雲入關中，但天命終歸有德，故「楚滅無英國；漢興有成功。」，而今「猛虎嘯洞壑；飢鷹鳴秋空。」往日戰壘古蹟仍存，昔日殺氣英豪已化為長虹。李白藉廣武古戰場，遙想當年英雄人物，讚頌漢高祖雄才大略，亦流露己壯志豪情。

（三）讚懷友人前賢

詩人在懷古詩，時運用古蹟、城市、宮寺、亭台、樓閣、殿院等特定定點，表揚友人德性才能或緬揚前賢風姿貢獻。建築和語言一樣是種記號，經由深層文化、心理視點和空間認知之攝取，詩人由眼、心而手，下筆組構出建築形式的空間，藉此透顯建築記號，具有與語言記號相同的情思表現。甚至建構出特定建物空間語意。[18]試分析〈登金陵冶城西北謝安墩〉和〈登梅崗望金陵贈族姪高座寺僧中孚〉。

1 登金陵謝安墩

> 晉室昔橫潰，示嘉遂南奔。沙塵何茫茫！龍虎鬥朝昏。
> 胡馬風漢草，天驕蹙中原。哲匠感頹運，雲鵬忽飛翻。
> 組練照楚國；旌旗連海門。西秦百萬眾，戈甲如雲屯。
> 投鞭可填江，一掃不足論。皇運有返正，醜虜無遺魂。
> 談笑遏橫流，蒼生望斯存。冶城訪古蹟，猶有謝安墩。
> 憑覽周地險，高標絕人喧。想像東山姿；緬懷右軍言。
> 梧桐識嘉樹；蕙草留芳根。白鷺映春洲；青龍見朝暾。

---

17 見詹鍈主編：《李白全集校注彙釋集評》（天津市：百花文藝出版社，1996年12月），冊6，卷19，頁2971。

18 依語言學家杭士基（Chomsky）的語構理論，語言記號和人文建物記號是可互相對照應用的。Peter Eisenman肯定Chomsky之語言法則，並且應用在建築空間之解讀和組織。參見孫全文、陳其澎：《建築與記號》（台北市：明文書局，1989年），頁44-47。

地古雲物在；臺傾禾黍繁。我來酌清波，於此樹名園。
功成拂衣去，歸入武陵源。(〈登金陵冶城西北謝安墩〉)

此詩當是李白於天寶七載（西元748）春，在金陵時所作。[19]依
《太平寰宇記》卷九江南東道昇州上元縣：「古冶城在今縣西五里，
本吳鑄冶之地，因以為名。」謝安墩，金陵有四，此為冶城之謝安墩
也。另見《世說新語》〈言語〉篇云：「王右軍與謝太傅共登冶城，謝
悠然遠想，有高世之志。[20]李白登此墩，緬懷晉太傅謝安和右軍王羲
之同登，兩人瀟灑風姿和對話，詩人冶城訪古，見梧桐、蕙草等嘉樹
香草遍布，朝陽由青龍山升起，美景盡覽眼中，這片詳和仰賴謝安之
功，後人才得享太平，李白因地思人，「想像東山姿；緬懷右軍
言。」如見其東山高臥之日，相與談笑，讚嘆其是一時之傑。

2 登梅崗嶺高座寺望金陵

鍾山抱金陵，霸氣昔騰發。天開帝王居，海色照宮闕。
群峰如逐鹿，奔走相馳突。江水九道来，雲端遙明沒。
時遷大運去，龍虎勢休歇。我來屬天清，登覽窮楚越。
吾宗挺禪伯，特秀鸞鳳骨。眾星羅青天，明者獨有月。
冥居順生理，草木不剪伐。煙窗引薔薇；石壁老野蕨。
吳風謝安屐，白足傲履韈。幾宿一下山，蕭然忘干謁。
談經演金偈，降鶴舞海雪。時聞天香来，了與世事絕。
佳遊不可得，春去惜遠別。賦詩留巖屏，千載庶不滅。

(〈登梅崗望金陵贈族姪高座寺僧中孚〉)

---

19 見瞿蛻園校注：《李白集校注》（台北市：里仁書局，1980年），卷21，頁1226-1229。
　　亦見詹鍈主編：《李白全集校注彙釋集評》（天津市：百花文藝出版社，1996年12
　　月），冊6，卷19，頁2990-2998。
20 見詹鍈主編：《李白全集校注彙釋集評》（天津市：百花文藝出版社，1996年12月），
　　冊6，卷19，頁2990-2991。

　　此詩是李白在天寶七載（西元748）春，遊金陵遇宗僧中孚時所作。據《景定建康志》卷十七山川志云：「梅崗嶺在城南九里，長六里，高二丈……上有亭，為士庶遊春所。」高座寺，據《景定建康志》卷四十六祠祀：「高座寺，一名永寧寺，在南城門外，又名甘露寺，嘗有雲光法師講《法華經》於寺，天花散落，今講經臺遺址猶存。或云晉朝法師竺道生所居，因號高座寺。」[21]李白登金陵梅崗嶺，在高座寺贈李姓僧人中孚此詩，李白讚美中孚是佛門之秀，如天上眾星中的明月，認為中孚僧人是高僧。一面環視高座寺，煙霧繚繞，薔薇野蕨草木繁盛，一面聆聽中孚高僧談論佛經韻詞，這般景物和情境，令人感到超脫塵世，如臨仙地，李白讚譽中孚為出世高僧，而「春去惜遠別」、「賦詩留巖屏」，表誌其接近高僧仙境之快樂。

三　李白懷古詩意象對稱與比例構圖表現

　　李白懷古詩作建築物，特定空間景物意象，往往擷取詩人視覺中景物之整體環境。故詩篇營造的整體結構，包括自然景物、人類和天文宇宙，這其中是具有「深不可測的規則」和「維持在最舒適的黃金比例」。[22]在懷古詩中，將建築物、空間景物之實用性去除，檢視其中真正造形比例，顯見其即是一套視覺語言詞彙和文法，[23]詩篇建築物象、空間景物是可展現詩人生命活動歷程。大自然中的景物和人文建

---

21 見詹鍈主編：《李白全集校注彙釋集評》（天津市：百花文藝出版社，1996年12月），冊6，卷19，頁3004-3005。另見瞿蛻園校注：《李白集校注》（台北市：里仁書局，1980年），卷21，頁1232-1234。

22 參林崇宏著《造形與構成》（台北市：視傳文化事業有限公司，2002年），頁106-107。見呂清夫著《造形原理》（台北市：雄師圖書股份有限公司，2000年12月），頁168-170。另參何政廣主編，吳礽喻編譯：《柯比意：現代建築與純粹主義大師》（台北市：藝術家出版社 2011年9月），頁48-61。

23 見何政廣主編，吳礽喻編譯：《柯比意：現代建築與純粹主義大師》（台北市：藝術家出版社 2011年9月），頁218-220。

物本是沒有思想性的，但經過詩人的眼和腦而有了思想性。[24]固可據此探究詩篇中特定空間、人文建物之安排時序，前後布局之「對稱」和整體「比例」構圖表現，是如何依序推進，強化詩篇情意。

（一）對稱表現

「對稱」（Symmetry）從形態上來講，是一種形式原理，在造形上，是列屬平衡的一支。「平衡」原指物理上支點兩邊的重量之均衡，除此之外，在圖形部分，對稱亦包含左右、上下、物態形態、動態（運動）、位置、色彩、形的對稱等種類。在空間部分而言，對稱則包括立體對稱、平面對稱、線的對稱、點的對稱等類。「對稱」在詩篇中，常可產生視覺平衡感受，使詩意有了平穩安定之效，並增加多樣的統一美感，讓詩意詩情和詩作形態生趣盎然。[25]亦有美化詩情詩意之效。

1 空間之立體對稱

李白懷古詩，運用空間對稱中之立體對稱者，計有數篇，例如卷十八：〈登黃山凌歊臺送族弟溧陽尉濟充汎舟赴華陰〉、卷二十二：〈登錦城敬花樓〉、〈峴山懷古〉、卷二十一：〈登峨嵋山〉、〈登單父陶少府半月臺〉、〈登太白峯〉、〈秋日登揚州西靈塔〉、〈登金陵冶城西北謝安墩〉、〈登瓦官閣〉等等。試舉例分析之：

例如〈登黃山凌歊臺送族弟溧陽尉濟充汎舟赴華陰〉一篇，運用了「黃山」和「天梯」等三度空間物象，描摹李白與族弟間深厚情

---

24 傅抱石：《中國的人物畫與山水畫》（台北市：華正書局，1985年），頁3。

25 呂清夫：《造形原理》（台北市：雄師圖書股份有限公司，2000年12月），頁167-169。另見朝倉直巳著，呂清夫譯：《藝術‧設計的平面構成》（台北市：新形象出版事業有限公司，2013年9月），頁146-154。丘成桐主編：《數學與對稱》，頁35-43。林崇宏著：《造形與構成》（台北市：視傳文化事業有限公司，2002年），頁110-112。

誼，離別之時，遙送同登黃山，身倚山中石階激昂長嘯，內心充滿不捨，並且以鸞鳳比喻自己漢族弟，是家族中鳳鸞，本應雙同棲息瓊枝上，一旦面臨分離各自飛去，鳳和鸞都悲啼哀鳴，別後預祝彼此都能隨風揚翅，一展長才。

其詩句立體對稱如下：

送君登<u>黃山</u>，長嘯倚<u>天梯</u>。<u>小舟若鳧雁</u>，<u>大舟若鯨鯢</u>。

詩篇第三段連用了或「黃山」、「天梯」之立體高度空間對稱，此外亦採用圖形之平面空間的大小對稱，如「小舟」、「大舟」；「鳧雁」、「鯨鯢」等圖形的對稱。

本文中立體高度空間定義，即是三度空間，指含有長、寬、高之立體景象或位置之詞彙組合，來描寫立體空間之對象，也可稱為高度空間景象。在語法上，可包含形容詞、名詞、短語。這些皆形塑立體狀視覺空間景象，例如泰山、天台山、石門山、下視宇宙、躡星虹、天梯等。故詩中「黃山」、「天梯」並列，可使讀者產生視覺上兩個高度立體景象平衡的感受，使詩意有了平穩安定之效益。

本文中平面空間定義，即是二度空間，指平面地理景象或位置作為描寫對象。也可稱平面景象。平面景象詞彙組合，於語法上，可包含名詞、形容詞，短語。有時是取單一平面狀地景名詞，有時是取平面上數量詞或大量量化景象，形塑平面狀視覺景象，例如萬戶千里、鏡湖三百里、五百灘、平鋪湘水流、原野曠超緬、蒿下盈萬族、客泛舟船等。故詩中君泛「小舟」、「大舟」並列，可使讀者視覺上兩個平面物景平衡的感覺，使讀者腦海中產生開闊平面景象，也是一個廣角景致，詩意將觀察者的視角帶開至一全面性的平面景觀。

本詩寫李白和族弟離別之情，詹鍈《李白全集校注彙釋集評》云：「君充泛舟之役而勤漕運之勞，送別黃山，長嘯倚天梯。但見小

舟大舟散漫於長江者，隨風拂雲，莫知其數。晚泊牛諸，望天不可見矣。」[26]篇中取高遠的黃山和天梯，表露族弟和李白送行之遠和情意之長，續則以帶有圖形之對稱「小舟」、「大舟」表徵兩人自此各航向不同的路，漸行漸遠，運用高遠空間對稱表徵李白和族弟才高，及二人離別情長，次用圖形之大小對稱，描繪出李白和其眼中漸行走遠的族弟，表現兩人未來已航向不同之路，這立體空間對稱和圖形對稱巧喻指李白悲淒難捨族弟，以高度空間對稱和圖形大小對稱，加深悲涼詩情，情景並列，詩意亦產生依序串連的視覺感受。

　　另一詩例〈登梅岡望金陵贈族姪高座寺僧中孚〉，運用了「眾生」和「月」等三度空間物象對稱，強化李白對高僧中孚的讚嘆欽佩。詩篇中使用了「星」和「月」等高度空間物象等，鋪陳李白心中高僧中孚的美好形象，巧妙此喻出世高僧中孚是脫俗超塵的佛門俊秀。此外，李白也藉此表露求仙近仙，如臨仙境，飄飄欲仙之喜悅。

　　其詩中句子立體空間對稱，如下：

　　　　吾宗挺禪伯，特秀鷙鳳骨。<u>眾星羅青天，明者獨有月</u>。

　　詩作中次段取用了「眾星」、「有月」等立體空間景物對稱，「星」和「月」屬於高空的三度空間物象，描繪了佛門俊秀者高潔形象，以高度空間摹寫比喻清明，令人仰望讚嘆之情狀，也表現出超塵脫俗的佛門空間感知。或者李白注入景仰之情在立體空間景象中。這可稱是李白的人生理想境界和目標。也烘托超脫凡塵、與世隔絕之形象。

　　詹鍈《李白全集校注彙釋集評》云：「（眾星羅青天，明者獨有月。）二句，言眾生星羅列空中，其光不如一月，中孚即此明月

---

26 詹鍈主編：《李白全集校注彙釋集評》（天津市：百花文藝出版社，1996年12月），
　　冊5，卷16，頁2601-2602。

也。」[27]首先以高潔閃亮的天星表徵佛門淨地傑出者,「眾星」則強化
這金陵高座寺,聚集許多不凡佛門中人,描繪出高座寺的地靈人傑氣
勢。續用「明者獨有月」象徵中孚是佛門中尤其獨特優秀。詩篇立體
空間對稱,藉眾星、高空皎潔明月等光亮無塵的形象,突顯高座寺佛
門仙地,亦啟後續中孚佛門俊傑,尤為出眾的讚美。詩句連用星、月
組合對稱,貼切展現高僧中孚的風采,鋪陳李白仰望仰慕的心情。這
對稱兼具情與景,亦直接強化「時聞天香來,了與世事絕」的願望。

2 圖形之上下對稱

　　太白懷古詩,時用高空和定點景物並置,鋪陳詩意,使詩歌產生
視覺上深刻反應,並可長久的停留在視覺印象中,形成上下力量或面
積的均衡,產生安定、穩定的詩情和詩作構圖意境。[28]李白作品,運
用圖形之上下對稱者,統計有幾篇,譬如卷十二:〈登敬亭山南望懷
古贈竇主簿〉、卷二十一:〈登單父陶少府半月臺〉、〈登邯鄲洪波臺置
酒觀發兵〉、〈登金陵冶城西北謝安墩〉、〈登梅岡望金陵贈族姪高座寺
僧中孚〉、〈秋登宣城謝朓北樓〉、卷二十二:〈蘇臺懷古〉、〈峴山懷
古〉等等。舉例分析之:

　　詩例〈登敬亭山南望懷古贈竇主簿〉一篇,取用「下視宇宙
間」、「四溟皆波瀾」等由上往下的視點,展現了三度空間之高空景物
和零度空間定點之對稱。詩篇脈絡:言李白登敬亭山南望懷古,因敬
亭山位置處極於天南,登高望遠,視野十分廣闊。此山甚高,素有仙
人遊盤之說,甚令李白嚮慕,傳說仙人竇子明即是因白龍降臨,迎載

27　詹鍈主編:《李白全集校注彙釋集評》(天津市:百花文藝出版社,1996年12月),
　　冊6,卷19,頁3006-3007。

28　林崇宏著:《造形與構成》(台北市:視傳文化事業有限公司,2002年),頁110-112。
　　另見呂清夫著:《造形原理》(台北市:雄師圖書股份有限公司,2000年12月),頁
　　167-169。

子明上陵陽山成仙。竇子明棄官學道，即便成仙後，亦關照塵世，嗚呼世人當來學道求仙。李白嚮往之，表明願隨仙人竇子明而去。

其詩中圖形之上下對稱，如下：

白龍降陵陽，黃鶴呼子安。
羽化騎日月，雲行翼鴛鸯。
<u>下視宇宙間</u>，<u>四溟皆波瀾</u>。

詩作中第二段，使用了「下視宇宙間」、「四溟皆波瀾」的圖形上下對稱，表現李白心中對仙人竇子明景仰，成仙後的竇子明，由天界往下探視，身在仙境，仍關心凡塵，這藉竇子明仙人視角，由上往下俯瞰，呈現俯瞰空間視角，並且將天境宇宙和凡塵四海波瀾兩者並置，形成上和下的視覺圖形對稱。這視覺是李白用人類角度，想像仙人成仙，由天界向下探望關照之舉措，是一帶深刻情感的仙界仙人關懷，一方面呈現李白奇特不凡的視覺思維，另一方面表現李白以「下視」表露了仙人仙界和凡塵世人的連結互動，仙人回首下視和凡人仰觀跟隨的視覺畫面，呈顯一上一下的兩個力量均衡，充滿了感情和深意。詩作也鋪陳出濃厚仙凡互動的意蘊。

再舉一詩篇〈峴山懷古〉一首，使用「天清」和「水落」等上下圖形對稱，表達李白登峴山遙望天際山峯和眼下漢江沿線沙灘，思及昔日此地有晉代山簡醉酒歸、遊女弄珠沿漢水，而今舊跡荒蕪，令人感嘆。

詩篇圖形上下對稱，句式如下：

訪古登峴首，憑高眺襄中。<u>天清遠峯出</u>，<u>水落寒沙空</u>。
弄珠見遊女，醉酒懷山公。感嘆發秋興，長松鳴夜風。

詩作運用「登峴山」、「眺襄中」，帶出詩人登覽古跡，極目遠眺之舉，表示了李白身處高山之視覺空間位置。一面登覽遊目，摹寫現實景象，一面藉著實景或經詩人主觀選取想像改造之定點空間，李白組合了一高一低的視覺景象，先由高處再往低處，再接續以「天清遠峯出」、「水落寒沙空」一上一下的景象對稱，表現一由上而下視角，藉廣遠視野渲洩己情，或迷惘何去何從，或流露古人古事而今安在哉之嘆，時而表達自己漂泊四方之憾。

本詩描摹李白登古跡，感古人古事已逝之感嘆。詹鍈《李白全集校注彙釋集評》引朱諫分析：「此李白登峴山而作也。言訪古跡而登峴首之山，以望襄陽之中，但見遠峯出而寒沙空也。解珠以贈者，則有漢皋之遊女；倒載而歸者，則有酩酊之山公。往事非而舊跡荒矣，今人感動秋興，風夜鳴而淒愴之情不能已也。」[29]篇中運用上下圖形對稱，表現出太白登覽峴山遠景仰見天空清朗山峯盡現，俯視漢水低落沙灘一片寂寥，這片上下千古景象，歷來曾有在漢水的弄珠遊女；在峴山襄陽的沈醉山公，而今景物依舊，人事已非，李白思及人事盛衰轉瞬即逝，自己又能在歷史上留下些什麼功業，以待後人追念呢？詩作中一上一下對稱圖形，形成兩個高低力量並置，將李白內心欲成就一番事業和古人古事今成灰之嘆，兩相對照，呈現他高尚不凡與担心時不我予的矛盾心境。

（二）比例構圖表現

「比例」（Proportion）就是部份與部份，或部份與整體的數量關係，這種關係如能給人以美感的，即為優美的比例。[30]從物象形態而

---

29 參詹鍈：《李白全集校注彙釋集評》（天津市：百花文藝出版社，1996年12月），冊6，卷20，頁3170-3171。

30 參見呂清夫著：《造形原理》（台北市：雄師圖書股份有限公司，2000年12月），頁168-169。

言，比例有兩種特性，一是一個圖形與其他圖形的相對視覺比例，另一種則是整體構圖上各個圖形間的相對關係之視覺比例。[31]教育家及知名平面設計師金柏麗‧伊蘭姆（Kimberly Elam）說：「比例是作品的構圖核心，由它產生一連串不只介於長與寬之間的視覺關連，還有個別元素在整體構圖中的相互關係。極少數觀者會認出特定比例的存在，但他們感受得到和諧。簡單地說，比例就是一矩形的長寬比，最常見的系統包括黃金分割比例的1：1.618，另外還有1：2、2：3、3：4等等。比例可以用數學方法計算而得，或拿一個現成的結構圖來參考。」[32]「比例」可使整體和其各部分互相關連，在作品中運用的結果，即是產生律動（比例和諧），（羅馬尼亞）小說家、數學家、歷史學家 M.吉卡（Matila Ghyka, 1881-1965）說：「我們通常把節奏與律動等術語與以時間量網表現的藝術（詩歌與音樂）相聯繫，把比例的概念與空間的藝術（建築、繪畫與裝飾藝術）相聯繫。」[33]在詩作謀篇上，「比例」構圖分析，可呈現具象之形與抽象之情，在整體構圖上之各圖形間比例，或部份和整體間的相對視覺比列，及其產生的詩作構圖和諧之美感效益。[34]

---

31 林崇宏著：《造形與構成》（台北市：視傳文化事業有限公司，2002年），頁108-109。

32 參見金柏麗‧伊蘭姆（Kimberly Elam）著；吳國慶、呂珮鈺譯：《設計幾何學：發現黃金比例的永恒之美》（*Geometry of Design: Studies in Proportion and Composition*）（台北市：積木文化出版，2016年1月），頁45-52。

33 參見（羅馬尼亞）小說家、數學家、歷史學家M.吉卡（Matila Ghyka, 1881-1965）著，盛立人譯：《生命‧藝術‧幾何》（*The geometry of art and life*）（北京市：高等教育出版社，2014年1月），頁3-4。

34 依金柏麗研究，「由於比例接近黃金分割比例，將黃金分割結構圖與畫重疊，確實幾乎相符，整體構圖也呼之欲出，……矩形方格化，亦稱『懶惰鬼黃金分割』，十分類似黃金分割結構。矩形方格化是一種構圖方式，將一個和矩形的短邊等長的正方形分別置入作品的左面和右面，利用因此而生的直線和對角線創造作品結構。……矩形方格化的結構表現非對稱性，協助畫家以吸引視覺的方式擺放構圖元素，呈現元素、定位和矩形之間的和諧。」見金柏麗‧伊蘭姆（Kimberly Elam）著；吳國慶、呂珮鈺譯：《設計幾何學：發現黃金比例的永恒之美》（*Geometry of*

李白懷古詩作比例構圖者，首先有1：2比例，例如卷二十一：〈登峨嵋山〉、〈登單父陶少府半月臺〉、〈登新平樓〉等等；其次有2：3比例，例如卷十二〈登敬亭山南望懷古贈竇主簿〉、卷二十一：〈登錦城散花樓〉、〈登太白峯〉，卷三十：〈自廣平乘醉走馬六十里至邯鄲登城樓覽古書懷〉等等；接續有3：4比列，例如卷二十一：〈秋日登揚州西靈塔〉、卷二十二：〈蘇臺懷古〉、〈峴山懷古〉等。例如：

〈登峨嵋山〉一篇，運用八句之高度空間意象、上下圖形與動態圖形對稱，全詩共有十六句。詩作的比例構圖表現是1：2。這首詩採用了矩形方格化的構圖法，描摹李白在蜀地登峨嵋之山。周流登覽，見其勝絕而奇特殊景，有青冥之色，倚天而開，多彩天色如畫，使詩人期望能遇到仙界仙人騎羊子葛由，獲授錦囊秘訣，隨仙人昇天飛越白日。

蜀國多仙山，峨嵋邈難匹。周流試登覽，絕怪安可悉？
青冥倚天開，彩錯疑畫出。冷然紫霞賞，果得錦囊術。
雲間吟瓊簫；石上弄寶瑟。平生有微尚，歡笑自此畢。
烟容如在顏；塵累忽相失。儻逢騎羊子，攜手凌白日。

本詩比例構圖分析表，如下：

```
┌─仙山、峨嵋、青冥、彩錯─言太白登山，環視天山多彩之景。
│                    「蜀國多仙山」八句。
│
└─雲間、石上、儻逢騎羊子、攜手凌白日─言登峨嵋山，獲錦囊
  術，飛昇天界。

                              「雲間吟瓊簫」八句。
```

Design：Studies in Proportion and Composition）（台北市：積木文化出版，2016年1月），頁47-50。

　　詩篇取用四句高度空間意象、二句上下圖形和二句動態高空意象，全詩採用二分之一比例構圖，描繪出太白熱衷學仙求道之景和情。

　　〈登敬亭山南望懷古贈竇王簿〉一首，採用八句之高度空間景象、物態對稱、動態景象對稱與上下圖形對稱，全詩有十二句抽象情意鋪陳。詩作比例構圖是8：12，即為2：3。本詩描繪太白登覽敬亭山，聞古有仙人得道昇天於此，且在成仙之後關懷凡塵世人，李白內心嚮往欲追隨仙人飛天成仙。

> 敬亭一迴首，目盡天南端。仙者五六人，常聞此遊盤。
> 谿流琴高水；石聳麻姑壇。白龍降陵陽；黃鶴呼子安。
> 羽化騎日月，雲行翼鴛鸞。下視宇宙間，四溟皆波瀾。
> 汰絕目下事，從之復何難？百歲落半途，前期浩漫漫。
> 強食不成味，清晨起長嘆。願隨子明去，鍊火燒金丹。

本詩比例之構圖分析表，如下：

┌敬亭山、天南端、白龍、黃鶴、下視宇宙、四溟—言李白登敬亭
│　　　　　　　　　　　　　　　　　　　　　　　山，聞古有仙人
│　　　　　　　　　　　　　　　　　　　　　　　成仙於此，興起
│　　　　　　　　　　　　　　　　　　　　　　　欲隨仙人之願。
│　　　　　　　　　　　　　　　　　　　　　　　「敬亭一迴首」
│　　　　　　　　　　　　　　　　　　　　　　　十二句。
│　　　　　　　　　　　　　　　　　　　└─言太白有志從
└　　　　　　　　　　　　　　　　　　　　　仙，嘆人生已過
　　　　　　　　　　　　　　　　　　　　　　半，前途茫茫，
　　　　　　　　　　　　　　　　　　　　　　願隨子明先生成
　　　　　　　　　　　　　　　　　　　　　　仙。「汰絕目下
　　　　　　　　　　　　　　　　　　　　　　事」八句。

詩作取用兩句高度空間意象；二句物態對稱，與二句上下圖形對稱。詩篇採取8：12比例構圖，即為2：3，描摹出太白登高山遙望追想仙人仙界，興發求道學仙之志向。

四　結論

詩人、建築師柯比意（Le Corbusier）在《邁向新建築》（*Towards A New Architecture 1931*）曾說：「幾何學是人類共通的語言……因為人類發現了『韻律』這件事。韻律在我們的視覺呈現上顯而易見，視覺和韻律有著很明確的關聯。

韻律深植於人類各種活動中，而我們也以有幾體的必然性來理解它們。正因如此純粹，使得兒童、老人、未開化者及受過教育的人們，都有能力描摹出黃金分割的圖形。」這確立在宇宙萬物、語言藝術等等皆有其完美的比例構圖之結構性，也受到各界研究者認同。

李白懷古詩取用多樣化的對稱表現，和數種比例構圖之結構布局手法，描繪出深具情景串連、層疊畫面之美感效果，亦增添作品平穩安定的詩情濃度。在比例構圖上，詩作具象之行與抽象之情，巧妙地1：2、2：3等等比重，突顯了詩旨主題核心，也產生部分詩句和整體構圖之間的和諧視覺美感效益。這正是李白懷古詩中建築物、特定地點位置、古蹟等，形塑出獨特謀篇構圖之處，亦為深值研究之一隅。

李白懷古詩大量取用歷史、古蹟、登覽特定地點、古今人事交融的情景及意蘊，將昔日史地人和今日我之體悟表現出來。這呈顯了幾點突破性：一、李白懷古詩結合懷古和詠史之特性，形成新寫作趨勢，透過過去歷史人地物的追懷，烘托出今日人地物的衰敗或省思，甚至表現出人類共通的滄桑悲涼和夢想無法實現的失落失意。二、李白詩古蹟、建築物、特定空間景物的對稱安置和比重，形成情景和諧比例表現，突顯詩歌情感和意蘊，亦表現出詩篇視覺比例構圖美感。

參考文獻

（古籍依時代排序，今人資料據姓氏筆畫排序，外文資料依名字字母排序）

〔宋〕楊齊賢集註　〔元〕蕭士贇補註　《分類補助李太白詩》　臺北市　臺灣商務印書館　上海涵芬樓借蕭山朱氏藏明郭氏濟美堂刊本　四部叢刊集部

詹鍈主編　《李白全集校注彙釋集評》　天津市　百花文藝出版社　1993年　八冊

瞿蛻園等校注　《李白集校注》　臺北市　里仁書局　1981年

丘成桐主編　《數字與對稱》　北京市　高等教育出版社　2014年3月

呂清夫著　《造型原理》　台北市　雄獅圖書股份有限公司　2000年

何政廣主編　吳礽喻編譯　《柯比意：現代建築與純粹主義大師》（Le Corbusier）　台北市　藝術家出版社　2011年9月

林崇宏著　《造型與構成》　台北市　視傳文化事業有限公司　2002年9月

施植明著　《柯布 Le Corbusier：建築界的畢卡索，二十世紀最重要的建築大師，又譯作柯比意》　台北市　商用出版　2015年9月

孫全文、陳其澎　《建築與記號》　台北市　明文書局　1989年

傅抱石著　《中國的人物畫與山水》　台北市　華正書局　1985年

朝倉直巳著呂清夫譯　《藝術設計的平面構成》　台北市　北星圖書事業股份有限公司　2013年9月

金柏麗伊蘭姆（Kimberly Elam）著　吳國慶、呂珮鈺譯　《設計幾何學：發現黃金比例的永恆之美（*Geometry of Design:*

　　　　Studies in Proportion and Composition）　台北市　積木文化

　　　　出版　2016年1月

〔羅〕M.吉卡（Matila Ghyka 1881-1965）著　盛立人譯　《生命藝

　　　　術幾何》（*The geometry of art and life*）　北京市　高等教育

　　　　出版社　2014年1月

表一　李白懷古詩篇數統計表（茲瞿蛻園校注：《李全集校注》三十
卷，四部叢書《分類補注李太白詩》三十卷為主要底本）

序號	卷數	詩歌體裁	詩題
1	卷十二	古近體詩	登敬亭山南望懷古贈竇主簿
2	卷十八	古近體詩	登黃山凌歊臺送族弟溧陽尉濟充汎舟赴華陰
3	卷二十一	古近體詩	登錦城散花樓
4	卷二十一	古近體詩	登峨嵋山
5	卷二十一	古近體詩	登單父陶少府半月臺
6	卷二十一	古近體詩	登太白峯
7	卷二十一	古近體詩	登邯鄲洪波臺置酒觀發兵
8	卷二十一	古近體詩	登新平樓
9	卷二十一	古近體詩	秋日登揚州西靈塔
10	卷二十一	古近體詩	登金陵冶城西北謝安墩
11	卷二十一	古近體詩	登瓦官閣
12	卷二十一	古近體詩	登梅岡望金陵贈族姪高座寺僧中孚
13	卷二十一	古近體詩	登金陵鳳凰臺
14	卷二十一	古近體詩	秋登宣城謝朓北樓
15	卷二十一	古近體詩	登廣武古戰場懷古
16	卷二十二	古近體詩	蘇臺懷古
17	卷二十二	古近體詩	越中懷古
18	卷二十二	古近體詩	經下邳圯橋懷張子房
19	卷二十二	古近體詩	峴山懷古
20	卷三十	詩文補遺	自廣平乘醉走馬六十里至邯鄲登城樓覽古書懷

明代抗女真陸戰詩敘事析論[*]

顏智英

臺灣海洋大學共同教育中心教授，海洋文化研究所合聘教授，
海洋文創設計產業系合聘教授兼主任。

摘要

　　本文是科技部整合型計畫「明代海洋經理與敘事之數位人文研究：海戰詩Ⅱ」之部分成果，乃針對以「女真」為他者的明代戰爭詩所作的研究。南倭與北虜，是明代在海洋經理上最棘手的課題，明詩中相關戰事書寫的數量很多，但學界一直未見以此為主題的系統研究；本計畫已在一〇五年完成明詩「抗倭」海戰敘事的研究，並以〈明代抗倭海戰詩敘事析論〉為題發表期刊論文，今欲接續此一課題，以明詩「抗女真」戰爭敘事為研究主題，從「中國基本古籍庫」、「中國哲學書電子化計畫」、「搜韻—詩詞門戶」等數位資料庫，以女真、戰爭相關的關鍵詞對明代詩歌的詩題與詩句進行檢索，再就檢索所得予以仔細判讀，篩選出較具代表的詩作進行分析，並與抗倭詩比較，期能見出其敘事特徵，完成藉數位方法對明代海戰詩的系統研究。明朝與女真的戰爭，崇禎以前主要為陸戰，南明諸王時期主要為海戰，由於篇幅所限，本文僅就「陸戰」的部分加以探討，擬從史學角度採以史證詩的方法，以及從文學角度採章法學的「泛具」結

*　本文為科技部整合型專題研究計畫【明代海洋經理與敘事之數位人文研究：海戰詩Ⅱ】105-2420-H-019-002之部分成果。

構，深入研析其敘事特色及價值所在。

關鍵詞：明代、陸戰詩、女真、敘事、史學、文學、泛具結構

一 前言

　　本文是科技部整合型計畫「明代海洋經理與敘事之數位人文研究：海戰詩Ⅱ」之部分成果，乃針對以「女真」為他者的明代戰爭詩所作的研究。南倭與北虜，是明代在海洋經理上最棘手的課題，明詩中相關戰事書寫的數量很多，但學界一直未見以此為主題的系統研究；本計畫已在去年完成明詩「抗倭」海戰敘事的研究，並以〈明代抗倭海戰詩敘事析論〉為題發表期刊論文，[1]今欲接續此一課題，以明詩「抗女真」戰爭敘事為研究主題，從「中國基本古籍庫」、「中國哲學書電子化計劃」、「搜韻—詩詞門戶」等數位資料庫，以女真、戰爭相關的關鍵詞如：「女真」、「女直」、「建酋」、「建夷」、「建州」、「遼東」、「遼陽」、「海西」、「野人」、「開原」、「戰」、「師」等，對明代詩歌的詩題與詩句進行檢索，再就檢索所得予以仔細判讀，篩選出較具代表的詩作進行分析，並與抗倭詩比較，期能見出其敘事特徵，完成藉數位方法對明代海戰詩的系統研究。明朝與女真的戰爭，崇禎以前（1368-1644）兩百七十多年間主要為陸戰，篩選出研究的文本大約有一百〇五首詩作；而南明諸王時期（1644-1662）短短十八年間主要為海戰，篩選出研究的文本就多達一百三十二首左右[2]，主要原因為此期詩人多為海戰將領，自覺地以詩為史，以志其為國之誠。由於篇幅所限，本文僅就「陸戰」的部分加以探討。

1　顏智英：〈明代抗倭海戰詩敘事析論〉，《海洋文化學刊》第21期（2016年12月），頁39-86。

2　依筆者篩選所得，張煌言詩約五十六首，陳子龍詩約三十四首，徐孚遠詩約十六首，夏完淳詩約十三首，盧若騰詩約十三首，共計約一百三十二首。

二 史學的角度：以詩存史、以地繫事

（一）洪武一三六八至宣德一四三五年：招撫為主，小股
出擊寇邊之女真人

　　從太祖洪武至宣宗宣德年間，對待東北女真人的政策，以招撫為主，武力為輔。在具體做法上，由於東北與內地地理民俗不同，是以未實行州縣之制，而是軍政合一的衛所制度。[3]洪武時期主要完成了遼東二十五衛（以遼陽為中心的遼寧省地區）和蒙古兀良哈三衛及女真部分衛所的建制；女真大部分衛所設於永樂年間，成祖且奠定了貢賞、馬市、羈縻政策制度的基礎；宣德皇帝也繼承其先祖招撫的思想策略，認為不能因宋之敗而不敢接觸女真人，謂：「自古無中國清明，而有外夷之禍者。」[4]明初詩人黎貞的詩中，亦記錄了明代使者出使遼陽、衣錦榮歸的景象：

> 遼陽三月朔風高，使者南歸衣錦袍。持節直從三島過，紫雲深處宴蟠桃。（黎貞〈遼陽贈使者南還〉，《秫坡先生集》，卷2）[5]

　　朝貢、馬市制度雖適合女真人的社會，得到女真人普遍歡迎；但是，若不加以有效節制女真求利之心，或明朝官員政策執行上稍有失當，那將是激起女真人仇恨、引發雙方矛盾衝突的契機。對於擾邊的女真人[6]，明朝在教喻無效之後，便會採取懲罰（關閉馬市）和打擊

3　王冬芳、季明明：《女真——滿族建國研究》（北京市：學苑出版社，2009年5月），頁9。

4　《明宣宗實錄》，卷21辛亥條，收於《明實錄》，「中國哲學書電子化計劃」電子資料庫，以下凡引《明實錄》者，皆出自此資料庫，不再逐一作註。

5　本論文所引明詩，皆出自「中國基本古籍庫」、「中國哲學書電子化計劃」、「搜韻——詩詞門戶」等數位資料庫，為省篇幅，不再逐一作註。

6　宣德五年十一月巫凱報虜寇邊。《明宣宗實錄》，卷58壬戌條。

（小股出擊）的手段。甚受宋濂賞識的明初詩人唐之淳即有詩提及明朝出兵建州戡暴、折衝之事：

> 季夏鷹始擊，溫風入庭除。小人有所思，君子在遠途。遠途亦良苦，王事迫簡書。鐵馬嘶莽蒼，霜刀拂蟄弧。昨傳過建州，分兵作前驅。折衝更何人，忠勇相與俱。義分皎星日，戡暴力有餘。安知非衛霍，為漢卻匈奴。我蒙公所愛，繾綣魚水如。所慚幕中士，局促轅下駒。遲征不能從，假此塗陽居。凌晨望朝鮮，夕夢遼城隅。臨雲憶搴旗，見月思彎弧。身遠而心邇，遲徊以躊躇。（唐之淳〈奉懷〉，〈唐愚士詩〉）

詩中對於戡暴的場面未多著墨，此時期類似出擊的詩歌也不多見（僅四首），但有識之士對於野心勃勃的女真仍存戒心，詩云：

> 雒邑空南渡，東都亦北轅。已符前五閏，空憶後三元。分合巧相似，今昔難等倫。女真如拓拔，一統位中原。（趙汸〈觀輿圖有感〉其五，〔明〕程敏政《新安文獻志》，卷53，律詩五言）

生於亂世，淡泊名利的趙汸，預言女真將統一中原，是頗有見識的。

（二）正統一四三六至正德一五二一年：剿撫並用，追逐成規模進犯之女真人

或因女真貪圖明朝境內的財富，或因明朝邊官管理不當、政策規定不合實際，或因李朝的挑撥等，自英宗起女真犯邊的規模越來越大，次數也愈發頻繁，明廷的做法是剿撫並用，例如：天順六年，明邊官誤殺建州無辜，海西人聯合建州衛「橫逆不入貢」，七年，明朝

使臣「武忠奉敕往海西招撫，又往建州衛招撫」[7]；景泰元年五月，海西野人女真為蒙古瓦剌部所迫，「領一萬五千餘人來寇。守備官軍追逐出境，又稱欲增人馬再來攻劫。」[8]六月，明遼東軍分三路「先擒剿李滿住、凡察、董山三寨，然後發兵問罪海西」。[9]詩人李夢陽（1472-1529）即為此心驚深憂，有詩云：

> 大同宣府羽書同，莫道居庸設險功。安得昔時白馬將，橫行早破黑山戎。書生誤國空談裏，祿食驚心旅病中。女直外連憂不細，急將兵馬備遼東。（李夢陽〈秋懷〉八之六，《空同集》，卷29，七言律）

呼籲朝廷應急備兵馬以加強遼東的防守。正德年間被謫戍邊瀋陽的程啟充也有詩云：

> 黑龍江上水雲腥，女真連兵下大寧。五國城頭秋月白，至今哀怨海東青。（程啟充〈塞下曲〉，〔清〕朱彝尊《明詩綜》，卷38）

洪武二十年（1387）設置大寧都司，治所在大寧衛（今內蒙古自治區寧城縣西），管轄今河北省長城以北，內蒙古自治區西拉木倫河以南等地。詩人指出女真兵臨大寧，令諸邦不寧、人民哀怨。

　　雖然女真的寇邊規模與日俱增，但此時期的相關詩作仍不多（僅四首），追逐出擊女真的戰爭場面也未見具體描繪，顯示明朝對於東

7　《李朝世祖實錄》（東京都：學習院東洋文化研究所，昭和32年，1957年），卷31乙巳條，頁546。

8　《明代宗實錄》，卷192癸丑條。

9　《明代宗實錄》，卷193癸未條。

北邊患仍未真正感到威脅，尤其是正德時期，對於女真的問題有了較好的處理[10]，例如，正德時巡撫遼東的李承勛（1471-1530）有詩云：

> 融融春色課鋤犁，絕塞孤危強自支。獨喜連城同復旦，正逢明主中興時。澤消磧雪鴻初集，簾動微風燕不知。忽報呼韓來納款，人心原不隔華夷。（李承勛〈開原郊外〉，〔明〕畢恭《（嘉靖）遼東志》，卷7〈藝文志〉）

詩中具體描寫出開原郊外女真納款、接受明朝招撫的和平景象，「融融春色」、「獨喜連城同復旦」、「正逢明主中興時」，在在皆透顯喜悅之情。

（三）嘉靖一五二二至崇禎一六四四年：剿殺為主，搗剿大規模犯邊殺邊官之女真聚居地

　　嘉靖以後，由於明朝對女真的羈縻政策在決策上與實施上都有極大的問題，以致「遼東邊事」成為九邊首要之務，群臣紛紛上疏條陳己見，例如：「然以海西建州女真諸夷往往桀驁難制。成化以來議當剿者恆以姑息縱賊為害；論當撫者又以貪功啟釁」；又如：「雖夷性叵測，而羈之以術，結之以義，啗之以利，可使如我繁鑣，無窺庭之虞。」[11]同時，嘉靖年間女真社會因為內部競爭越來越激烈而推動了軍事同盟的發展，進入了城邦時期，使各個軍事集團更有戰鬥力、競爭力，其中以海西衛中的塔山前衛與塔魯木齊最有代表性；而明朝以

---

10 例如，正德十一年九月，「海西、福餘衛虜酋那孩率三千人款塞乞賞，且言欲由開原入貢」，很明顯是一種威脅，但武宗皇帝則：一方面加強武力以備與女真兵戎相見，「宜令貫（明邊官）等將擎回游兵，隨宜督發，協同防守」；另一方面「如虜釋甲入市，照例賞犒，仍攝之以威，喻令各修世貢」。見《明武宗實錄》，卷141丁酉條。

11 林希元：〈遼東兵變疏〉，收於明‧陳子龍、徐孚遠等選輯：《皇明經世文編》，卷164，「中國哲學書電子化計劃」電子資料庫。

夷治夷的政策使得塔山前衛的勢力達到巔峰，其首領王台儼然居於各
部女真首領之上，連建州大首領們王杲、王兀堂等都被招致麾下。[12]
萬曆初年，王杲為報明邊官殺父之仇，糾合各部多次犯邊、殺邊官，
明朝遼東總兵李成梁兩次大舉發兵搗剿王杲城寨；萬曆十一年又搗毀
其子阿台的城寨，斬殺阿台。萬曆末年（1618），更有後金努爾哈赤
進攻明朝之舉，明朝調動了十二萬大軍發動大規模戰役，企圖殲滅後
金，結果卻大敗於薩爾滸大營。

　　從嘉靖以後，明朝對待犯邊的女真，多採取上述大規模剿搗其巢
穴的方式，結果有勝有負；在詩歌中，亦有為數不少的作品反映了這
些史實。[13]詩人們承繼杜甫、文天祥以來「以詩存史」[14]的方式記錄
這些戰事，如：

> 北門三衛近遼陽，制府臨邊寶劍光。奏凱乘春歌吹入，漢家新
> 縛左賢王。（歐大任〈總制薊遼梁公破胡鐃歌四首〉其四，《西
> 署集》，卷8）

記錄了萬曆年間薊遼總督梁夢龍擒縛女真首領的捷報。又如：

> 聖明御寶曆，文德綏至平。琛貢款名王，四塞烟何消。桓桓如
> 虎將，列鎮雄干城。東酋犯遼陽，漢家出天兵。邊弓引秋月，
> 寶劍動流星。元行卷霜甲，三戰殲其鯨。□條大漠靜，絕幕無

---

12 詳參王冬芳、季明明：《女真——滿族建國研究》，頁196-202、頁498。

13 筆者觀察的一百〇五首詩中，此時期相關詩作有九成之多；而有高達六成的詩作
　　（六十三首）具體記錄嘉靖到萬曆女真犯邊的史事。

14 〔南宋〕文天祥《集杜詩》〈自序〉：「昔人評杜詩為詩史，蓋其以詠歌之辭，寓紀
　　載之實。而抑揚褒貶之意，燦然於其中，雖謂之史可也。予所集杜詩，自余顛沛以
　　來，世變人事，概見於此矣。是非有意於為詩者也，後之良史，尚庶幾有考焉。」
　　見《文文山全集》（臺北市：世界書局，1956年），頁397。

留行。壯猷報皇武,捷書上明庭。天子開鎬宴,六月歌聲平。
永惟廟謀勝,海波長不驚。(朱長春〈喜遼師討建夷大捷應制
館試〉,《朱太復文集》)

除了敘述明朝出兵直搗建夷獲得大捷的結果外,對於戰況也有一些具
體的描寫。更有直接以「遼事」為題的組詩,運用「以地繫事」的方
法對戰爭的過程作詳盡的書寫,如:

關西老將勇如彪,破虜何須幄裏籌。三萬齊驅探虎穴,可憐流
血作丹丘。
渾河壅水學囊沙,此事沉吟實可嗟。大將投鞭何處渡,三軍猶
得半還家。聞我師一半未渡王宣死於河軍得免者萬五千人
曾聞李廣殺無辜,絕域剄身為失途。今日將軍同此恨,天誅畢
竟付狂奴。杜趙二將昔皆以殺欵虜邀功被劾
代帥今非馬服君,愁看虜騎陣如雲。前軍失利身先退,蹙踏萬
人肢體分。馬林蔚州人聞麻岩兵敗即奔回士馬自相蹂踐身死
拋卻軍儲事遠征,戶曹本是一書生。將軍不死監軍死,三尺酬
恩七尺輕。潘宗顏督餉未幾即改兵備督陣墜馬死
英雄舊說豫章劉,少婦從戎亦鎧鍪。貿首猶能戕賊將,為君死
敵又何求。傳聞此戰殺一酋長幾入其巢劉之功也
江北江南士氣雄,嫖姚年少在軍中。重圍已陷猶酣戰,集矢還
開五石弓。南京領兵都司姚國輔鳳陽人也素驍勇能四弓齊開同祖天定劉招孫
等萬餘人俱戰死
高麗自古是箕封,奏遣將軍萬眾從。每誦木瓜知報德,損師猶
可教臣共。
四路興師一路雷,戈矛不與子同仇。將軍原自屯內地,幾誤追
鋒出建州。

> 建旗鳴鼓化為燐，盡是前鋒逆戰臣。義士身沒魂不沒，人如可
> 贖百其身。偏將作前鋒死者數十人如麻岩輩是也若千把總則無數矣　（黃
> 克纘〈遼陽紀事後十首〉，《數馬集》）

詩人以十首七絕組成的組詩，再輔以各詩末的自注文字，具體道出薩
爾滸之役明軍搗殺後金失利的始末與明朝犧牲將領的姓名，在敘事中
隱含對戰士英勇犧牲的詠嘆。類似的組詩頗多，如：沈一貫〈遼東破
虜歌七首〉、趙南星〈遼事〉二首、蔡獻臣〈哀遼陽十絕〉、鄧雲霄〈和
黃士明太史遼左聞報六首〉、林熙春〈入虜聞奴陷遼陽〉五首、徐火
勃〈聞遼事四首〉、陳子龍〈遼事雜詩〉八首等，有待進一步深究。

三　文學的角度：「泛─具」結構（「敘事─抒情或議論」）

　　「詩的意義不僅在於具有史的內容，而同時因為它們負載著詩人
內心激蕩的不平與仇恨」[15]，是以將客觀現實的真實描寫與詩人主觀
思想感情作緊密結合（「敘事─抒情議論」），遂成為此類戰爭詩的基
本結構；而此結構，即陳師滿銘所提出之「泛-具」結構，有云：「詞
章是用以表情達意的，通常為了要加強表情達意的效果，以觸生更大
的感染力或說服力，則非借助於具體的情事、景物或特殊的狀況不
可。而專事描述具體的情事、景物或特殊狀況的，我們特稱為具寫
法；至於泛泛地敘寫抽象情意或一般狀況的，則稱作泛寫法」。[16]據
此，上述明代抗女真陸戰詩可依「事」（「具」）與「思想或情感」
（「泛」）側重的不同，再細分為下列三種「泛─具」結構型態：

15　魏中林：〈鴉片戰爭詩歌藝術風貌的整體性嬗變〉，收錄於《清代詩學與中國文化》
　　（成都市：巴蜀書社，2000年），頁98。

16　陳滿銘：〈談詞章的兩種作法──泛寫與具寫〉，收入氏著：《章法學新裁》（臺北
　　市：萬樓圖書公司，2001年），頁205。

（一）「全具」結構：具體敘事，情感或議論隱藏其中

這類詩歌大多是較完整而具體地敘寫客觀的戰事，而作者主觀的情感或議論則隱藏於字裏行間，成為詩歌的底蘊及內在，在三類型中最為含蓄蘊藉，情志的張力也最大；多為組詩或古體的形式，作品數量比例在三類型中最高，接近六成之多，可能與明朝多凱歌有關，詩人們多藉以歌詠將領或推崇英雄。組詩如：

> 錦袍繡袷賜蕃州，驕虜名王悉漢侯。小醜自干天子劍，諸軍競飲月氏頭。
> 伐鼓撽金劍有霜，移師聲罪發遼陽。洗兵鐵嶺江流赤，飲馬蒲河落日黃。
> 都護親搴太白旗，建州轉戰勢尤危。一宵寶劍洿腥血，千里金山入凱詞。　誰道秋高胡馬肥，一呼辟易走重圍。營州老將如霜鶻，飛度陰山攫虜歸。
> 矢石先登㔨榦城，火星高照虎皮營。饑鳶爭下陰風急，日暮喁喁哭鬼聲。
> 露布星飛夜百巡，甘泉宮外月如銀。賈胡落盡貂裘價，暗泣西風白氎巾。
> 諸將紛紛盡策勳，主恩先拜霍將軍。詔書催賜長安第，未滅匈奴不敢聞。（沈一貫〈遼東破虜歌七首〉，《喙鳴詩文集》）

沈一貫（1531-1617），是明朝萬曆年間的內閣首輔，曾於萬曆二十九年（1601）力薦李成梁復起再鎮遼東。此詩詳細地敘述了明朝將士出師鐵嶺的戰況及奏凱榮歸策勳的始末。詩人雖未於詩中發聲，但從我方「洗兵鐵嶺江流赤」、「飲馬蒲河落日黃」、「一宵寶劍洿腥血」、「千里金山入凱詞」、「一呼辟易走重圍」等等克敵致勝的戰爭場景的刻

劃，再加上色彩詞、數字詞的適時崁入，生動而流暢地展現出明快的節奏，也流洩出作者隱含的得意與愉快之情。古體如：

> 旄頭星滅黃龍府，殘裔尚孽女眞部。建酋蟠結窺遼東，垂涎駐牧北關土。某家父子立奇勛，玉騎如風掃虜雲。疆開寬甸八百里，虜中號作飛將軍。飛將軍，百戰銳，年少身輕膽氣雄，家世生長鐵嶺衛。年年擣穴襲龍沙，黑夜斫胡如斫瓜。陳湯射中單于鼻，吐蕃金鑄渾瑊枷。海西寒月暗袴褶，虎窟龍潭探弋入。只圖頡利醉陰山，不料匈奴匿馬邑。四圍伏發如山堆，谿子中黃射未開。任福軍中鵶忽起，楊業戰處援不來。胡來漸多勢漸絀，零騎家丁纔六七。士奮空拳轉鬬酣，矢集團花嗔目叱。沙場裹骨馬革歸，尚留姓字怖兒啼。高樓墮腐滅虞氏，等死猶勝屬鏤刓。廣不封矦陵降虜,若箇聲名慚隴西。（鄭以偉〈某將軍〉,《靈山藏》〈笨菴吟〉，卷6）

鄭以偉（1570-1633），萬曆二十九年進士，崇禎五年，升任禮部尚書。此詩全面性地描寫鐵嶺衛出身的飛將軍某父子守北關的忠義、年年擣虜穴的功績、驍勇善戰的奇勛、胡多勢絀的犧牲。尤其是「黑夜斫胡如斫瓜」、「虎窟龍潭探弋入」、「不料匈奴匿馬邑。四圍伏發如山堆，谿子中黃射未開。任福軍中鵶忽起，楊業戰處援不來」、「胡來漸多勢漸絀，零騎家丁纔六七。士奮空拳轉鬬酣，矢集團花嗔目叱」等勇斫女真、深入虎穴、遭遇埋伏竟援軍不來、敵眾我寡仍酣鬥不懼的畫面勾勒，在高潮起伏、淋漓盡致的具體書寫中，透顯出詩人對主人翁的推崇與歆羨之情，十分含蓄蘊藉。

（二）「主具」結構：敘事為主，情感或議論點化其中（多卒章顯志）

此類型詩歌以大部分篇幅敘事，敘事中再點化以抒情或議論，或是「卒章顯志」，又以後者最為常見。體製上與前一類型同，亦多為組詩或古體的形式，作品數量在三類型中佔第二，約有三成七的比例，比較集中在對某些重要戰事的描述、反省與檢討。組詩如：

> 聞道遼民半已髡，奴酋間入小西門。招降失籌何嗟及，十萬義軍幾個存。
>
> 賜劍翻疑作杜郵，空傳徐土撫民流。監軍何意艱關出，欲把河西與虎酋。<small>經畧袁應泰監軍道高出袁死高逮</small>
>
> 沁水臺烏迥出群，古今罵賊兩張聞。世功戰死賢降死，閫外何人是冠軍。<small>巡按張銓罵賊死總兵尤世功戰死副總兵賀世賢降賊死</small>
>
> 門泥井底，崔乎捐命闓司堂。雖然不補危城破，千載丹青亦自香。<small>遼陽道何廷魁開原道崔儒秀</small>
>
> 頻年加賦為三韓，陸輓海輸民力殘。川浙健兵一戰盡，紛紛夷馬繞河干。
>
> 年年朝貢館王畿，賜宴大官御府衣。狼子野心終吻血，賊臣降虜助張威。<small>遊擊李永芳撫順降夷用</small>
>
> 傷心雄鎮欸關路，化作奴兒住牧塲。銓筦繽紛煩啟事，誰人堪許奏于襄。
>
> 潰兵爭入海山關，虜騎夜過三汊灣。經月出車煩廟筭，行邊司馬尚畿寰。<small>兵侍張經世</small>
>
> 瀋陽軍破破遼陽，旅順可將一葦航。謹備樓船教水戰，奴兒原不慣風檣。
>
> 五夜旗星掛東隅，建夷氛應慘於胡。懸知厭亂天終定，先殪關

酋今殪奴。戊午秋蚩尤旗見東方（蔡獻臣〈哀遼陽十絕〉,《清白堂
稿》）

蔡獻臣,明神宗萬曆十六年（1588）舉人,次年中進士,官至湖廣按
察使、浙江提學。此七言組詩以記錄熹宗天啟元年（1621）努爾哈赤
陷遼陽之戰事為主（前八首）,第一首為總說,因經略袁應泰策略錯
誤以致十萬義軍幾乎被後金殲滅；接下來第二至四首具體標舉出明軍
犧牲者名單與死因,第五首凸顯百姓飽受加賦、徵兵的苦痛,第六首
揭發賊臣李永芳降夷的醜狀,第七、八首記述關破虜入的過程。上述
幾個重要場景的層層特寫,一步步地推送出作者的議論與情感：第九
首提出應教水戰之策,因為女真人「不慣風檣」；第十首表達殺酋奴
的祈願；這些議論與祈願,是由「敘事逐步加快節奏,一直昇華到不
吐不快的激越程度」,「敘事過程就是情感鬱結蒸發過程,事竟而情
顯」,因此,這情志的內容,彷彿敘事的「晶體」[17],格外引人注目,
也格外珍貴。古體如：

> 蠢茲氏裔醜,旄頭肆妖芒。殜林警邊戍,遼左達未央。赫赫肅
> 震怒,冊府建旂常。龍詔下虎幄,虎旅奮龍驤。號刀排赤羽,
> 戈鋋羅素裳。豈伊石門險,席卷無喜昌。肆朝靖五嶺,露布奏
> 倉琅。天空摧太白,執訊告于襄。我皇秉明德,守詎在四疆。
> 玄照偏丹塽,仁威騷遐荒。穆穆運元化,解辮悉來王。憶昔皇
> 祖訓,西北備毋忘。外寧與內憂,階下即殊方。願言警宸慮,
> 萬禩戒垝堂。（郭正域〈喜遼師討建夷大捷　考舘廷試〉,《合
> 併黃離草》）

---

17 以上三條引用資料皆見魏中林：〈鴉片戰爭詩歌藝術風貌的整體性嬗變〉收錄於
《清代詩學與中國文化》（成都市：巴蜀書社,2000年）,頁100。

郭正域（1554-1612），任翰林院編修。詩中依時間順序從建夷犯邊、明天子下詔征討、征討戰況、獲得大捷、女真解辮來王等逐一敘事，最後再點出己志：建議勿輕忽邊防的守備，西北亦然。卒章顯志，特別醒目。

（三）「主泛」結構：情感或議論為主，事件僅概括性提及

此類詩歌，以情感或議論為主，事所佔的篇幅不多，亦未具體敘述戰爭事件，僅在詩中概括性提及。體製上多屬律詩等短篇的形式，這類即事抒情之作數量比例在三類型中最低，僅不及一成，可能是因篇幅的局限，不適於戰爭詳細的敘事。五律如：

> 近得遼陽信，孤懸事可虞。往時誤深入，此日恐長驅。推轂公卿議，封樁百萬輸。吾王今聖武，早晚或擒胡。（張瑞圖〈聞建夷再犯遼左〉，《白毫菴》）

張瑞圖（1570-1644），天啟六年（1626）官至禮部尚書兼東閣大學士，崇禎初年，魏忠賢伏誅，為言官所劾，乞休去。從嘉靖以來，女真寇邊之繁已是人盡皆知之事，因此，此詩不在建夷犯遼戰事上作詳細著墨，而是重在聞警之後內心對女真將長驅直入的擔心，以及對擒夷的深切期望。七律如：

> 羽書遙自薊門馳，關塞蕭蕭動鼓鼙。血戰已聞膏草莽，神謀何日復城池。
> 女真禍宋須張浚，回紇危唐急子儀。自古中興憑將畧，草茅不乏帝王師。（張嗣綱〈遼報再陷開原〉，《戈餘詩草》）

張嗣綱，明神宗萬曆十六年（1588）、二十二年（1594）、二十五年

（1597）連中三榜武魁，按例，官拜新安南頭參將，年八十有五而卒。此詩因作者聞開原再陷之報而作，重點在表達聞報當時心急如焚的心情與對神謀將略能中興明朝的期待，「已聞」、「何日」、「須」、「急」、「憑」等字眼生動地傳達了詩人這份焦急與企盼；而「羽書」、「薊門」、「關塞」、「鼓鼙」、「血戰」、「城池」、「張浚」、「子儀」等與戰爭相關的詞彙僅概括性地穿插於詩中各句間，並未作連貫性的陳述與具體的描繪，可見作者的重點不在敘事存史，而在即事抒情，噴發內在那股由該戰事而激發的情懷。

四 結語

　　本文針對由數位資料庫選取的明代抗女真相關詩作一百〇五首，從史學角度，採以史證詩的方法進行研究，初步觀察出詩中反映明朝對待女真的現實大致為：洪武至宣德年間，以招撫為主，僅小股出擊寇邊的女真人，詩作約僅四首。正統至正德年間，剿撫並用，追逐成規模進犯的女真人，詩作亦僅約四首。嘉靖至崇禎年間，以剿殺為主，搗剿大規模犯邊殺邊官的女真聚居地，詩作數量最多，佔了九成以上的比例，反映了嘉靖以來，女真寇邊的頻繁與威脅的日趨嚴重等具體現況；且詩人多採用「以詩存史」的方式客觀敘寫戰事，還運用「以地繫事」的方法、組詩的形式對戰爭過程詳加描寫，達到極佳的敘事效果。

　　另外，本文還從文學角度，運用「泛具」之章法結構，採歸納、分析法，將相關詩作的結構依事與情志之側重不同而區分為三種「泛具」結構型態：其一，「全具」結構，具體敘事，情感或議論隱藏其中：能較完整而具體地敘寫客觀的戰事，而作者主觀的情感或議論則隱藏於字裏行間，成為詩歌的底蘊及內在，在三類型中作品數量比例最高，可能與明朝多凱歌有關，詩人們多藉以歌詠將領或推崇英雄；

最為含蓄蘊藉，情志的張力也最大；多為組詩或古體的形式。其二，
「主具」結構，敘事為主，情感或議論點化其中（多卒章顯志）：以
大部分篇幅敘事，敘事中再點化以抒情或議論，或是「卒章顯志」，
又以後者最為常見；敘事過程就是情感鬱結蒸發過程，事竟而情顯，
能使情志得到最大的注意；在三類型中作品數量比例第二，體製上亦
多為組詩或古體的形式。其三，「主泛」結構，情感或議論為主，事
件僅概括性提及：事所佔的篇幅不多，亦未具體敘述，僅在詩中概括
性提及；能在即事抒情中，噴發內在那股由事而激發的情懷；體製上
多屬律詩等短篇的形式，作品數量比例最低，較不適於戰爭的詳細
敘事。

　　與明代「抗倭」詩相比，明代「抗女真」詩的凱歌比例少了很
多，由此可見出明代最大的威脅實在於「女真」，事實上，明代亦亡
於女真人之手，但這跟抗倭使明元氣大傷有關亦有著密切關連。我們
從明詩的戰事書寫中，具體看出：南倭與北虜，的確是明代國事經理
上最棘手的課題。

參考文獻

一　傳統文獻

〔宋〕文天祥　《文文山全集》　臺北市　世界書局　1956年

〔明〕《明實錄》　「中國哲學書電子化計劃」電子資料庫

〔明〕陳子龍、徐孚遠等選輯　《皇明經世文編》　「中國哲學書電子化計劃」電子資料庫

〔明〕《李朝世祖實錄》　東京都　學習院東洋文化研究所　1957年

二　近人論著

王冬芳、季明明　《女真──滿族建國研究》　北京市　學苑出版社　2009年5月

陳滿銘　〈談詞章的兩種作法──泛寫與具寫〉《章法學新裁》　臺北市　萬樓圖書公司　2001年

顏智英　〈明代抗倭海戰詩敘事析論〉，《海洋文化學刊》第21期（2016年12月）　頁39-86

魏中林　〈鴉片戰爭詩歌藝術風貌的整體性嬗變〉，收錄於《清代詩學與中國文化》　成都市　巴蜀書社　2000年

從心理學本我、自我、超我角度
研究蘇軾音樂詞

蘇心一

空中大學助理教授

摘要

　　美妙聲音如清風過耳，很難用文字表達。唐朝描寫音樂美的詩歌不乏名篇佳構，如白居易（772-846）〈琵琶行〉用大量譬喻形容琵琶聲音；韓愈（768-824）〈聽穎師琴〉寫琴聲之妙入髓，可謂「古今絕唱」。根據胡適的說法，白居易〈琵琶行〉，歐陽修〈秋聲賦〉、蘇軾〈赤壁賦〉、劉鶚《老殘遊記》〈明湖居聽書〉四篇描寫聲音傑出之作。蘇軾深受恩師歐陽修影響，仿效白居易〈琵琶行〉大量比喻聲音技巧，填音樂詞，充分運用描寫聲音技巧填詞，所填三百四十四闋詞有八十闋跟音樂密切相關，將近全部詞作的四分之一，是首創大量音樂相關內容入詞者，也是音樂療癒自身坎坷遭遇成功的作家，本篇研究探討蘇軾在詞中如何運用心理學的本我、自我、超我表現詞中深意。

關鍵詞：蘇軾、音樂詞、自我療癒、本我、自我、超我

前言

　　詞至蘇軾發生一大轉變，蘇軾詞蘊藉空靈。其貢獻在破除狹隘觀念與音律束縛，軾使詞的內容漸趨豐富，體勢益見恢張。九百年來，對蘇軾詞紀年有參考價值者為南宋傅藻（1321-1392）《蘇軾紀年錄》和王宗稷（生卒年不可考）《蘇軾年譜》。清代王文誥（1764-？）《蘇文忠公詩編注集成》〈總案〉。朱祖謀綜合三家，證以題序，參酌審定而成填詞專書《東坡樂府》。[1]朱氏嫡派傳人龍楡生所編由華正書局有限公司二〇〇三年二刷的《東坡樂府箋》為合傅幹《注坡詞》舊鈔殘本及朱祖謀二家而成。箋注多採傅注，編年依朱本，為蘇軾編年箋注集大成之書，是研究蘇軾詞者之重要依據，體例詳贍，搜采廣博。[2]探究蘇軾詞一般皆以此書為底本。《東坡樂府》顯示他畢生填三百四十四闋詞，音樂詞八十闋，佔了近四分之一的比例。這八十闋音樂詞提到各種音樂或樂器、樂曲，顯示蘇軾確實是描寫音樂和相關事物的高手，二十三闋與曲調名稱有關，十三闋與琴有關，十闋與笛有關，九闋與琴瑟有關，七闋與笙有關，六闋與琵琶有關，五闋與管相關，五闋與箏有關，一闋講方響，處處顯示蘇軾對音樂聽覺摹寫的重視程度實非常人能比。音樂有療癒功能，蘇軾是否用心理學上的本我、自我、超我來自我療癒是本研究想要探討的範圍，本論文主要是文本研究法、詞學研究法、文獻分析法和主題文學分析法、歸納研究法、比較研究法、分析研究法等。中國古典美學品味是作者與讀者並重，西洋接受美學則以讀者為主。將蘇軾詞以科學研究法歸納、演繹、比

1　民國十一年朱祖謀著：《東坡樂府》收在《彊村叢書》為蘇軾詞編年創始本，三卷，根據四印齋本覆刻元延祐本重編，民國四十九年，臺北廣文書局有影印本行世。

2　許慈娟著：《困境與超越──以東坡黃州詞為例》（彰化縣：國立彰化師範大學國文學系在職進修專班碩士論文，2003年），頁6。

較、分析，以歷史研究法、傳記批評法徵引前賢研究結晶，整理、修改研究等各種表現手法。

一 蘇軾詞深受歐陽修影響

詞跟音樂關係很深。歐陽修上承花間、南唐遺風，下開蘇軾、秦觀諸家。詞風疏雋深婉，柔媚沉著，完成宋詞演進第一階段，是歐對北宋詞壇重要貢獻。

他有兩方面對蘇軾影響極大：

（一）、其詞疏雋，有十三闋〈采桑子〉[3]，十闋詠潁州西湖。「誰知閒憑欄杆處，芳草斜暉，水遠煙微，一點滄洲白鷺飛。」疏闊渺遠，高舉飛揚，跟蘇軾超曠頗多暗合，給他啟發。還有二十四闋〈漁家傲〉聯章詞，有「風格多樣化」與「題材多元化」趨勢。軾站在恩師肩上更有發揮空間；

（二）、賞愛宇宙萬物，善排遣憂苦悲哀。慶曆六年寫〈醉翁亭記〉，「樂」為文眼，層次井然，儼然〈與民同樂〉圖，善排遣抑鬱，對苦難蘇軾有正面影響。

二 西方心理學理論──本我、自我、超我

十九世紀末，西方文學理論「古典精神分析學派」由精神分析觀點出發。佛洛伊德認為藝術家或作家現實生活無法滿足，會向藝術或文學創作轉移，證明潛意識存在，榮格、拉岡研究人格理論和心理治療新概念。「潛意識」成二十世紀西方文化口頭禪，「批評家致力於發掘作家作品為人所忽視的潛意識原動力及深層心理結構，提供一套潛

3　收在唐圭璋編：《全宋詞》（臺北市：明倫出版社，1970年），頁135。

在意義的分析方法。」[4]佛氏發現人格三部分，本我（id）代表潛意識，包括餓、渴、睡、性，性慾，佔統治地位，稱利比多（libido），就是原欲、性能量、生與死的本能，遵循「快樂原則」本能；自我（ego）考慮現實問題，遵循「現實原則制約」；自我理想道德限制本我衝動，昇華為超我（super-ego）。人格三部分交互影響，找不到平衡點會產生強迫症和各類焦慮；人的精神或人格基礎性心理過程是「潛意識」為第一性；經時間和天時、地利、人和配合，發展成「意識」是第二性；意識與潛意識皆源於舊經驗。心智健全則本我、自我、超我三大系統和諧統一、密切配合，展開與外界各種交往，以滿足基本需要和欲望，實現人的崇高理想與目的。

榮格認為偉大文學作品從人類生活汲取力量，原始意象是文學家創造力的泉源。「本我」傾向享樂主義，追求快樂，「本我」需求達到，對「超我」的追求將會大過傾向舒適的「本我」。

「超我」屬道德層面，傾向使人符合社會規範和道德標準，以達理想人格，受「寧死不屈、士可殺不可辱」精神感召，超越「自我」，或「超我」已強大到超越一般層次，一般「超我」為使自身在社會立足，可被喜愛、被肯定、被尊重，結合傾向攻擊性「本我」和強大「超我」，形成英雄「自我」，無形推動英雄創造為人稱頌和感慨的歷史。

軾一生九遷，心情常盪谷底，還能不沉溺悲傷。山窮水複疑無路時，驀地花明柳暗，又見一村在目，絕處逢生。三十七歲離開京城，通判杭州，大量填詞。四十五歲謫黃，心情跌谷底，生命歷程倒退，思索時間與空間多，不想再寫文章讓敵人挑剔，大填當時被人輕忽的詞，像歐寫〈醉翁亭記〉富賞玩心情[5]，表示他受歐「排遣悲哀憂

4　王岳川撰：《精神分析文論》（濟南市：山東教育出版社，1998年），頁6。

5　葉嘉瑩撰：《唐宋詞十七講》（臺北市：桂冠圖書公司，1992年），頁338-339。

苦，對宇宙萬物採取賞愛態度」影響。南宋《詞源》作者張炎讚賞其詞風「清空中有意趣」，「立清新之意」又「不為情所役」，認同蘇軾作為。[6]有三闋描寫音樂的詞跟歐陽修關係密切。軾以詞自我療癒，表現本我、自我，甚至超我，為其最佳療癒工具。

哲宗元祐二年，軾填〈水調歌頭〉〈昵昵兒女語〉：[7]

> 昵昵兒女語，鐙火夜微明。恩冤爾汝來去，彈指淚和聲。忽變軒昂勇士，一鼓塡然作氣，千里不留行。回首暮雲遠，飛絮攪青冥。○眾禽裡，真彩鳳，獨不鳴。躋攀寸步千險，一落百尋輕。煩子指間風雨。置我腸中冰炭，起坐不能平。推手從歸去，無淚與君傾。

唐人寫音樂美不乏佳構，如白居易〈琵琶行〉、韓愈〈聽穎師琴〉用生動比喻描摩佳人彈奏，可謂古今絕唱。[8]用比喻寫聽覺比抽象寫聲音高明百倍，宋詞成功描寫音樂篇什寥寥無幾。「昵昵兒女語……彈指淚和聲。」三借喻狀琴聲幽怨低柔。起句單刀直入，緊扣題目「聽」，琴聲嬝嬝，細碎輕柔，如小兒女耳鬢廝磨，互訴衷腸，竊竊

6　〔南宋〕張炎著：《詞源》收在《續修四庫全書》冊1733，分別見於頁67、頁65。創作這本中國最早詞論專集是張炎畢生最重要貢獻，總結宋末雅詞派主要藝術思想與成就，為著名詞人和論詞家，標舉清空騷雅，重視音律、所作筆墨疏宕，意趣高遠，近姜夔，清代浙派詞人對姜、張推崇備至，受其影響甚深。

7　〔宋〕蘇軾撰，龍榆生校箋：《東坡樂府箋》（臺北市：華正書局有限公司，2003年）〈水調歌頭〉歐陽文忠公嘗問余：「琴詩何者最善？」答以：「退之〈聽穎師琴〉詩。」公曰：「此詩固奇麗，然非聽琴，乃聽琵琶詩也。」余深然之。建安章質夫家善琵琶者乞為歌詞。余久不作，特取退之詞，稍加檃括，使就聲律以遺之云‧昵昵兒女語〉，頁213，本文引用蘇軾詞篇以此書為主，以下不另附註，僅以（《箋》及頁○○）行文。

8　兩者同樣是作於元和十一年（816），至於兩者之間是否有何先後順序，是否彼此有所影響，尚待進一步探討。

私語，引閱聽人入美妙境界；「忽變軒昂勇士……不留行。」以勇士軒昂借喻琴聲高揚雄壯，正當閱聽人沉浸柔情蜜意氛圍，琴聲驟然昂揚激越，像猛將揮戈躍馬衝敵陣，氣勢非凡；接續「回首……青冥。」一借喻琴音幽邈，由剛轉柔起伏回盪，似浴血奮戰，敵氛盡掃，風和日麗，天朗氣清，遠處浮動幾片白雲，近處搖曳幾絲柳絮，若有若無，難於捉摸，情思逗人，意境高遠闊大，使人極目遙天悠悠不盡；過片換頭「眾禽……不鳴。」琴聲豐富借喻眾鳥蹁躚，引吭長鳴，獨彩鳳不鳴，有弦外之音，琴德高者得之；「躋攀……百尋輕。」孤傲鳳凰不甘與凡鳥為伍，一心向上，飽經躋攀之苦，還是跌落，跌得快又慘，登高步險借喻琴音跌宕起伏，樂聲緩慢，一步步昇高，陡然降低，一掉幾十丈；「煩子……不能平。」兩略喻演奏者指法神妙生風雨，弦聲變化多端，聽者內心強烈矛盾，忽如冰冷，忽如炭熱，冰炭同懷，情感急遽變化，坐立不寧。「推手……與君傾。」歇拍狀樂聲感人至深，聽者淚盡，中國最早詞論《詞源》「集前代之大成而啟後進之功」的張炎（1248-1320）有云：「詩難於詠物，詞為尤難。」[9]用詞刻畫無形音樂，難上加難，此詞寫得相當成功，以心理學角度，表現本我，追求快樂、舒適原則，不到超我地步。

　　第二年八月，歐陽修病逝噩耗傳來，軾失恩師，中國文壇永失偉人，歐蘇情重，永留典範。元豐五年，應崔閑之請填〈醉翁操〉〈琅然〉（《箋》，頁165），自創詞調：

　　　　琅然，清圜，誰彈，響空山，無言，惟翁醉中知其天，月明風
　　　　露娟娟，人未眠，荷蕢過山前，曰：「有心也哉此賢。」○醉
　　　　翁嘯詠，聲和流泉，醉翁去後，空有朝吟夜怨，山有時而童

9　張炎撰：《詞源》收在《叢書集成新編》（臺北市：新文豐出版公司，1985年），冊81，頁246。

巔，水有時而回川，思翁無歲年，翁今為飛仙，此意在人間，
試聽徽外三兩弦。

原是正宮琴曲，太常博士沈遵據歐在琅琊幽谷聞鳴泉天籟，以琴寫成
琴曲，有聲無詞，軾始填詞。上片寫流泉自然聲響及感人效果，鳴泉
飛瀑聲若環珮，聽覺描寫，創美好意境。「琅然」乃玉聲；「清圓」說
泉聲清越圓轉，兩借喻。山谷幽靜，誰彈絕妙樂曲？動靜之趣立現。
九字一仄聲「響」，八平聲。接兩句：這是天地自然生成的絕妙樂
曲，只有醉翁醉時解其天然妙趣，流泉聲響無限美妙。一個仄聲
「醉」字，與所屬正宮調有關，「然、圓、彈」為句中韻。「月明」兩
句說聲響效果感人，化杜甫〈狂夫〉：「風含翠篠娟娟靜，雨裏紅蕖冉
冉香。」[10]詩。明月夜，聽泉有感如樂曲，遲遲未眠極寫流泉美妙；
「荷蕢」兩句引《論語》〈憲問〉：「子擊磬於衛，有荷蕢而過孔氏之
門者。」像孔子擊磬聲打動荷蕢者，評價：「有心也哉！此賢。」借
喻流泉，極頌揚流泉之能事；下片照應上片，「醉翁」兩句寫醉翁得
此妙趣，在琅琊幽谷聽鳴泉，且嘯且詠，樂而忘返。嘯詠聲及琴曲
聲，天籟、人籟，融為一體，第二韻「空有朝吟夜怨」用同部去聲，
音律和美，廣為傳布，遂成定格，人人仿效。上下兩結均七言拗句，
特意安排，說聲響巨大感人效果，接著移覺視覺效果，以下通感，因
樂曲美妙陶醉，遲遲不能入眠。醉翁離滁，流泉失知音，朝夕吟詠似
怨恨，移情轉化，如人朝吟夜怨。「怨」字平聲，做名詞解，時光流
轉，山川變換，人事更迭，醉翁化仙，一去不返；鳴泉美妙，無人聆
賞。林壑鳴泉不可能永遠完美，保留童顛（山無草木）；水非永朝一
方向流動。鳴泉美妙，醉翁求絕妙意境，琴曲〈醉翁操〉乃鳴泉另一

---

10 收在《景印文淵閣四庫全書》（臺北市：臺灣商務印書館，1983年），冊1426，頁
  143。

知音沈遵描摹樂曲,同是鳴泉天然和聲。軾填〈醉翁操〉,使琴曲永留人間。最後著眼琴聲「試聽徽外三兩弦。」點題突出主旨,表現超脫自我、本我更高層次,達超我地步。

此詞是蘇軾想醉翁已成飛仙,自己無分歲年始終思念,趁別人討詞機會,填此寫鳴泉和聲若環珮,意境美好,使用三借喻,將流泉自然無形之聲寫得如斯真實可感。若非原本就對大自然造化之工體驗深切,絕難臻此境。貶謫黃州遊賞山水深具疏雋、清雄意味,此闋最能看出醉翁予軾影響痕跡。

後,軾拜龍圖閣學士,出知潁州軍州事,到任第三天,游西湖,聽歌女唱〈木蘭花令〉[11],有感填〈木蘭花令〉〈次歐公西湖韻〉(《箋》,頁250)追憶恩師,喜悅輕盈不同一般哀悼,充分感嘆時光飛逝與身世飄零:

> 霜餘已失長淮闊,空聽潺潺清潁咽。佳人猶唱醉翁詞,四十三年如電抹。　草頭秋露流珠滑,三五盈盈還二八。與余同是識翁人,惟有西湖波底月。

起筆兩句寫景,泛舟潁河,水漲水落,水流有聲,原屬自然,軾移情轉化,說潁河幽咽悲切,一個「空」字,一個「咽」字,透露詞人心情悲涼,觸景懷人,清麗淒婉,空靈飄逸,情景交融。第一句寫視覺,第二句轉聽覺,描寫悲秋,移情於景,潁河轉化,幽咽擬人,渲染濃郁懷念氛圍;「佳人」兩句寫潁州百姓思念歐公,歐公知潁,退休居潁,填〈采桑子〉組詞,以疏雋雅麗風格盛傳於世。數十年後,

---

11 歐陽修〈木蘭花令〉:「西湖南北煙波闊,風裡絲簧聲韻咽。舞餘裙帶綠雙垂,酒入香腮紅一抹。○杯深不覺琉璃滑,貪看六么花十八。明朝車馬各西東,惆悵畫橋風與月。」收在唐圭璋編:《全宋詞》(臺北市:明倫出版社,1970年),頁133。文內上下片之間空格為防誤解,特以○取代。

穎州歌女仍在傳唱，足見穎人感念歐公為政「寬簡不擾民」，立祠祭祀。歐公知穎填〈木蘭花令〉距軾知穎四十三年，歲月如電光一閃，明喻；下闋委婉沉深，清麗淒惻，沉哀入骨，情思摯濃。過片言人生如「草頭秋露」，人生像秋草明澈圓潤露滴。流轉似珠，倏爾消逝，兩借喻；接著「三五盈盈還二八」用謝靈運〈怨曉月賦〉：「昨三五兮既滿，今二八兮將缺。」典故。又如一輪明月，十五，圓滿晶瑩；十六，月輪缺一分。時光流逝，人事變遷。「與余」兩句寫醉翁詩詞到處傳唱，流傳人間。真正領略音容笑貌，欽佩道德文章，還剩幾人？怕只有倒映西湖底的明月和自己。「識翁」結合早年知遇之恩，師生情誼，政見相投，詩酒歡會，欽服歐公政事道德文章；西湖月「識翁」，因歐公常夜遊西湖，言下感傷。距離科考忽忽已三十五年，五十六歲的他未讓老師放心，惟有穎州西湖波底月和軾識得醉翁，足見沈痛。歐公原詞作於盛夏，餞別之作，讚美佳人歌舞；軾作於深秋，懷人傷逝，重在頌德，處處寫思念，卻無「思念」字眼出現，妙絕。主旨評議卻不露議痕。兩文壇盟主，前唱後和，兩詞絕唱。為告慰恩師，軾照歐公原韻次韻，描繪地點亦同。開端觸景生情，氣勢聳動，懷念濃郁，籠罩全篇；末尾以景結情，首尾呼應，含蓄深沈，意境幽深，詞味雋永，意緒淒婉，讀來一詠三嘆，感慨不已。此詞也屬本我、自我居多，無超我感受。傅幹《注坡詞》引楊繪（元素）《時賢本事曲子集》云：「二詞皆奇峭雅麗，如出一人，此所以中間歌詠，寂寥無聞也。」（《箋》，頁251）軾治穎，「為官鳳翔，建設東湖；知州杭州，整治西湖。」與宗室穎州通判趙德麟推動整治穎州西湖工程，落實儒家經世之志。可惜尚未完成，已奉命知揚州軍州事，離開穎州，徒留慨嘆而已。

三 蘇軾有意學居易

軾謫黃日夜雙棲於東坡雪堂和臨皋亭。雪堂讀書、會客、養心；臨皋亭養家，養身。表面看自稱「東坡」，是因東坡雪堂，但他對「東坡」這字眼如此感興趣，前人說另有因由，南宋洪邁《容齋隨筆》說仰慕白居易稱「東坡」，居易屢次上書，得罪權貴，貶江州司馬，後調忠州（今四川忠縣）當唐朝州府最高長官——刺史，在忠州城外東坡種花樹，寫與「東坡」有關的閒適詩，如〈東坡種花〉[12]、〈步東坡〉[13]、〈別東坡花樹〉[14]等，軾貶官黃州，與居易貶江州如出一轍，又慨嘆與居易一樣不如人意，人生軌跡還真有許多相像。

軾一向不隨便稱許人，卻欽佩「詩魔」白居易，詩詞常自比樂天，居易說自己「始得名於文章，終得罪於文章。」軾不遑多讓，〈去杭復來……作三絕句〉[15]詩：「出處依稀似樂天，敢將衰朽較前

---

12 〔唐〕白居易《白氏長慶集》〈東坡種花二首〉〈其一〉：「持錢買花樹，城東坡上栽。但購有花者，不限桃杏梅。百果參雜種，千枝次第開。天時有早晚，地力無高低。紅者霞豔豔，白者雪皚皚。遊蜂逐不去，好鳥亦來棲。前有長流水，下有小平臺。時拂臺上石，一舉風前杯。花枝蔭我頭，花蕊落我懷。獨酌復獨詠，不覺月平西。巴俗不愛花，竟春無人來。唯此醉太守，盡日不能回。」《白氏長慶集》〈東坡種花二首〉〈其二〉：「東坡春向暮，樹木今何如。漠漠花落盡，翳翳葉生初。每日領童僕，荷鋤仍決渠。剗土壅其本，引泉漑其枯。小樹低數尺，大樹長丈餘。封植來幾時，高下隨扶疏。養樹既如此，養民亦何殊。將欲茂枝葉，必先救根株。云何救根株，勸農均賦租。云何茂枝葉，省事寬刑書。移此爲郡政，庶幾甿俗蘇。」卷3，頁39。

13 〔唐〕白居易《白氏長慶集》〈步東坡〉：「朝上東坡步，夕上東坡步。東坡何所愛？愛此新成樹。種植當歲初，滋榮及春暮。信意取次栽，無行亦無數。綠陰斜景轉，芳氣微風度。新葉鳥下來，萎花蝶飛去。閒攜斑竹杖，徐曳黃麻屨。欲識往來頻，青蕪成白路。」卷3，頁41。

14 〔唐〕白居易《白氏長慶集》〈別種東坡花樹兩絕〉：「三年留滯在江城，草樹禽魚盡有情。何處殷勤重回首，東坡桃李種新成。花林好住莫憔悴，春至但知依舊春。樓上明年新太守，不妨還是愛花人。」卷3，頁4。

15 〔宋〕蘇軾著：《蘇軾全集》卷33，頁826。「余去杭十六年而復來，留二年而去，

賢。便從洛社休官去，猶有閑居二十年。」也是「成也文章，罪也文章。」兩人很多相同，「平生自覺出處老少，粗似樂天。」寫仰慕居易的詩，居易愛「東坡」，軾景慕居易，營「東坡莊園」，號「東坡居士」，知杭學居易築蘇堤，如此固機緣巧合，其中必別有緣故。

仔細回想，洪邁推測不無道理，謫黃號「東坡居士」，「蘇東坡」名垂千古，普通百姓對「蘇子瞻」、「蘇和仲」甚至「蘇軾」，少有人知，但「蘇東坡」之名卻家喻戶曉，盡人皆知，人人都對其詩詞琅琅上口。「東坡居士」這雅號是四十七歲貶黃州才有，居易也有「東坡」之稱，「蘇東坡」可比「白東坡」知名多矣。

熙寧七年十一月，軾經海州到密州，途中聽胡琴婢彈奏印象深刻，填〈減字木蘭花〉〈空牀響琢〉（《箋》，頁62）：

> 空牀響琢，花上春禽冰上雹，醉夢尊前，驚起湖風入坐寒。○〈轉關〉〈鑊索〉，春水流弦霜入撥，月墮更闌，更請宮高奏獨彈。

效法居易各種譬喻，首句借喻聲音空曠；次句借喻琴聲清脆如鳥鳴又如繁密冰雹；三四句說琴聲使聽者颼颼寒意如湖上颷風；〈轉關〉〈鑊索〉是琵琶曲調〈轉關六么〉（或作〈轉關綠腰〉）與〈鑊索涼州〉，前者聲詞閒婉，後者音節繁雄；六句「春水流弦霜入撥」兩略喻化自「幽咽泉流水下灘」，如春水過弦又如霜入撥中；月亮下墮，打更停止，末句狀彈琴者獨彈高昂宮調，連用六喻描述胡琴聲，四借喻，兩略喻，不輸〈琵琶行〉連用十二句譬喻寫琵琶。謫黃念念不忘，信中仍提此事。不管〈南鄉子〉〈裙帶石榴紅〉（《箋》，頁37）「……龍香

平生自覺出處老少，粗似樂天，雖才名相遠，而安分寡求，亦庶幾焉。……作三絕句。」所謂「似樂天」當然也包括兩人同喜結交方外，熱衷參禪。

雙鳳撥，輕攏……。」還是潤州甘露寺多景樓同孫巨源、王正仲相聚
填〈采桑子〉〈多情多感仍多病〉（《箋》，頁53）描寫胡琴，都用
「……停杯且聽琵琶語，細撚輕攏……。」化自〈琵琶行〉，或〈哨
遍〉〈睡起畫堂〉（《箋》，頁289）「……撥胡琴語，輕攏慢撚總伶俐，
看緊約羅裙，急趣檀板，〈霓裳〉入破驚鴻起，鞏月臨眉，醉霞橫
臉，歌聲悠揚雲際，任滿頭紅雨落花飛……。」首句寫胡琴，實為彈
琵琶，次句化〈琵琶行〉「輕攏慢撚抹復挑」。三四五句寫舞女依〈霓
裳羽衣曲〉音樂起舞，樂章急速照檀板節奏起舞，如驚鴻飛起。六七
句狀歌女容貌如初三、四月牙，醉酒如紅霞滿臉，歌聲悠揚雲端，任
憑滿頭落花成陣，唐宋異代蘇軾除了學居易號「東坡居士」，「運用譬
喻描寫聲音，填詞度曲」也有意跟〈琵琶行〉一較高下。

其它效法居易亦可觀，如〈浣溪沙〉〈山下蘭芽短浸溪〉（《箋》，
頁140）「……門前流水尚能西，休將白髮唱黃雞。」人們慣用「白
髮」、「黃雞」喻世事匆促，光景催年，發衰颯悲吟，軾反其意，門前
流水都能向西流，不要徒發自傷衰老之嘆，正向自我內言：不要為年
老感傷唱居易歌辭有「黃雞」的〈醉歌〉，[16]不服老的宣言，是對青春
活力的召喚，此詞已然超我。

四　傑出之作很可觀

蘇軾畢生填音樂詞八十闋，將近《東坡樂府》三百四十四闋詞的
四分之一。顯示他確實是描寫音樂和音樂相關的高手，詞作將近四分
之一都提到各種音樂或樂器、樂曲，二十三闋與曲調名稱有關，十三
闋與琴有關，十闋與笛有關，九闋與琴瑟有關，七闋與笙有關，六闋

---

16 〈醉歌〈示伎人商玲瓏〉〉：「罷胡琴，掩秦瑟，玲瓏再拜歌初畢。誰道使君不解
　歌，聽唱黃雞與白日。黃雞催曉丑時鳴，白日催年酉前沒。腰間紅綬系未穩，鏡裏
　朱顏看已失。玲瓏玲瓏奈老何，使君歌了汝更歌。」

與琵琶有關，五闋與管相關，五闋與箏有關，一闋講方響，顯示軾對音樂聽覺摹寫的重視程度實非常人能比。以下系蘇軾音樂詞三我呈現表：

頁碼	詞牌與首句	相關內容與描寫	三我
頁1	〈南歌子〉〈海上乘槎侶〉	「……坐中安得弄琴牙。寫取餘聲歸向〈水仙〉誇。」伯牙跟成連學琴三年不成，帶伯牙找其師方子春，移情琴曲〈水仙操〉	本我
頁17	〈江城子〉〈鳳凰山下雨初晴〉	「……忽聞江上弄哀箏，苦含情，遣誰聽。依約是湘靈，欲待曲終尋問取……。」聞彈箏，「忽」如莊周夢蝶，襯托生命虛幻，多重角度寫作，天地變色，像湘水女神彈奏幽渺，虛寫靈動	自我
頁24	〈菩薩蠻〉〈娟娟缺月西南落〉	「……相思撥斷琵琶索……」太思念，連琵琶的弦都被撥斷	本我
	〈菩薩蠻〉〈娟娟缺月西南落〉	「……長笛吹〈新水〉，醉客各西東……」用長笛吹奏宋朝最流行的〈水調〉	本我
頁25	〈江城子〉〈翠蛾羞黛怯人看〉	「……且盡一尊，收淚聽〈陽關〉……」〈陽關〉為王維〈陽關曲〉、〈陽關三疊〉	自我
頁36	〈浣溪沙〉〈白雪清詞出坐間〉	「〈白雪〉清詞出坐間……」古楚曲〈陽春白雪〉，當時認為是較高等級	本我
頁37	〈南鄉子〉〈裙帶石榴紅〉	「……龍香雙鳳撥，輕攏……。」整塊龍涎香雕刻雙鳳彈撥輕輕用手撥弄琴弦	本我
頁43	〈河滿子〉〈見說岷峨悽愴〉	「……唱著子淵新曲……。」子淵是西漢王褒，精通音樂和文學創作文豪	本我
頁46	〈鵲橋仙〉〈緱山仙子〉	「……不學癡牛騃女，鳳簫聲斷月明中……」用長短不同的竹管排列形如鳥翼	自我
頁49	〈菩薩蠻〉〈玉笙不受朱脣暖〉	「玉笙不受朱脣暖，離聲淒咽胸填滿……莫唱〈短因緣〉……」歌女驪歌淒咽	自我

頁碼	詞牌與首句	相關內容與描寫	三我
頁53	〈采桑子〉〈多情多感仍多病〉	「……停杯且聽琵琶語，細撚輕攏……」歌妓彈琵琶曲使聽者理解演奏者的心情	本我
頁57	〈浣溪沙〉〈長記鳴琴子賤堂〉	「長記鳴琴子賤堂，朱顏綠髮映垂楊……。」宓子賤治單父，彈琴不下堂而單父治，陳海州治眉亦如是	自我
頁63	〈蝶戀花〉〈鐙火錢塘三五夜〉	「……帳底吹笙香吐麝……。」杭州城過元宵，富貴人家堂前懸掛帷帳下有人吹笙奏樂，散出陣陣麝香氣	本我
	〈蝶戀花〉〈鐙火錢塘三五夜〉	「……擊鼓吹簫，卻入農桑社……。」密州上元沒笙歌聽，農家祭拜才有簫鼓	本我
頁65	〈雨中花慢〉〈今歲花時深院〉	「……清商不假餘妍……」以商聲為秋之意，秋風不會讓牡丹長開	自我
頁72	〈蝶戀花〉〈簾外東風交雨霰〉	「……摻鼓〈漁陽〉撾未徧……今夜何人吟古怨，清詩未了冰生硯。」夜寒有善吹笛擊鼓者奏鼓曲〈漁陽〉，有人送〈苦寒〉詩求和	自我
頁77	〈望江南〉〈春已老〉	「……酣詠樂昇平……」興致酣暢歌昇平之樂	本我
頁82	〈畫堂春〉〈柳花飛處麥搖波〉	「……齊唱〈采菱〉歌……。」南朝梁武帝〈江南弄〉亦有〈采菱曲〉	本我
頁86	〈陽關曲〉〈濟南春好雪初晴〉	「……使君莫忘雪溪女，還作〈陽關〉腸斷聲。」〈陽關〉送別，傷感腸斷	自我
頁92	〈水調歌頭〉〈安石在東海〉	「……中年親友難別，絲竹緩離愁……」音樂讓人緩和離別情	超我
頁124	〈少年遊〉〈玉肌鉛粉傲秋霜〉	「……伶倫不見，清香未吐……。」竹管沒被黃帝樂官伶倫發現，沒發出清聲	本我
頁135	〈水龍吟〉〈小舟橫截春江〉	「……危柱哀弦，豔歌餘響，繞雲縈水……」夢到周丘公顯重彈熱鬧音樂	自我

頁碼	詞牌與首句	相關內容與描寫	三我
頁140	〈浣溪沙〉〈山下蘭芽短浸溪〉	「……門前流水尚能西，休將白髮唱黃雞。」門前流水向西流，不要為年老感傷唱白居易歌辭有「黃雞」的〈醉歌〉	超我
頁142	〈滿江紅〉〈憂喜相尋〉	「……君不見〈周南〉歌〈漢廣〉，天教夫子休喬木……」守禮男子不強求賢女，天使歌〈漢廣〉董鉞休喬木求賢女	超我
	〈滿江紅〉〈憂喜相尋〉	「……便相將、左手抱琴書，雲間宿。」左手抱琴書到遠離繁華世界的遠處隱居	自我
頁145	〈哨遍〉〈為米折腰〉	「……琴書中有真味……」取〈歸去來詞〉稍加檃括，使就聲律……家僮歌之，……釋耒而和之，扣牛角而為之節	自我
頁155	〈念奴嬌〉〈憑高眺遠〉	「……水晶宮裡，一聲吹斷橫笛。」在水晶宮盡量發洩胸中鬱悶，像李謩一樣，一口氣把橫笛吹斷	自我
頁160	〈減字木蘭花〉〈天真雅麗〉	「……響亮歌喉，過住行雲翠不收，妙詞佳曲，轉出新聲能斷續……。」歌聲響亮天空雲都不動，妙詞佳曲唱新聲	超我
頁164	〈菩薩蠻〉〈碧紗微露纖掺玉〉	「……朱脣漸煖參差竹，〈越調〉變新聲，龍吟徹骨清……。」笙妓翻新樂聲若龍吟	超我
頁170	〈滿庭芳〉〈三十三年〉	「……歌舞斷，行人未起，船鼓已逢逢。」歌舞結束，行人未出發，船鼓逢逢響	自我
頁177	〈好事近〉〈紅粉莫悲啼〉	「……從此滿城歌吹，看黃州闐咽。」黃州人歡迎徐君猷，歌唱奏樂迎接盛況	超我
頁179	〈定風波〉〈常羨人間琢玉郎〉	「……自作清歌傳皓齒，風起，雪非炎海變清涼。……」啟齒清歌炎海變清涼國	自我
頁183	〈南歌子〉〈衛霍元勳後〉	「……吹笙只合在緱山……」用擅長吹笙的王子晉成仙喻張懷民升官回京	自我

頁碼	詞牌與首句	相關內容與描寫	三我
頁184	〈瑤池燕〉〈飛花成陣春心困〉	「……抱**瑤琴**尋出新韻，玉纖趁，〈_南風_〉來解幽慍……」閨中彈琴唱〈南風〉	自我
頁188	〈西江月〉〈別夢已隨流水〉	「……**歌珠**滴水清圓……」歌聲美妙，綿綿如珠彷彿清圓滴水	自我
頁191	〈浣溪沙〉〈學畫鴉兒正妙年〉	「……憑君莫唱〈_短因緣_〉。霧帳吹笙香嫋嫋……」別唱短姻緣！香氣嫋嫋如霧	自我
頁206	〈南鄉子〉〈繡鞅玉鑱遊〉	「……花徧〈_六幺_〉毬……」宿州贈田叔通舞鬟，〈六幺〉為琵琶曲又名〈綠腰〉	自我
頁207	〈南鄉子〉〈未倦長卿遊〉	「……漫舞天歌爛不收……」放縱於觀賞美好的舞，不節制聽歌	本我
頁217	〈滿庭芳〉〈香靉雕盤〉	「……**歌聲罷**，虛檐轉月，**餘韻**尚悠颺……」歌聲過，餘音仍在耳邊迴響	自我
頁222	〈點絳脣〉〈我輩情鍾〉	「……**箏聲**遠，鬢雲吹亂，愁入參差鴈。」箏聲漸遠，鬢髮如雲吹亂，愁入列如雁	自我
頁230	〈點絳脣〉〈莫唱陽關〉	「……莫唱〈_陽關_〉……我歌君亂……」〈陽關〉送別，「亂」為樂曲最後一章	自我
頁259	〈戚氏〉〈玉龜山〉	「……間作**脆管鳴弦**，宛若帝所鈞天……」管弦樂，像天帝鈞天聲動人心	自我
	〈戚氏〉〈玉龜山〉	「……命雙成奏**曲**醉留連。雲璈韻響瀉寒泉，浩歌暢飲……」董雙成奏曲、王子登奏雲璈，如寒泉直下	自我
頁263	〈歸朝歡〉〈我夢扁舟浮震澤〉	和蘇堅伯固「……唱我新詞淚沾臆……**竹枝詞**莫傜新唱……」正向思考送別詞	超我
頁275	〈鷓鴣天〉〈笑撚紅梅𢬵翠翹〉	「……明朝酒醒知何處，腸斷雲間〈_紫玉簫_〉。」送別簫聲令人腸斷，長留心頭	自我
頁277	〈水龍吟〉〈小溝東接長江〉	「……抱素**琴**獨向，銀蟾影裏，此懷難寄。」追念在京宴飲歌舞之樂	本我

頁碼	詞牌與首句	相關內容與描寫	三我
頁279	〈滿庭芳〉〈蝸角虛名〉	「……江南好，千鍾美酒，一曲〈滿庭芳〉。」高唱歌聲，情緒開朗，超脫功利	超我
頁280	〈永遇樂〉〈天末山橫〉	「……半空簫鼓……攬清歌餘音不斷……」遠處簫鼓聲響，樂音如流水	本我
頁281	〈雨中花慢〉〈邃院重簾何處〉	「……吹笙北嶺，待月西廂……」用王子晉和家人約會事比喻和情人約期見面	自我
頁283	〈一叢花〉〈今年春淺臘侵年〉	「……鐘鼓漸清圓。……」夜間鐘鼓聲音漸漸清脆圓潤	本我
頁284	〈三部樂〉〈美人如月〉	「……唱〈金縷〉一聲怨切，堪折便折，且惜取年少花發……」用杜秋娘典故	自我
頁286	〈賀新郎〉〈乳燕飛華屋〉	「……枉教人夢斷〈瑤臺曲〉……」夢中登瑤臺仙境聽曲	自我
頁289	〈哨遍〉〈睡起畫堂〉	「……撥胡琴語，輕攏慢撚總伶俐……急趣檀板，〈霓裳〉入破驚鴻起……歌聲悠揚雲際……」音急如驚鴻飛起，歌聲悠揚	自我
頁291	〈木蘭花令〉〈經旬未識東君信〉	「……綠綺韻低梅雨潤」七絃琴彈奏低沈不揚	自我
頁292	〈木蘭花令〉〈高平四面開雄壘〉	「……歌翻〈楊柳〉金尊沸……玉關遙，草細山重殘照裏。」用王之渙〈涼州詞〉意，懷人念遠	自我
頁301	〈臨江仙〉〈昨夜渡江何處宿〉	「……月明誰起笛中哀……」月下誰吹笛，如向秀過嵇康宅聽笛聲興悲哀之情	自我
頁302	〈漁家傲〉〈一曲陽關情幾許〉	「一曲〈陽關〉情幾許……」送別唱〈陽關〉，情意深厚	自我
頁303	〈漁家傲〉〈臨水縱橫回晚鞚〉	「……梅笛煙中聞幾弄……」暮靄聽到演奏幾曲〈梅花落〉	本我
頁305	〈定風波〉〈莫怪鴛鴦繡帶長〉	「……斷絃塵管伴啼妝……」絃斷管塵，擱置久未彈奏，心緒繁亂伴著淚痕	自我

頁碼	詞牌與首句	相關內容與描寫	三我
頁308	〈南鄉子〉〈寒玉細凝膚〉	「……清歌一曲倒金壺……」清歌一曲如金壺傾倒	自我
頁309	〈南鄉子〉〈何處倚闌干〉	「……絃管高樓月正圓……」陰曆每月十五夜晚高樓傳出音樂聲	自我
頁311	〈菩薩蠻〉〈城隅靜女何人見〉	「……先生日夜歌彤管……」日夜唱《詩經·邶風·靜女》詩	超我
頁318	〈浣溪沙〉〈霜鬢真堪插拒霜〉	「哀弦危柱作〈伊〉〈涼〉……莫因長笛賦山陽……」不因聽音樂作賦懷念亡友	超我
頁322	〈浣溪沙〉〈四面垂楊十里荷〉	「……且來花裡聽笙歌。」詠有閒人用酒和賞花聽音樂消磨	本我
頁332	〈浣溪沙〉〈花滿銀塘水漫流〉	「犀椎玉板奏〈涼州〉，順風環佩過秦樓。遠漢碧雲輕漠漠，今宵人在鵲橋頭，一聲敲徹絳河秋。」秦娥典故	本我
頁335	〈浣溪沙〉〈晚菊花前斂翠娥〉	「按花傳酒〈緩聲歌〉，〈柳枝〉〈團扇〉別離多。」皆宋朝名曲，多別離之作	本我
頁337	〈南歌子〉〈師唱誰家曲〉	「師唱誰家曲……逢場作戲、莫相疑。」借拍板和棒講經說法	自我
頁345	〈江城子〉〈銀濤無際捲蓬瀛〉	「……二十五絃彈不盡，空感慨，惜離情。」寫琴瑟無法表現離情	自我
頁359	〈減字木蘭花〉〈琵琶絕藝〉	「琵琶絕藝……撥弄么弦，未解將心指下傳。」年輕的她不懂手指表達內心情感	自我
頁362	〈減字木蘭花〉〈神閒意定〉	「……，玉指冰弦，未動宮商意已傳……一夜餘音在耳邊。」聽琴後由閒而悲	自我
頁362	〈減字木蘭花〉〈銀箏旋品〉	「……一洗閒愁十五年。……風裏銀山，……。」聽箏洗去閒愁，讓人震撼	超我
頁364	〈行香子〉〈綺席纔終〉	「……放笙歌散，庭館靜，略從容。」讓奏樂人退，庭院寂靜，心情較閒逸些	自我

頁碼	詞牌與首句	相關內容與描寫	三我
頁367	〈行香子〉〈清夜無塵〉	「……一張琴，一壺酒，一溪雲。」作閒人享受閒逸生活	自我
頁369	〈點絳脣〉〈閒倚胡床〉	「別乘一來，有唱應須和……」通判來時，唱曲相應和	自我
頁372	〈虞美人〉〈定場賀老今何在〉	「……怨聲坐使舊聲闌，俗耳只知繁手不須彈……斷弦試問誰能曉……。」琵琶感人深切，寄寓感慨觸人悲涼	自我
頁379	〈訴衷情〉〈小蓮初上琵琶弦〉	「小蓮初上琵琶弦，彈破碧雲天，……都向曲中傳……」少女在琵琶聲中傳出內心隱藏的情感	超我
頁385	〈調笑令〉〈漁父〉效韋應物體	「……長笛一聲何處……」漁父吹奏長笛，一派天然	自我
頁386	〈占春芳〉〈紅杏了〉	「……只憂長笛吹花落，除是寧王。」只擔心善吹笛的人吹笛把花吹落，除非像寧王李憲善吹笛曲〈梅花落〉那麼強	自我

五　三我美感趣味多

　　蘇軾詞中表現有一般人結合傾向攻擊性的『本我』和強大的『超我』，他還富於豪放清雄詞有『超我』兩者，結合形成蘇軾詞的『自我』，在蘇軾詞中呈現出非常強大的美感效果，這些蘇軾所填的詞讓人能夠非常清晰了解蘇軾填詞當時的心境，並且使九百年來的讀者都能很容易獲得感同身受的趣味，在吟詠唸誦之時，能夠同時達成療癒效果，太思念朋友時，想到蘇軾「……相思撥斷琵琶索……」連琵琶的弦都被撥斷；有把年紀，想到蘇軾「……門前流水尚能西，休將白髮唱黃雞。」門前流水向西流，不要為年老感傷而唱白居易歌辭有「黃雞」的〈醉歌〉；不得不與親朋分手，想到蘇軾「……中年親友

難別，<u>絲竹</u>緩離愁……」演奏音樂讓人緩和離別情；不因聽音樂懷念亡友，想到蘇軾也有「哀弦危柱作〈伊〉〈涼〉……莫因<u>長笛</u>賦山陽……」之時；許久不曾演奏音樂，想到蘇軾「……斷絃塵<u>筈</u>伴啼妝……」絃斷管塵，擱置久未彈奏，心緒繁亂伴著淚痕；高唱歌聲，情緒開朗，想到蘇軾也曾「……江南好，千鍾美酒，一曲〈滿庭芳〉。」實在超脫功利；送別友人，心情鬱悶，想到蘇軾「……明朝酒醒知何處，腸斷雲間〈紫玉簫〉。」他也會因為送別簫聲令人腸斷，長留心頭；心情開朗，清喉唱歌，想到蘇軾「……響亮<u>歌喉</u>，過住行雲翠不收，妙詞佳曲，轉出新聲能斷續……。」歌聲響亮天空雲都不動，妙詞佳曲唱新聲，中國古典美學品味是作者與讀者並重，西洋接受美學則以讀者為主，以上種種狀況，必定能讓讀者原本鬱悶難通的心情，像蘇軾一樣，在吟誦之際獲得最大程度的紓解。

六　結語

　　蘇軾用譬喻、轉化技巧描寫音樂，讓渺茫無像的音樂形象化，詞句活潑生鮮。詞中世界展現神奇妙處，後人看得目不暇給。使宋詞跟唐詩一樣，成為時代文學代表。這些音樂詞表現的開創性確實可圈可點，不僅能療癒蘇軾自己的鬱悶，也帶給後人更多仿效空間，功績卓著。其詞中表現有「本我」，有「自我」，其清雄豪放詞多半屬於「超我」，只是蘇軾豪放清雄的詞並沒有太多音樂成分，無法充分表現超我意趣。分析結果，結合傾向攻擊性的「本我」和強大的「超我」，蘇軾詞中表現有一般人的「本我」，豪放清雄詞有「超我」兩者結合形成蘇軾詞的「自我」，無形推動著蘇軾這位改變歷史的英雄，創造為後人稱頌和感慨的北宋後期詞況風雲史，他在人世走過66年歲月，北宋後期詞況至少有36年曾受蘇軾這位文豪非常可觀的影響。

參考文獻

一　古籍

〔宋〕蘇軾著　龍楡生校箋　《東坡樂府箋》　臺北市　華正書局　1990年

〔宋〕蘇軾撰　段書偉、李之亮、毛德富主編　《蘇軾全集》　北京市　北京燕山出版社　1997年

〔宋〕嚴羽撰　《滄浪詩話》　收在《景印文淵閣四庫全書》　臺北市　臺灣商務印書館　1983年　冊1480

〔宋〕張炎撰　《詞源》　收在《叢書集成新編》　臺北市　新文豐出版公司　1985年　冊81

唐圭璋編　《全宋詞》　臺北市　明倫出版社　1970年

〔清〕永瑢、紀昀等纂修　清聖祖御製：《全唐詩》　收在《景印文淵閣四庫全書》　冊1422-1428

二　近人著作

沈謙撰　《修辭學》　臺北市　國立空中大學出版　1991年

黃慶萱撰　《修辭學》　臺北市　三民書局　2004年1月　增訂三版二刷

葉嘉瑩撰　《唐宋詞十七講》臺北市　桂冠圖書公司　1992年

許慈娟著　《困境與超越──以東坡黃州詞為例》　彰化縣　國立彰化師範大學國文學系在職進修專班碩士論文　2003年

王岳川撰　《精神分析文論》　濟南市　山東教育出版社　1998年

論轉化的新途徑：神／魔性化

仇小屏

成功大學副教授

摘要

　　轉化有兩大途徑：人性化、物性化，廣受注意、討論。然而，尚有一途：「神／魔性化」，則尚未被抉發出來。

　　藉由「神／魔性化」所造成的轉化，在當代語言表現中屢見不鮮。譬如娛樂新聞中的「男神」、「女神」，政治新聞中的「X 神」，就是人轉為神，此為神性化。次如電影「穿著 PARADA 的惡魔」，就是人轉為魔，此為魔性化。

　　觀察此種語言表現，並探討其形成背景，以及反映出的心理狀況等，可連結語言、社會、心理等面向進行考察，期望能得出有益的結論。

關鍵詞：修辭、轉化、神性化、魔性化

一　前言

　　轉化是相當常見的修辭格，又稱「比擬」、「假擬」，之所以如此，是因為此二名稱容易與譬喻混淆，所以稱轉化。[1]

　　雖然轉化如此常見，但是與「譬喻」的關係到底如何？是否與譬喻合併即可？如果不合併，是否有人性化、物性化之外的第三種途徑？而其成因、現象、效果、影響又是如何呢？

　　本論文嘗試針對以上的問題，進行探討，期望能得出一點成果。

二　譬喻與轉化

（一）借喻與轉化

　　有學者主張轉化實即譬喻的一種。譬如王希杰《修辭學導論》即稱：「比擬，其實就是一種比喻，借喻當中特殊的一種。但是傳統上把它當作獨立的修辭格。」[2]王希杰並延續此觀點，接著指出其在譬喻表現中的特殊之處：「它通常是喻體並不出現，而直接運用適用於喻體的詞語來描寫和表現本體。」[3]然而，此與一般常見的借喻的定義不同。一般說來，借喻是：凡將「本體」、「喻詞」省略，只剩下「喻體」的，叫作「借喻」。[4]在此定義之下，喻體是出現的。

　　筆者認為：譬喻和轉化是「系出同源」。因為譬喻中的「本體」和「喻體」具有相似點，而轉化的「本體」和「轉體」之間，也具有

1　參見黃慶萱：《修辭學》，頁377。

2　見王希杰：《修辭學導論》，頁350。

3　見王希杰：《修辭學導論》，頁350。

4　見黃慶萱：《修辭學》，頁334。《修辭通鑑》亦稱：「即比喻體直接代替本體，從而說明本體。它沒有喻詞，本體也不出現，是一種最含蓄的比喻。」頁366。

共通性。此二者皆是基於人類溝通兩者、聯繫兩者的相似聯想的能力，所開展出來現象。

然而，在表現上與結果上是不同的。就譬喻言，「本體」是目的，「喻體」是手段，其最重要的意義是藉著「喻體」，表現出「本體」的某些特點。而就轉化言，「本體」是開始，「喻體」是結果，其最重要的意義是讓「本體」轉化成「轉體」，並結合「本體」和「轉體」的面貌、特質來發展。[5]因此，黃麗貞《實用修辭學》即說道：「比擬的關鍵，完全在於『轉化』：當人變成某種事物的時後，他就具備了那種事物的特性；當某種事物轉化為人時，它就有感情和思想。這是比擬修辭格的基本認知。」[6]

譬喻和轉化是「系出同源」，但是「各有千秋」。然而譬喻中的「借喻」只出現「喻體」，是最為簡潔的譬喻，因此也蘊藏著許多發展的潛能。若是只停留在「喻體」上，仍應視作譬喻的一種。但是，若就此為起點，發展出其後的適用於喻體的詞語，來進行更多的描寫和表現，即應視為轉化。

（二）偏正式譬喻與轉化

除此之外，還有所謂的「偏正式」譬喻可一併探討。

黎運漢、張維耿編著《現代漢語修辭學》稱：「偏正式：本體和喻體同時出現，構成修飾與被修飾的關係。」[7]並舉二例為證，分別是本體修飾喻體、喻體修飾本體。[8]而前者：「本體修飾喻體」，又可

5　因為兩者有著「系出同源」的淵源，所以在表現上有時也會連成一氣地出現。即開始是譬喻，後來成為轉化。而後面轉化的部分，有時會被分析成「喻展」。譬如：「青春，是一場大雨。即使感冒了，還盼望回頭再淋它一次。」（九把刀《那些年，我們一起追的女孩》封底辭）其中「青春，是一場大雨」是譬喻，而「即使感冒了，還盼望回頭再淋它一次」即是「喻展」，而此部分，應該被視作轉化了。

6　見黃麗貞：《實用修辭學》，頁117。

7　見黎運漢、張維耿編著：《現代漢語修辭學》，頁105。

8　見黎運漢、張維耿編著：《現代漢語修辭學》，頁105。

稱之為「倒喻」[9]，（？）至於後者：「喻體修飾本體」，又可稱之為「縮喻」[10]、「修飾喻」。[11]本論文採取「倒喻」、「縮喻」兩種專稱。

先考察運用「倒喻」、「縮喻」所形成的相關詞彙。關於倒喻，以「神」、「魔」、「仙」、「妖」等為喻體所構成的詞彙中，較為常見者為「人妖」、「病魔」[12]，前者的解釋為「男扮女、女扮男、行為不守常法的人」、「指跨越性別的泰國歌舞表演者，多指男性改扮為女性」[13]，後者的解釋為「比喻疾病纏身，好像魔鬼來侵襲。如：『那個人病魔纏身，骨瘦如柴。』」。[14]前者已經直接指「人」，後者從例句中看來，則是以「魔」的形象出現。

關於縮喻，蔡宗陽：〈論譬喻的分類〉認為縮喻屬於比擬（又叫轉化）。[15]而以以「神」、「魔」、「仙」、「妖」等為「本體」所構成的詞彙中，「仙人」、「仙女」、「妖女」是較為常見的。[16]「仙人」的解釋為：「神話傳說中長生不死，並且有各種神通的人。」[17]此應為人修練

9　《修辭通鑑》：「倒喻。本體和喻體次序顛倒的一種比喻。即喻體在前、本體在後，構成一種喻體修飾本體的修飾和被修飾的關係，其間一般用『的』字聯繫。可以是明喻，也可以是暗喻。一般的表達格式是：喻體＋的＋本體。」見頁370。

10　《修辭通鑑》認為：「縮喻。……即省略喻詞，本體和喻體直接組合成一種偏正詞組，構成本體修飾喻體，或本體限制喻體的關係。其間常以『的』表示。」頁371。

11　見王本華《實用現代漢語修辭》：「修飾喻：指用修飾語和中心語的形式組成的偏正式的比喻，本體一般是修飾語，喻體一般作中心語。」頁150。「縮喻。又名『反客為主式』比喻。與修飾性暗喻同。」頁371。《修辭通鑑》在暗喻中又細分出一小類：「修飾（或附加）式。本體常以定語形式出現，作為附加成分，附著於喻體，修飾喻體，本體和喻體的關係是修飾和被修飾的關係。」頁364。

12　研究方法為：在教育部重編國語辭典修訂本中，鍵入「神」、「魔」、「仙」、「妖」等詞，然後一一檢索出現的詞條。

13　見教育部重編國語辭典修訂本。

14　見教育部重編國語辭典修訂本。

15　見蔡宗陽：〈論譬喻的分類〉，頁285。

16　研究方法為：在教育部重編國語辭典修訂本中，鍵入「神」、「魔」、「仙」、「妖」等詞，然後一一檢索出現的詞條。

17　見教育部重編國語辭典修訂本。

成仙之意。而「仙女」的解釋為：「女性的仙人」、「形容極美麗的女子」[18]，前者為本義，後者為比喻義。至於「妖女」的解釋為：「懷有妖術或奸邪的女子」、「冶豔的女子」[19]，前者為本義，後者為比喻義。這些縮喻，有的指仙／妖，有的指人。

就前引之神、魔相關詞彙來看，不管是倒喻還是縮喻，其實都可能是指人或神／魔。而這種情況也出現在詞組中。譬如「幽靈人口」與「幽靈船」，前者「幽靈人口」指的是「雖有戶籍登錄，卻無居住事實的人口。」[20]在運用上也確實如此，仍是以「人」的狀態出現。[21]後者「幽靈船」則已經成為魔性化的存在。[22]

總結來說，運用「倒喻」、「縮喻」法所構成的詞彙或詞組，皆有可能就「本體」或「喻體」來發展，也就是說，可能被轉化，也可能不被轉化。在本論文中，凡遇到此種情況，譬如「天使投資人」、「上帝的選民」、「上帝的建築師」等，如無其他輔助判斷資料，皆從寬處理，視作有「轉化」的潛能。

三　關於轉化的途徑

如何轉化？轉化的途徑為何？在探討轉化格時，前述問題是相當基礎、相當關鍵的。而諸家學者劃分轉化的小類時，主要也是根據轉化的途徑。其下即先爬梳前輩學者說法，接著提出個人的看法。

18　見教育部重編國語辭典修訂本。

19　見教育部重編國語辭典修訂本。

20　見教育部重編國語辭典修訂本。

21　網路新聞：「遷籍恐成為『幽靈人口』，淪里長、議員的參選刺客？粉絲團解釋，幽靈人口是無居住事實下轉籍，目的使投票不正確，違反刑法第一百四十六條『虛遷戶籍妨礙投票罪』，『籍行軍』的前提為存在居住事實，是合法移籍投票，關心在地生活。」這些「投票」、「居住」等動作，都是屬人的行為。（http://upmediawebmag.upmedia.mg/news_info.php?SerialNo=19964）。

22　詳後，第五節「具象」之下的「綜合用法」。

（一）兩種轉化途徑：人性化與物性化

黃麗貞《實用修辭學》將比擬分為「擬物」、「擬人」兩大類，並在擬物之下又分「人擬物」、「物擬他物」，擬人之下分「有生命事物擬人」、「無生命事物擬人」、「抽象事物擬人」。[23]王希杰《漢語修辭學》也認為比擬可分「擬人」和「擬物」兩種，並將擬人分為「生物擬人」、「無生物擬人」，擬物則分「把人當作物」、「把這一事物當作另一事物」。[24]以上兩家都是將轉化大分為兩類。

至於黃慶萱《修辭學》則認為轉化可分三種：「人性化」、「物性化」、「形象化」，並在前兩者之下，又依據詞性分類，如「名詞法」、「代名詞法」、「動詞法」等，而在形象化之下，再細分為「擬人為人」、「擬物為物」。[25]

綜觀前引三家說法，轉化途徑至少有二：人性化、物性化，當無疑問。而黃慶萱《修辭學》所提出的「形象化」，則近於黃麗貞《實用修辭學》所言之「抽象事物擬人」，黃慶萱自己也將之再細分為「擬人為人」、「擬物為物」，因此，所謂「形象化」應該可說是抽象事物的人性化或物性化。所以，綜合前面的分析，可知轉化途徑應為兩種：人性化、物性化，其下皆可再細分為「具體事物人性化／物性化」、「抽象事物人性化／物性化」。[26]

（二）第三種轉化途徑：神／魔性化

在前人的基礎上，筆者擬提出轉化的新途徑：「神／魔性化」，因為「神／魔」無法被涵納在「人」、「物」中，所以應當被視為一種新

---

23 見黃麗貞：《實用修辭學》，頁118-123。
24 見王希杰：《漢語修辭學》，頁397-400。
25 見黃慶萱：《修辭學》，頁379-399。
26 黃成穩《實用現代漢語語法》將名詞分成六類，其中有兩類是「表示具體事物的名詞」、「表示抽象事物的名詞」，頁19。

的轉化途徑。並且，與人性化、物性化一樣，其下皆可再分為「具體」與「抽象」兩類。不過，在「抽象」一類中，除了「抽象事物」外，還應包括「情理」。所以，精確說來，應為「具體事物神／魔性化」、「情理、抽象事物神／魔性化」。[27]

此外，必須一提的是黃慶萱《修辭學》在人性化、物性化之下，又依據詞性再分類，分為「名詞法」、「代名詞法」、「動詞法」、「綜合用法」等。[28]然而，此應為轉化的「表現」，亦即前引王希杰的說法：「直接運用適用於喻體的詞語來描寫和表現本體。」這也是值得注意的，並且會應用在本論文的分析中。而且，被轉者稱之為「本體」，轉化後的稱之為「轉體」。

其下即據此分析方式與術語，分就「神性化」、「魔性化」進行探討。

四　神性化

在神性化的轉化中，具體、抽象的例證都有。

（一）具體

在具體類中，可分成幾種表現方式：「名詞法」、「動詞法」、「形容詞法」、「副詞法」、「綜合用法」。

1　名詞法

（1）神

轉化為「神」者甚多，略舉數例如下：

---

27 黃麗貞《實用修辭學》在「抽象事物擬人」中，分析例證時說：「精神、思想都是抽象的意念……使它們『人格』化了。」頁122。可見黃氏亦看出此類中包括情理。

28 見黃慶萱：《修辭學》，頁379-399。

世大運鍍金！數據分析「柯神」真能當總統？！[29]

此則語料中之「柯神」指的是時任台北市市長的柯文哲。

強勢賴神緊迫盯人[30]

此則語料中之「賴神」指的是時任閣揆的賴清德。

男人心目中的十大女神排行榜（明星篇）[31]

此則語料中之「女神」指的是廣受歡迎的美麗女星。而且從「明星篇」一詞推想，「女神」一說已經不只運用在影劇界了[32]。

回首30年，那些好感度滿分的男神[33]

此則語料中之「男神」，指的是廣受歡迎的俊帥男星。[34]

---

29 見網路新聞：（https://dailyview.tw/Popular/Detail/1273），網路溫度計2017年9月7日。

30 見網路新聞：（http://www.appledaily.com.tw/realtimenews/article/new/20171023/122711 19/），蘋果即時2017年10月23日07:31。

31 見（https://kknews.cc/zh-tw/entertainment/54e2l2.html），2016-06-14由壹購物發表於娛樂。

32 互動百科在「女神」詞條下，有一解釋：「男性在追求女性、或者戀愛期間對喜歡的女性的一種讚美性質的稱呼，常見於電影、劇本中，目前生活中男女間也有女神的稱呼，表現男性對於女性的尊重與讚美。」（http://www.baike.com/wiki/%E5%A5%B3%E7%A5%9E）。

33 見（https://www.gq.com.tw/entertainment/celebrities/content-24191.htm）1，2015年10月6日1:27:45 PM。

34 互動百科：「男神，中性詞，是與『女神』相對應的詞彙，為可望而不可及的男人的統稱，相當於過去所稱的『白馬王子』。」（http://www.baike.com/wiki/%E7%94%B7%E7%A5%9E）。

還記得「詩詞男神」嗎？抓包與她共度情人節[35]

此則語料中之「詩詞男神」，指的是二○一四年爆紅的《中華好詩詞》第二季亞軍張仲宇。現年二十三歲的他，就讀台大法律研究所二年級，因貌似金曲歌王王力宏，被封為「詩詞男神」，甚至還有著「台大王力宏」之稱。

超越冷戰的音樂　大提琴女神12月訪台[36]

此則語料中之「大提琴女神」，指的是一九四五年出生在美國洛杉磯的瓦列芙斯卡，演奏風格優雅高貴，被媒體譽為「大提琴女神」。

財金官員退休轉當金融業門神？賴清德、顧立雄允諾打肥貓[37]

此則語料中之「門神」，出自時代力量立委黃國昌之語。黃指出，過去卸任的財政部官員，常轉任到公營行庫或民營銀行擔任「門神」，或到機關附屬財團法人當「肥貓」，要求政府改革。

（2）仙

轉化為「仙」者，略舉數例如下：

尋找作為學者的多元典範：從「仙人」到凡人[38]

35　見（http://hottopic.chinatimes.com/20170214006181-260806）。

36　見（https://udn.com/news/plus/10187/2631514），2017年8月8日23:54聯合報台北訊。

37　見（https://news.cnyes.com/news/id/3947100）。鉅亨網記者陳慧菱台北2017年10月24日18:140。

38　見（https://twstreetcorner.org/2017/10/03/lianglifang-5/），Posted on 2017年10月3日 by 巷仔口社會學。

此則語料中之「仙人」指的是在課堂上完全不展現私生活的男教授。
梁莉芳指出：「這些『仙人』等級老師，似乎真的不食人間煙火，鮮
少聽他們談及『私領域』的生活，不論是伴侶、孩子或是其他的重要
他人。他們最重要的另一半，儼然就是學術工作。」[39]

男女眼中仙女大不同？[40]

此則語料中之「仙女」指外貌、個性、行為、穿著、氣質、才華等超
逸常人的女性，所以被形容為仙女，也就是「仙化」了。此類語料甚
多。

奶油仙子的深夜甜點劇場[41]

此則語料中之「奶油仙子」指的是烘培師，應是強調其烘焙手法高
超，有如仙子。

（3）天使

浪貓天使拋教職收養60隻[42]

此則語料中之「浪貓天使」，指的是浪貓界網紅「使大毛」，營救了無

---

39 梁莉芳〈「現身」的必要：成為有血肉的學術工作者〉見（https://twstreetcorner.org/
2017/10/03/lianglifang-5/），Posted on 2017年10月3日 by 巷仔口社會學。

40 見（http://bella.tw/fashion/news/8426-%E7%94%B7%E5%A5%B3%E7%9C%BC%E4%
B8%AD%E4%BB%99%E5%A5%B3%E5%A4%A7%E4%B8%8D%E5%90%8C%EF%
BC%9F）。

41 網路甜點賣家，（https://zh-tw.facebook.com/pipihandmake/）。

42 見（http://www.appledaily.com.tw/appledaily/article/headline/20171025/37824587/），
2017年10月25日。

數浪貓，因此記者稱之為浪貓天使。

> 12次超音波 照不出殘肢 單腳天使敗訴[43]

此則語料中之「單腳天使」指的是沒有雙手及右腳，唯一的左腳也只有三根腳趾的女嬰。之所以如此稱呼，是因為每一個兒童都是落入凡間的小天使，也因為如此，身心障礙兒童常被稱為「特殊天使」，同時，因為障礙的不同，還有不同的稱呼，例如「慢飛天使」等。

（4）其他

> 雖然外靠的女神有這尼多 但心內媽祖只有你一個[44]

此則語料中之「媽祖」指的是心儀的女子，與前面的「女神」恰好形成了對照。

2 動詞法

> 她是永恆的經典，氣質仙過劉亦菲，一場夢幻婚禮得到所有人的祝福[45]

此則語料中之「她」指的是奧黛莉赫本。本網路新聞追憶奧黛莉赫本的婚禮，其中，「仙過」一詞，將「仙」字動詞化了。

> 劉亦菲當伴娘不可怕，可怕的是她已經克制了她的美貌還是仙

---

43 見（http://www.appledaily.com.tw/appledaily/article/headline/20170610/37679050/）。

44 見作詞：玖壹壹洪春風、蕭昱峋〈癡情玫瑰花〉（節選）。

45 見（https://kknews.cc/zh-tw/entertainment/gne9nm.html）。2016年8月4日由歷史明記發表於娛樂。

成這樣[46]

此則網路新聞報導劉亦菲擔任伴娘。而此則語料中之「仙」用作動詞，以表現出其仙氣飄飄、出塵脫俗的容貌舉止。

偶包人必備！一秒升天～隨便拍都美　EP 136[47]

此則網路新聞介紹亞洲＆歐美網美們最熱愛的拍照ＡＰＰ。其後並有「絕世美照」的說法，可見「升天」說也是指「仙化」了。

3 形容詞法

（1）神

《這些話，為什麼這麼神？！莎士比亞經典名言100句》[48]

此則語料中之「神」，用作形容詞，形容莎翁名句歷久不衰的影響力。

《媽媽好神》

此為黃璁寧、鍾欣凌主持之電視節目。此則語料中之「神」，是形容為母則強的媽媽，具有超凡的能力。

46　見（http://www.elle.com.tw/entertainment/news/liu-yifei-being-bridesmaid-stole-spotlight/page3）。

47　見（https://www.coture.com/TV/Video/3409）。

48　出版社：本事文化。作者：小田島雄志。譯者：詹慕如。初版日期：Tuesday, August 11, 2015，再版日期：Monday, January 01, 0001。

（2）仙

眼鏡大對決！文青仙氣PK超模霸氣[49]

此則語料中之「文青仙氣」指的是模特兒宛如文藝青年，飄散著仙女般的氣質。

維護仙氣髮色 5招讓妳美得更久[50]

此則語料中之「仙氣髮色」，指的是粉質感的乾燥玫瑰色、微亮光澤的玫瑰金、個性魅力的迷霧紫、夢幻的煙熏灰……這些在彩妝與時裝上常見的色彩，紛紛躍上型男潮女的頭髮上，仙氣髮色成了「潮」的必備元素。而「仙氣」則用作名詞。

（3）精靈

美到不像人！「最正精靈姐姐」真人現身……網狂喊：我老婆。[51]

此則語料中之「精靈姐姐」，指的是來自加拿大艾德蒙頓的18歲名模。「精靈」用作形容詞。

---

49 見（https://udn.com/news/story/11319/2778865），2017年10月25日23:57聯合報。報導中並言：「開始換季，連配角的眼鏡也推出新款，Gucci這一季依舊由倪妮擔任大中華的形象代言人，化身復古文青賣仙氣。」

50 （https://udn.com/news/story/9/2349215）。

51 見（https://www.ettoday.net/news/20171025/1038424.htm?t=%E7%BE%8E%E5%88%B0%E4%B8%8D%E5%83%8F%E4%BA%BA%EF%BC%81%E3%80%80%E3%80%8C%E6%9C%80%E6%AD%A3%E7%B2%BE%E9%9D%88%E5%A7%90%E5%A7%90%E3%80%8D%E7%9C%9F%E4%BA%BA%E7%8F%BE%E8%BA%AB...%E7%B6%B2%E7%8B%82%E5%96%8A%EF%BC%9A%E6%88%91%E8%80%81%E5%A9%86）。

她們喝露水就能活？来自天界的精靈系模特兒[52]

此則語料中之「來自天界」、「精靈系模特兒」，指的是時尚圈裡彷彿不食人間煙火、喝露水就能活的精靈系女孩，她們有著小巧的圓臉、精緻的五官和澄澈的雙眼。因為近十年來，時尚圈流行精靈般的模特兒，所以此類語料大量出現。

（4）神仙

神仙姐姐[53]

「神仙姐姐」是對金庸武俠名著《天龍八部》中人物王語嫣的暱稱。有趣的是，女演員劉亦菲因曾演出王語嫣一角，後來「神仙姐姐」成了她的代稱，用來形容劉亦菲的字眼，也多是「脫俗」、「不食人間煙火」之類的「仙系」說法。

4 副詞法

蔡文誠神傳周柏臣「打」下金牌[54]

此則語料中之「神傳」，「神」作副詞用。其狀況是：台北市昨只差兩秒將能完成全運會男子籃球三連霸，最後卻出現戲劇化結果，新北市蔡文誠發邊線球，直接將球傳至跑入禁區的周柏臣擺進兩分，北市周伯勳又賠上犯規，新北就以89：88搶回失去兩屆的金牌。

---

52 見（https://www.niusnews.com/=P3tfj01）。

53 互動百科（http://www.baike.com/wiki/%E7%A5%9E%E4%BB%99%E5%A7%90%E5%A7%90）。

54 見（http://sports.ltn.com.tw/news/paper/1146631），記者林岳甫／宜蘭報導2017年10月27日06:00。

「單身又怎麼樣」 網友神回覆[55]

此則語料中之「神回覆」，已經成為一個流行的詞彙。「神回覆」又稱「神回」，簡單來說，「神回覆」就是一種可以逗人開心，卻又讓人意想不到的有趣回答，可以戳中別人心中的笑點，讓雙方會心一笑，也能讓誤會一掃而空。[56]

5 綜合用法

38歲陳喬恩美到手指都冒仙氣！御用彩妝師：「仙氣妝」這件事不做就仙了！[57]

此則語料中之「手指都冒仙氣」用作補語，所描述的乃是人所無法達到之事。而「就仙了」的「仙」字則用作動詞。

（二）抽象

情理、抽象事物「神性化」的例證如下，目前只見「名詞法」、「綜合用法」兩種。

1 名詞法

我兒子很瘋但我很愛他／腦中的小精靈[58]

---

55 見（https://tw.appledaily.com/headline/daily/20150206/36372192/）。

56 見（http://grinews.com/news/%E5%B9%BD%E9%BB%98%E6%98%AF%E6%9C%80%E5%BC%B7%E7%9A%84%E6%AD%A6%E5%99%A8%EF%BC%8C%E6%88%91%E8%A6%81%E4%BD%A0%E7%9A%84%E7%A5%9E%E5%9B%9E%E8%A6%86/）。

57 見（http://istyle.ltn.com.tw/article/6134）。

58 見網路新聞（https://udn.com/news/plus/9433/2762424），並刊於《聯合報》2017年10月18日。

此則語料中「腦中的小精靈」指的是小孩子心中的種種想法，被轉化為「愛生氣、開心、不開心、愛玩、貪玩、小幫手、吃點東西和喝杯茶這些小精靈」、「不聽人講話的小精靈」。

《經理人的天使與魔鬼》[59]

此則語料中之「天使」指的是人性中正面、積極的那一面，與「魔鬼」相對。

我們學的英文沒有靈魂！——黃玟君對談厭世哲學家[60]

此則語料中之「靈魂」，如黃玟君所指，是「文化」。

2 綜合用法

谷歌大神神力無邊，錯了嗎？[61]

此則語料中之「谷歌大神」，指的是搜尋引擎 google，此為「名詞」法。此外，該文中的這些描述：「神力無邊」、「所以谷歌大神，將來很可能得要修正神力，或者顯靈的方法，或者不能包山包海，總之谷歌大神麻煩大了。」「所以谷歌可以對信徒們有問必答，還知道何時何地給信徒們顯什麼靈，跟信徒的關係成為良性循環，大家要問事情一定去問谷歌大神，商家如果要下廣告，他當然下給無所不知的谷歌大

---

59 作者：鄒美蘭；齊威。出版社：信實文化行銷出版。出版地：臺北市。出版年：2014[民103]

60 見（https://www.openbook.org.tw/star/1460/817）。2017年10月25日12:33。

61 見（https://newtalk.tw/news/view/2017-07-03/91106），新頭殼newtalk文／范琪斐，發布2017年7月3日17:43。

神。」綜合多種描述的手法，google 被徹底神性化，以此見出 google 的威力之強大。

總結前面的探討。首先值得注意的是：本體「具象」者多、「抽象」者少。而具象中，「本體」幾乎都是「人」[62]，「抽象」中，也多是人之情感思想，或是人所造做之物。較為常用的「轉體」為「神」、「仙」、「天使」、「精靈」。

其次，在「名詞法」中，會標誌出更精確的特質。通常會採用兩種手段：第一種手段是加上定語，以「神」類為例，「神」之前會加定語，因此形成偏正式的詞彙或詞組，而且其中有統稱某類人物者，譬如「男神」、「女神」、「門神」，也有具體指稱某位人物者，譬如「柯神」、「賴神」、「詩詞男神」、「大提琴女神」。第二種手段是選取具有適合神格的神明，譬如被轉化為天使者，多是取其善良、純真的特質，符合一般人心中天使的外貌、個性。

此外，雖然是「神化」，但是不見得全是褒揚，仍有貶抑的用法。運用「形容詞法」、「副詞法」者，多具正面意義，發展方向大致有四：影響力久遠、能力超強、外貌飄逸不俗、出人意表，其中，「神」作為副詞使用甚至已經成為一種潮流。而運用「名詞法」者，多取其絕美外貌、飄逸特質，或是超強能力，但是也有例外者，譬如「門神」即貶意甚濃，而「仙人」之例則是指其「不近人情」的特色。

而「綜合用法」，則可說是最能將「神性化」的特色發揮得淋漓盡致的做法了。

---

62 動物是否可以被神性化呢？目前指貓、狗，常見的兩個名詞：「喵星人」、「汪星人」，都是轉化為外星人。另外，狗也稱「毛小孩」，在此則是被轉化為「小孩（人）」。這是很有趣的現象。

五　魔性化

在「魔性化」中，亦可分「具體」、「抽象」兩大類。

（一）具體

此類中最常見到的轉化詞彙為、「魔」、「鬼」、「殭屍／喪屍」，採用的手法是「名詞法」、「副詞法」、「綜合表現法」。

1　名詞法

（1）魔

轉化為「魔」者甚多，前面多有「定語」，以更精確地指出特質。

> 穿著 Prada 的惡魔[63]

此則語料中之「惡魔」為一在時尚界具有相當權力、冷酷苛刻的女主管。

> 魔女的法庭[64]

此則語料中之「魔女」是一位為達目的、不擇手段的女檢察官。

---

[63] 穿著Prada的惡魔（The Devil Wears Prada）是一部二〇〇六年的美國幽默劇情片，改編自勞倫・維斯貝格爾創作於2003年的同名小說。見維基百科。

[64] 《魔女的法庭》（韓語：마녀의법정，英語：Witch at Court），為韓國KBS 2TV於二〇一七年十月九日起播出的月火連續劇，由《間諜明月》金英均導演執導與《愛你的時間》鄭道允作家合作打造。此劇講述為了勝訴赴湯蹈火的魔女檢察官在順遂的升職路上因為意外事件，被迫調任女性兒童犯罪專任檢察官後發生的故事。（https://zh.wikipedia.org/wiki/%E9%AD%94%E5%A5%B3%E7%9A%84%E6%B3%95%E5%BA%AD）

美魔女的逆齡瘦身沙拉：10週70道神奇瘦身美容魔法[65]

此則語料中之「美魔女」，指的是不再年輕但是仍然貌美的女子。

翁滋蔓首度挑戰驚悚片　大膽調戲殺人魔「你好可愛」[66]

此則語料中之「殺人魔」是人轉化為魔。

分屍吃肉台灣食人魔現形[67]

此則語料中之「台灣食人魔」指的是殺人毀屍的罪犯陳金火。

冷血連殺7嫖客　女魔頭夠驚悚[68]

此則語料中之「女魔頭」，指的是有「首名女性連續殺人犯」、「公路流鶯」、「死亡女子」之稱，連續殺害洗劫七名男嫖客的女同志艾琳伍爾諾斯(Aileen Wuornos)。一部有關艾琳的紀錄片現正於美國上映，描繪她充滿爭議一生的電影《女魔頭》(Monster)，更讓美艷女星莎莉賽隆擺脫花瓶頭銜，獲得多個大獎入圍，朝影后生涯邁進一大步。

　　值得一提的是，因為犯罪而被轉化為「魔」者，通常是殺人犯，而且必須是連續殺人或手段殘酷變態者。

65　作者：韓陽，出版項：臺北市：博悅文化，2014。

66　見網路新聞（https://stars.udn.com/star/story/10091/2323680），並刊於《聯合報》2017-03-06。

67　見網路新聞（http://www.nextmag.com.tw/realtimenews/news/6172176），《第134期壹號頭條》2014年8月5日。

68　見（http://www.appledaily.com.tw/appledaily/article/international/20040118/653420/），2004年1月18日。

（2）鬼

轉化為「鬼」者，前面多有「定語」，以更精確地指出特質。

> 小鬼當家[69]

《小鬼當家》（英語：Home Alone）是一部一九九〇年上映的美國電影，主要演員為麥考利‧克金，劇中腳色為小孩，也就是片名中的「小鬼」。

> 我的小鬼 小鬼 逗逗你的眉眼
> 讓你喜歡這世界
> ……
> 我的小鬼 小鬼 逗逗你的小臉
> 讓你喜歡整個明天
> ……[70]

此則語料中之「小鬼」，應指小孩，是種非常親愛的暱稱。

> 擺脫情緒的吸血鬼[71]

此則語料中之「吸血鬼」，指的是周遭的朋友或同事中，總是對你抱怨、指責、誇耀的人。文中另以「討厭鬼」稱呼他們。

---

69 影片主要的拍攝地點在芝加哥。見維基百科，（https://zh.wikipedia.org/wiki/%E5%B0%8F%E9%AC%BC%E7%95%B6%E5%AE%B6）。

70 見張懸詞曲、演唱〈寶貝〉（節選）。

71 見（http://www.cheers.com.tw/article/article.action?id=5025388），丘美珍編譯Cheers雜誌21期（2011年8月）。

（3）僵屍[72]

> 逐漸失溫的殭屍[73]

此則語料中之「殭屍」指的是封閉自己情緒與感受的人，也稱為「害怕袒露情緒的『超理智型』」[74]，其後並有這段描述：「在攝氏零度以下的冰庫生活的小孩，在成長過程中也將逐漸成為一具在情感上失溫的殭屍。」[75]

2 副詞法

> 屍速列車[76]

此則語料中之「屍」，為雙關用法，一方面指喪屍，一方面指列車失速。因為用來修飾列車，所以為副詞。

3 綜合表現

> 幽靈船[77]

---

72 喪屍（英語：Zombie）也有活屍、行屍、活死人等別稱，是傳說中形如死人而能夠活動的怪物。源於非洲的巫毒教信仰，在現代的許多遊戲和文藝作品中也時有出現。喪屍如同吸血鬼或殭屍，歸類於不死生物。台灣流行文化中常使用殭屍作為Zombie的中文名稱，但在香港和大陸一般譯作喪屍。見維基百科（https://zh.wikipedia.org/wiki/%E5%96%AA%E5%B1%8D）。

73 見胡展誥：《別讓負面情緒綁架你》，頁59。

74 見胡展誥：《別讓負面情緒綁架你》，頁63。

75 見胡展誥：《別讓負面情緒綁架你》，頁65。

76 見維基百科（https://zh.wikipedia.org/wiki/%E5%B1%8D%E9%80%9F%E5%88%97%E8%BB%8A）。本片是韓國電影史上首部關於喪屍題材的電影，背景位於一輛開往釜山的高速列車上，圍繞著一群乘客開始在喪屍襲擊中生存的故事，而故事裏同時也包括一系列探討人性方面等問題。

77 見（http://blog.xuite.net/fishyang33/blog/317815913-%E5%B9%BD%E9%9D%88%E9

此則語料中之「幽靈」，用作形容詞，將「船」化為幽靈。此則文章接著描寫：「幽靈船，根據民間傳說，幽靈船會在空中四處飄流，收集人的魂魄，要在載滿一百人的魂魄後才會離開。」其中「在空中四處飄流，收集人的魂魄」為魔性化的描寫。

（二）抽象

抽象類中，只見「名詞法」一種。

《經理人的天使與魔鬼》[78]

此則語料中之「魔鬼」指的是人性中邪惡、錯誤的那一面，與「天使」相對。[79]

戰勝這3大心魔，逃離負面能量的迴圈，發達的路才能開始。[80]

此則語料中之「心魔」，指的是體內的負面磁場和負面能量。文中有時又使用「魔鬼」一詞。

關於「魔性化」，例證較「神性化」少。但是其他許多特點雷同。其一為，也會用定語標誌出更為精確的性質，譬如食人魔。其二為，

AC%BC%E8%88%B9+---+%E5%8F%B0%E4%B8%AD%E5%B9%BD%E9%9D%88%E8%88%B9%E4%BA%8B%E4%BB%B6）。

78 作者：鄒美蘭；齊威。出版社：信實文化行銷出版。出版地：臺北市。出版年：2014[民103]

79 《經理人的天使與魔鬼》要告訴你，當企業以各式各樣的數據與理論獲致一時地成功，身為一個經理人，你必定會遭遇到人性中「天使」與「魔鬼」的抉擇。（http://ebook.nlpi.edu.tw/bookdetail/24720）。

80 見（https://www.cmoney.tw/notes/note-detail.aspx?nid=17520）。CMoney投資網誌（2014年10月）。

選取適合的「魔格」之魔來轉化，譬如殭屍。其三為，負面、正面意義皆具，負面意義有苛刻、殘忍、與死亡有關等，譬如惡魔、幽靈船，正面意義有持久不變的美貌、特別親暱的稱呼，如美魔女、小鬼。

六　綜合討論

在前面的分析的基礎上，可以總結成果，並進行更深入的討論。

（一）提出轉化的新途徑：「神／魔性化」。

（二）「神／魔性化」中，本體「具體」、「抽象」皆具。在具體者中，本體多為「人」，在抽象者中，本體也多是人之思想情感，或是人所製作之事物。

（三）「神／魔性化」中，常用「名詞法」、「動詞法」、「形容詞法」、「副詞法」、「綜合用法」等方法。

（四）「名詞」法中，為了更精確地表現出特質，常採用兩種方法：

1. 前面加上定語。譬如神性化中的「詩詞男神」，魔性化中的「殺人魔」等。

2. 採用特定神／魔。譬如神性化中的「媽祖」，魔性化中的「殭屍」等。

（五）「神性化」、「魔性化」之後，轉體所具備的特色，並非必然是正面或負面的。

（六）神／魔的數量頗眾，但是會被選中成為轉體者，只佔少數。譬如屬神的「觀世音」、「孫悟空」等，以及屬魔的「妖怪」、「阿飄」等，雖然家喻戶曉，但是多是以原本的身分被運用，鮮少成為轉體。

（七）「神化」已經成為社會現象，甚至有「造神運動」[81]的說

---

81 造神運動（Apotheosis）是指一種大規模驅動民眾力量，把一個人高舉至神的地步。

法。劉維公針對政界說道：「近年來台灣民主政治發展的特
色……而是造神運動。……政客的表現只能用『神』的字眼
來形容，『神救援』、『神回』、『神表現』等『神』（鬼）話連
篇的文章到處看得到。」[82]其他領域也是如此，「男神」、
「女神」、「X神」遍地開花。

（八）「妖魔化」[83]是另一種發展方向，也是現今常見的詞彙。特
別是社會上有重大刑案發生時，「XX 魔」的說法就會甚囂
塵上。然而，娜拉‧塞美（NahlahSaimeh）《告訴我，你為
什麼殺人：司法精神醫學專家眼中暴力犯罪者的內心世界》
說道：「我堅決反對把那些犯下嚴重罪行、深深傷害了他人

歷史上，羅馬帝國成立早期，君主自稱為「萬王之王」、「萬主之主」，並且，並要世
人向他們膜拜，當作神明所供奉及建廟。另外，儘管基督教相信耶穌基督是三位一
體的神，但伊斯蘭教的穆斯林卻相信耶穌只是一位先知，若把耶穌神化，是一種罪
行 。 台灣 WORD，（http://www.twword.com/wiki/%E9%80%A0%E7%A5%9E%E9%
81%8B%E5%8B%95）。神化或神格化（古希臘語：ἀποθέωσις，英文為apotheosis或
deification）是指把一個人高舉至神的地位。中國民間信仰也常常將歷史人物神化，
朝廷也會順應民情給予認證，例如明朝萬曆帝敕封關公為關聖帝君，清朝康熙帝冊
封媽祖為天后。包括古希臘和古羅馬在內的多神信仰地區都有將傑出人物封神的傳
統。維基百科，（https://zh.wikipedia.org/wiki/%E7%A5%9E%E5%8C%96）。

82 劉維公〈當代病態民主的神救援話語術〉指出：「極其諷刺，近年來台灣民主政治發
展的特色，根本不是政黨輪替、轉型正義，或公民參與，而是造神運動。」2017年
10月2日00:51聯合報，（https://udn.com/news/story/7340/2734279?from=udn-catelistn
ews_ch2）。且相關語料甚多，在搜尋軟體中鍵入「柯神」、「賴神」、「男神」、「女
神」、「x神」等詞彙，會出現數量龐大的語料。

83 妖魔化（英語：Demonizing the enemy、Demonization of the enemy或Dehumanization
of the enemy）是一種將敵手宣傳為只有破壞性目標的邪惡侵略者的國家政治宣傳技
巧。妖魔化是最古老的宣傳技巧，旨在激發對敵人的仇恨使之更易被打擊，起到保
護和動員盟友，使敵人沮喪的效果。……將敵人妖魔化的戰略不可避免地導致了暴
行的惡性循環，許多作家都對此進行了闡述，其中包括卡爾‧馮‧克勞塞維茨。將
敵人妖魔化使得外交解決途徑不可行，不可避免地導致了戰爭或關係惡化。尤其是
把敵人描繪成邪惡力量，更容易激起殺心。維基百科。（https://zh.wikipedia.org/
wiki/%E5%A6%96%E9%AD%94%E5%8C%96_(%E6%94%BF%E6%B2%BB%E5%A
E%A3%E4%BC%A0)）。

的人視為泯滅人性的妖魔。我在做精神鑑定時，面對的從來不是怪物。事實上，作為人類，我們彼此間的共同點遠遠多過差異。」[84]「所有的犯罪行為基本上都是十分人性的，並非『怪物』和『禽獸』的行為。」[85]

（九）「神化」與「妖魔化」並存，而且本體絕大多數為「人」，這是個值得深思的現象。因為，人就是人，非神非魔。人轉成神、魔，從效果來說，是強力地凸顯了某些特性。但是，如果無限制地發展，反而不能從「人」的角度去根本地反映事實，而且往往不能冷靜地思考、反省，因而陷入蒙蔽或野蠻的惡境。

七　結語

本論文的現象分析、成果討論，已見前述。但是若要進行更為廣泛、深刻的討論，則語料選取的範圍必須加廣（譬如魔幻寫實小說，就非常值得討論），而且應該汲取更多心理學、社會學……等學科的研究成果，讓分析更為深入。

筆者才疏學淺，但是希望可以向前述方向努力。

---

84 娜拉．塞美（NahlahSaimeh）著；姬健梅譯：《告訴我，你為什麼殺人：司法精神醫學專家眼中暴力犯罪者的內心世界》（臺北市：臉譜出版，家庭傳媒城邦分公司發行，2017年），頁300。

85 娜拉．塞美（NahlahSaimeh）著；姬健梅譯：《告訴我，你為什麼殺人：司法精神醫學專家眼中暴力犯罪者的內心世界》（臺北市：臉譜出版，家庭傳媒城邦分公司發行，2017年），頁19。

宋代床帳意象的材質紋飾及作用
——以《全宋詞》為考察核心

黃淑貞

慈濟大學東方語文學系副教授

摘要

中國院落形式木構架建築，空間開敞，畫堂齋房或閨室多設床帳。「帳，張也，張施於床上也」（《釋名》〈釋床帳〉），其原始意義在於分隔、障蔽、保暖，注重自然防衛功能。由於所占面積較大，「錦帳重重卷暮霞。屏風曲曲鬭紅牙」（秦觀〈浣溪沙〉）、「正流蘇帳掩，綠玉屏深」（利登〈過秦樓〉）等錦帳流蘇帳共綠玉曲屏一起展開時，其色彩質感及裝飾圖紋，為建築內部空間提供了豐富的美學意涵。然床帳多因腐朽而存留不易，現今所見帷帳資料多繪畫形象或出土文獻，且文字描寫不多。所幸以女性所居環境、所用器物為描繪題材的婉約詞，為床帳意象研究留下重要的研究文獻。以此，本文以《全宋詞》為考察核心，探討宋代床帳意象的材質、紋飾及作用，自有學術研究價值。

關鍵詞：《全宋詞》、斗帳、紙帳、紋飾、材質

一 前言

中國古代民居大都為院落形式木構架建築，空間開敞，畫堂齋房或閨室故而多設「床帳」。這可由《太平御覽》〈職官部二十二〉〈散騎常侍〉的「其以紞為散騎常侍，賜錢二千萬，床帳一具」、《太平御覽》〈職官部四十一〉〈儀同〉的「置舍人官騎，賜床帳、簞褥、錢五十萬」[1]等文獻中見出。《釋名》：「帳，張也，張施於床上也。」[2]床帳的原始意義在於保暖、障蔽、分隔，注重自然防衛功能。由於所占面積較大，「錦帳重重卷暮霞。屏風曲曲鬬紅牙」（秦觀〈浣溪沙〉；冊一，頁462）、「正流蘇帳掩，綠玉屏深，紅香自暖」（利登〈過秦樓〉；冊四，頁2986）[3]等錦帳流蘇帳共綠玉曲屏一起展開時，其色彩質感及裝飾圖紋，為建築內部空間提供了豐富的美學意涵。

《西京雜記》記載：「廣川王去疾好聚無賴少年，遊獵無度。國內冢藏，一切發掘。……復入一戶，亦石扉關鑰，得一石床，方七尺，屏風、銅帳鉤或在床上，或在地下，似是帳麋朽而銅鉤墮落。」[4]床上帷帳因「麋朽」而存留不易，故現今所見的帷帳資料多繪畫形象或出土文獻，且文字描寫不多。所幸宋代小木作裝修技術雖已興起，帷帳等建築軟構件仍具有重要的位置；而且「詞之初起，事不出於閨

1　此二則，依次見〔宋〕李昉等奉敕撰《太平御覽》（臺北市：臺灣商務印書館，1997年7月，臺1版7刷），頁1139、頁1278。

2　見〔宋〕李昉等奉敕撰《太平御覽》（臺北市：臺灣商務印書館，1997年7月，臺1版7刷）〈服用部一〉〈帳〉，頁3249。

3　本文所引宋詞，俱見唐圭璋編纂、王仲聞參訂、孔凡禮補輯《全宋詞》（北京市：中華書局，1998年11月，新1版7刷）。為免重複及檢索方便，皆直接標注冊數頁碼於引文後。

4　見〔宋〕李昉等奉敕撰《太平御覽》（臺北市：臺灣商務印書館，1997年7月，臺1版7刷）〈禮儀部三十八〉〈冢墓三〉，頁2656。

帷、時序」[5]的婉約詞，又常以女性所居的環境、所用的器物為描繪題材，為床帳意象留下量豐質精的研究材料。[6]故本文以唐圭璋（1901-1990）編纂、王仲聞（1901-1969）參訂、孔凡禮（1923-2010）補輯的《全宋詞》[7]為考察核心，探討宋代床帳意象常見類型、材質、紋飾及作用。

二 床帳意象的常見類型及材質

《周禮》〈天官〉〈疏〉：「幕人，掌帷幕幄帟綬之事。」[8]故「帷帳」為統稱，包含帷、幕、羅、帳、幔、幄、帟等，可障蔽保暖，又具附加色彩，形成領域感，成為「內外之別」的標誌。又《禮記》〈曲禮上〉：「帷簿之外不趨。」疏：「帷，幔也。簿，簾也。」[9]可知帷帳意象常和簾幕屏風一同出現，成為室內分隔設施，使室內空間應

---

5 〔清〕先著、程洪《詞潔輯評》，收入唐圭璋編《詞話叢編》（北京市：中華書局，1996年6月，1版4刷），頁1347。

6 據數位資源檢索初步統計，《全宋詞》中的「帷（幃）」意象出現了三百一十八條，「幕」意象出現了六百七十一條，「羅」意象出現了一千三百〇五條，「帳」意象出現了四百二十六條，「幔」意象出現了四十二條，「幄」意象出現了一百三十八條，「帟」意象出現了六條，研究文獻數量實是可觀。參考網址：（http://qsc.zww.cn/）（最後檢索日期：2017年10月1日）。

7 一九五七年，唐圭璋參照《全唐詩》體例，對舊版《全宋詞》進行改編增補、斷句校勘。凡宋人文集中所附、宋人詞選中所選、宋人筆記中所載之詞作，皆一併採錄；更旁求類書、詩文總集別集、筆記小說、書畫題跋、金石錄、花木譜、方志等。重編訂補後，不論在材料或體例上，較舊版都有一定的提高。一九六五年由中華書局印行（1999年1月發行改版）。後孔凡禮又輯錄遺佚。由於考訂精審，收錄齊備，引用書目達五百三十多種，共收錄宋代詞人一千三百三十家，詞作兩萬一千一百一十六首，成為研究宋詞最重要的參考文獻。

8 〔清〕阮元：《周禮》（臺北市：藝文印書館，1985年12月，10版，《十三經注疏》，嘉慶二十年江西南昌府學開雕），頁16。

9 〔清〕阮元：《禮記》（臺北市：藝文印書館，1985年12月，10版，《十三經注疏》，嘉慶二十年江西南昌府學開雕），頁33。

用更加靈活，形成中國傳統建築空間的典型特徵。而經由「繡幕茫茫羅帳捲」（宋祁〈蝶戀花〉〈情景〉；冊一，頁116）、「疏簾靜永，薄帷清夜」（杜安世〈少年游〉；冊一，頁175）、及「床頭秋色小屏山，碧帳垂煙縷」（毛滂〈燭影搖紅‧松窗午夢初覺〉；冊二，頁682）的繡幕羅帳簾帷屏等建築構件分隔、組織與聯繫所形成的層次性空間，內向而靜謐，指向一種隔絕作用。

　　宋詞中的床帳意象或見於畫堂，如杜安世〈少年游〉的「畫堂無緒，初燃絳蠟，羅帳掩餘薰」（冊一，頁178）；或見於閨中，如石孝友〈減字木蘭花〉的「角聲催曉。斗帳美人初夢覺」（冊三，頁2049）；或見於齋房，如陳克〈臨江仙〉的「枕帳依依殘夢，齋房忽忽餘醒」（冊二，頁825）。以其安置具靈活性，也見於船中，如歐陽脩〈漁家傲〉的「船小難開紅斗帳」（冊一，頁151）。這種「小者曰斗帳，形如覆斗」[10]的斗帳，是宋詞中最常見的床帳類型。如柳永〈鳳棲梧〉的「旋暖熏爐溫斗帳」（冊一，頁25）、張元幹〈夜遊宮〉的「斗帳重熏鴛被疊」（冊二，頁1101）等即是。

　　據《宋史》〈食貨志〉記載：「宋承前代之制，調絹、紬、布、絲、綿以供軍須，又就所產折科、和市。其纖麗之物，則在京有綾錦院，西京、真定、青益梓州場院主織錦綺、鹿胎、透背，江寧府、潤州有織羅務，梓州有綾綺場，亳州市縐紗，大名府織縐縠，青、齊、鄆、濮、淄、濰、沂、密、登、萊、衡、永、全州市平紬。」[11]再從乾德三年（965）濰州「貢綜絲素紬」、乾德五年（967）隨州「貢絹、綾、葛」、慶曆二年（1042）青州「貢仙紋綾」、元豐元年（1078）徐州「貢雙絲綾、紬、絹」、政和八年（1118）襲慶府「貢

---

10 〔宋〕謝維新編：《古今合璧事類備要》《外集》，《景印文淵閣四庫全書》（臺北市：臺灣商務印書館，1986年3月初版），冊941，卷49，〈簾帷門〉，頁692。

11 〔元〕脫脫等：《宋史》，楊家駱主編：《新校本宋史并附編三種》（臺北市：鼎文書局，1980年5月，再版），卷175，〈志第一百二十八〉，〈食貨上三〉，〈布帛〉，頁4231。

大花綾」、宣和二年（1120）開封府「貢方紋綾、方紋紗」[12]等文獻記載來看，宋代物產類稅貢，僅織品就有錦、羅、綾、綃、紗、絹、葛、絁等，品類豐富。至於《宋史》〈職官志五〉「文思院，掌造金銀、犀玉工巧之物，金采、繪素裝鈿之飾，以供輿輦、冊寶、法物凡器服之用。綾錦院，掌織紝錦繡，以供乘輿凡服飾之用。染院，掌染絲枲幣帛。裁造院，掌裁製服飾。文繡院，掌纂繡，以供乘輿服御及賓客祭祀之用」[13]的記載，則說明了文思院、綾錦院、染院、文繡院等各擅其職的機構，組構成宋代絲織業一套相對完善的體系。承此，錦、羅、綾、綃、紗等絲織物成為宋代床帳常見的材質，如：

> 柳永〈兩同心〉：錦帳裡、低語偏濃。（冊1，頁19）
> 秦觀〈浣溪沙〉：錦帳重重卷暮霞。（冊1，頁462）

《財貨源流》指「錦，織文也。按說文：錦，金也。作之用功重，其價如金，故制字從帛與金也」[14]，故而是一種多彩的絲織物，張開來時甚是華麗。又有羅帳，如：

> 張生〈雨中花慢〉：繡幃羅帳，鎮效比翼紋鴛。（冊2，頁788）
> 葛立方〈玉樓春〉：香霧暖熏羅帳底。（冊2，頁1346）

「綺羅，皆文繒。」[15]《說文解字》：「繒，帛也。」[16]當繡有禽鳥花

---

12 〔元〕脫脫等：《宋史》，楊家駱主編：《新校本宋史并附編三種》（臺北市：鼎文書局，1980年5月，再版），卷85，〈志第三十八〉，〈地理志一〉，頁2106-2113。

13 〔元〕脫脫等：《宋史》，楊家駱主編：《新校本宋史并附編三種》（臺北市：鼎文書局，1980年5月，再版），卷165，〈志第一百一十八〉，〈職官志五〉，頁3918。

14 〔宋〕謝維新編：《古今合璧事類備要》《外集》，卷64，〈錦繡門〉，頁768。

15 〔宋〕謝維新編：《古今合璧事類備要》《外集》，卷64，〈錦繡門〉，頁768。

16 〔東漢〕許慎撰、〔清〕段玉裁注：《說文解字注》（臺北市：黎明文化公司，1985年9月，增訂1版），頁654。

草紋樣的「羅帳細垂銀燭背」（蘇軾〈南鄉子〉；冊1，頁292）時，自可發揮承塵、避蟲、擋風和裝飾的作用。亦有綃帳、綾帳，如：

> 郭世模〈浣溪沙〉：夜寒綃帳燭花融。（冊3，頁1722）
> 陳允平〈塞翁吟〉：餘香在、鮫綃帳中。（冊3，頁3128）
> 葛勝仲〈木蘭花・十二月二十日盧姐生辰〉：談圍曾蔽青綾帳。（冊2，頁725）
> 程垓〈清平樂・酬王靜父紅木犀詞〉：恰似青綾帳底，絳羅初試裙兒。（冊3，頁2002）

綃，由「生絲織成。縠，紡絲織之者也。綃輕而縠細」[17]而綾，亦是「布帛之細者也。織之者一絲一躡，奇文異變，因而作成。絲愈多躡愈眾，文理愈奇矣」[18]；故量體輕、紋理細的綃帳和青綾帳垂放下來時，易予人輕盈感受。亦有繡帳，如：

> 楊无咎〈驀山溪〉：懸繡帳，結羅巾，誰更熏沈炷。（冊2，頁1186）
> 胡浩然〈滿庭芳〉：數幅紅羅繡帳，寶妝篆、金鴨焚香。（冊5，頁3537）

「繡，五色備，絺為質刺成，故名曰絺繡。」[19]《說文解字》：「絺，細葛也。」[20]又《虞書》〈益稷謨〉：「藻、火、粉米、黼黻、絺繡，

17　〔宋〕謝維新編：《古今合璧事類備要》《外集》，卷64，〈錦繡門〉，頁772。又：「絲，蠶所吐也。一蠶為忽，十忽為絲。」，頁773。
18　〔宋〕謝維新編：《古今合璧事類備要》《外集》，卷64，〈錦繡門〉，頁771。
19　〔宋〕謝維新編：《古今合璧事類備要》《外集》，卷64，〈錦繡門〉，頁768。
20　〔東漢〕許慎撰、〔清〕段玉裁注：《說文解字注》（臺北市：黎明文化公司，1985年9月，增訂1版），頁666。

以五采彰施于五色。」[21]加上宋代官營絲織技巧及印染技術的規模、質量有所突破，發展了寫生花、遍地紋飾，成為色澤絢麗紋樣繁複的絲織物。當施以青、黃、赤、白、黑等色的繡帳一懸掛起來，室內自是富麗。此外，尚有紗帳：

> 辛棄疾〈江神子・聞蟬蛙戲作〉：簟鋪湘竹帳垂紗。（冊3，頁1934）
>
> 無名氏〈更漏子〉：眠紗帳，坐蒲團。（冊5，頁3684）

《太平御覽》〈服用部一〉引《東宮舊事》，指「東齊夏施烏紗單帳，四率坊、洗馬坊烏練帳」；又引《鄴中記》，指「春秋但錦帳，表以五色，總為夾帳。夏用紗羅或綦文丹羅，或紫縠文為單帳」。[22]有五色花紋圖案的錦帳多用於春秋兩季，夏季則以細紡紗製成紗帳，取其輕盈細薄、婉約秀美。

除了斗帳，紙帳也是宋詞中常見的床帳類型，如：

> 趙長卿〈念奴嬌〉〈夜寒有感〉：紙帳屏山渾不俗，寫出江南煙水。（冊3，頁1800）
>
> 陳三聘〈朝中措〉〈丙午立春大雨，是歲十二月九日丑時立春〉：柳色野塘幽興，梅花紙帳輕寒。（冊3，頁2022）

據〔宋〕林洪《山家清事》形容，梅花紙帳「法用獨牀。傍植四黑漆柱，各掛以半錫瓶，插梅數枝。後設黑漆板約二尺，自地及頂，欲靠

---

21 〔清〕阮元：《書經》（臺北市：藝文印書館，1985年12月，10版，《十三經注疏》，嘉慶二十年江西南昌府學開雕），頁67-68。

22 見〔宋〕李昉等奉敕撰《太平御覽》（臺北市：臺灣商務印書館，1997年7月，臺1版7刷），頁3250。

以清坐。左右設橫木一，可掛衣。角安斑竹書貯一，藏書三四，掛白
麈一。上作大方目頂，用細白楮衾作帳罩之。前安小踏牀，於左植
綠漆小荷葉一，實香鼎，然紫藤香。中只用布單、楮衾、菊枕、蒲
褥」[23]，故而深受文人喜愛。

「藤牀紙帳朝眠起」（李清照〈孤雁兒〉；冊2，頁925）的紙帳，
〔明〕屠隆《考槃餘事》〈卷四〉〈起居器服箋〉〈紙帳〉指其是「用
藤皮繭紙纏於木上，以索纏緊，勒作皺紋不用糊，以線折縫縫之。頂
不用紙，以稀布為頂，取其透氣。或畫以梅花，或畫以蝴蝶，自是分
外清致」；又「冬月紙帳，或白厚布，或厚絹為之。夏月吳中撬紗為
妙，以粗布為帳底，如綴頂式，紉其三面，前餘半幅下垂，上寫梅
花，副以布衾、蔔枕、蒲褥。左設几鼎，燃紫藤香、迺相稱」，故而
有「紙帳梅花醉夢間之意」。[24]以此，汪莘〈沁園春〉的「流水小橋，
茅屋竹窗，紙帳蒲團」（冊3，頁2197）、張元幹〈好事近〉的「紙帳
地爐香暖，傲一牕風月」（冊2，頁1103）等紙帳世界，展現了宋代文
人向內收斂、獨樂而自得的生活觀。

三　床帳意象的常見紋飾及製法

宋代絲織品應用範圍廣泛，常作為交易商品，如《宋史》〈食貨
上三〉即記載熙寧七年（1074）「以絲、綿、綾、絹增價博買，俟秋
成博羅」；紹聖元年（1094），「兩浙絲蠶薄收，和買并稅紬絹，令四
等下戶輸錢，易左帑紬絹。又令轉運司以所輸錢市金銀，遇蠶絲多，
兼市紗、羅、紬、絹上供」；崇寧五年（1106）「以銀、絹、絲、紬之

23　〔宋〕林洪：《山家清事》（臺北市：新文豐出版社，1985年元月，初版，《叢書集
　　成新編》），冊87，頁270。
24　〔明〕屠隆：《考槃餘事》，王雲五主編：《叢書集成初編》（上海市：商務印書館，
　　1937年6月，初版），卷4，〈起居器服箋〉，〈紙帳〉，頁73。

類博糴斛斗，以平物價」。[25]其次，宋代織錦名目及花色增多，如
〔明〕屠隆《考槃餘事》所記載的宋錦名目，即有：

> 克絲作樓閣、克絲作龍水、克絲百花攢龍、克絲作龍鳳、紫寶
> 階地錦、紫火花錦、五色簟文錦、紫小滴珠方勝鸞鵲、青綠簟
> 文錦、紫鸞鵲錦、紫百花龍錦、紫龜紋錦、紫珠焰錦、紫曲水
> 錦、紫湯荷錦、紅雲霞鸞錦、黃霞雲鸞錦、青樓閣錦、青藻花
> 錦、紫滴珠龍團錦、青櫻桃錦、皂方圓白花錦、褐方圓白花
> 錦、方勝盤象錦、毬路錦、衲錦、柿紅龜背錦、樗蒲錦、宜男
> 錦、寶照錦、龜蓮錦、禾下樂錦、練雀錦、方勝練雀錦、綬帶
> 錦、瑞草錦、八花暈錦銀、鈎暈錦、細花盤雕錦、翠色獅子
> 錦、盤毬錦、水藻戲魚錦、紅遍地雜花錦、紅遍地翔鸞錦、紅
> 遍地芙蓉錦、紅七寶金龍錦、倒仙牡丹錦、白蛇龜紋錦、黃地
> 碧牡丹方勝錦、皂木錦。[26]

宋錦運用大量動物紋、植物紋，寫生折枝花、穿枝花[27]等遍地錦紋，
紋飾及色彩皆絢麗繁複。宋綾名目則有：

---

25 〔元〕脫脫等：《宋史》，楊家駱主編：《新校本宋史并附編三種》（臺北市：鼎文書
　　局，1980年5月，再版），卷175，〈志第一百二十八〉，〈食貨上三〉，頁4234、頁4244。

26 〔明〕屠隆：《考槃餘事》，王雲五主編：《叢書集成初編》（上海市：商務印書館，
　　1937年6月，初版），卷2，〈畫箋〉，〈宋繡畫〉，頁105-106。

27 折枝花式即通過寫生截取帶有花頭、枝葉的單枝花卉作為素材，經平面整理後保持
　　生動寫實的外形和生長動態作為單位紋樣。在組織排列上將數枝折枝花紋散點分布，
　　注意花紋之間的起承轉合和相應呼應的格局，造成生動自然又和諧統一的整體效
　　果。故折枝花以其寫實生動、恬淡自然的風格成為宋代審美意識的典型紋樣。穿枝
　　花式，在平面織物上將眾多寫實型單位花卉紋樣散點排列，並通過枝、葉、藤蔓等
　　作S形線的伸展、反轉、連屬，使單位花紋相互連接。流暢飄逸的韻律線與寫實單
　　位的花紋形成了線與點、動與靜的對比構，既自然生動又富意匠美。夏燕靖：《中
　　國藝術設計史》（瀋陽市：遼寧美術出版社，2003年2月，1版5刷），頁162-163。

碧鸎綾、白鸎綾、皂鸎綾、皂大花綾、碧花綾、菱花綾、雲鸎
綾、樗蒲綾、大花綾、雜花綾、盤雕綾、清頭水波紋綾、仙紋
綾、重蓮綾、雙雁綾、方棋綾、龜子綾、方縠紋綾、鸂鶒綾、
棗花綾、鑒花綾、疊勝綾白毛綾、遼國綾、回文綾、白鷺花
綾、白鸎雀綾。[28]

宋代錦綾等織物，傳世者雖不多見，然沈從文《中國古代服飾研究》
指宋代織錦技術已突破唐代的對稱圖案，產生「滿地錦」、「錦上添
花」等織法；元明綾錦花樣和宋代以後陶瓷上大量出現的穿枝花、折
枝花及花鳥圖紋，亦多從宋代承繼而來。[29]至於《考槃餘事》所記載的
禽蟲花草紋飾，深受宋代寫生花鳥畫的影響，也和《營造法式》彩畫
有著密切聯繫。如宋代出土文物中的緙絲紫鸎鵲譜圖、鸎鳥天鹿紋、
金龍花卉紋等，即近似〔宋〕李誡《營造法式》談「彩畫作制度」提
及的「凡華文之於梁額柱者，或間以行龍飛禽走獸之類於華內，其飛
走之物用赭筆描之於白粉地上，或更以淺色拂淡。如方桁之類全用龍
鳳走飛者，則遍地以雲文補空」。又「其海石榴若華葉肥大不見枝條
者，謂之鋪地卷成。如華葉肥大而微露枝條者，謂之枝條卷成。並亦
通用。其牡丹華及蓮荷華或作寫生畫者，施之於梁、額或栱眼壁內」。[30]
以此可推，陳克〈謁金門〉所描繪的「羅帳薄。縹緲綺疏飛閣。紅地
團花金解絡。香囊垂四角」（冊2，頁827）的「紅地團花金解絡」紋
飾，組織緊密，且多採刺繡、緙絲、或印染等工藝手法製成。[31]

---

28 〔明〕屠隆：《考槃餘事》，王雲五主編：《叢書集成初編》（上海市：商務印書館，
    1937年6月，初版），卷2，〈畫箋〉，〈宋繡畫〉，頁106。

29 沈從文：《中國古代服飾研究》（臺北市：龍田出版社，1981年11月，初版），頁364-
    365。

30 〔宋〕李誡：《營造法式》（北京市：中國書店，1989年3月，初版），卷14，〈彩畫
    作制度〉，頁4-5。

31 夏燕靖：《中國藝術設計史》（瀋陽市：遼寧美術出版社，2003年2月，1版5刷），頁
    163。

「繡，修也。五色絲彩備者謂之繡」[32]；故「數幅紅羅繡帳」（胡浩然〈滿庭芳〉〈吉席〉；冊5，頁3537）在擋風、隔斷、掩蔽等實用功能外，亦具有很高的裝飾藝術及人文意涵。宋代絲織技術的另一大進步，便是緙絲技術的提高及廣泛使用。如〔明〕張應文《清秘藏》〈卷上〉〈論宋繡刻絲〉即如此形容：「宋人之繡，針線細密，用絨止一二絲，用針如髮細者為之。設色精妙，光彩射目，山水分遠近之趣，樓閣得深邃之體，人物具瞻眺生動之情，花鳥極綽約嚬嗪之態，佳者較畫更勝，望之三趣悉備。十指春風，蓋至此乎」。[33]刻絲即緙絲，是將繪畫藝術移植於絲織品的一種工藝手法。既保留原繪畫作品的風格形式，又可依據不同花樣輪廓與色彩變化，織出細膩動人的紋飾。[34]

常見於床帳的紋飾，有「鳳帳燭搖紅影」（柳永〈晝夜樂〉；冊1，頁15）、「鴛鴦帳裡鴛鴦被」（無名氏〈千秋歲令〉；冊5，3830）、「蝶帳夢回空曉月」（蔡伸〈望江南〉〈感事〉；冊2，頁1029）的鸞鳳、鴛鴦、蝴蝶等。這些禽蟲紋樣，用其形，擇其意，組構成寓有一定象徵性的圖案。又如「六鶴飛來松帳曉，菊遲梅早年光」（盧祖皋〈臨江仙〉；冊4，頁2420）的松帳，取松「磈砢多節，盤根樛枝，皮麤厚，望之如龍鱗。四時常青，不改柯葉」[35]的本質。「蘭帳玉人睡覺」（章粢〈水龍吟〉；冊1，頁214）的蘭帳，寓「蘭幽香清遠，馥郁

32　〔清〕谷應泰：《博物要覽》，王雲五主編：《叢書集成初編》（上海市：商務印書館，1939年12月初版），卷12，〈志錦〉，頁101。

33　〔明〕張應文：《清秘藏》，王德毅主編：《叢書集成續編》（臺北市：新文豐出版社，1989年7月，台1版），〈卷上〉，〈論宋繡刻絲〉，頁722。

34　王雪莉：《宋代服飾制度研究》（杭州市：杭州出版社，2007年5月，1版1刷），頁36-37。

35　〔清〕清聖祖敕撰：《廣群芳譜》，王雲五主編：《國學基本叢書四百種》（臺北市：臺灣商務印書館，1968年6月，臺1版），頁1619。

襲衣，彌旬不歇。常開於初春，雖冰霜之後，高潔自如」[36]之意。蕙草一名薰草，《埤雅》：「詩云：南風之薰兮，可以解吾民之慍兮。薰，蕙和也，故可以解民之慍。莊子曰：薰然慈仁，謂之君子。亦取諸此。」[37]以此，「蕙帳銀杯化，紗窗翠黛顰」（洪适〈南歌子〉〈示裴弟〉；冊2，頁1385）的蕙帳，可予人「又喜幽亭蕙草新，本是馨香比君子」（杜牧〈和令狐侍御賞蕙草〉）的感受。薇，一名野豌豆。嵇康〈幽憤詩〉：「采薇山阿，散髮巖岫。永嘯長吟，頤性養壽。」所以史達祖〈花心動〉「半褰薇帳雲頭散」（冊4，頁2333）的半捲薇帳，除了提供視線向外流動的層次空間，其紋飾亦予人審美想像。

「金絲帳暖銀屏亞」（柳永〈洞仙歌〉；冊1，頁50）的金絲帳，錦中加金，是宋錦又一新發展。《太平御覽》〈布帛部三〉〈織成〉：「大秦國出金織成帳。」又《太平御覽》〈布帛部三〉〈羅〉：「金花紫羅面衣，織成襦，羅帷、羅幌、羅帳、羅幬。」[38]宋代織錦工藝再進一步，花鳥的輪廓多以金色緯線織成，極能表現其質感。[39]而這亦可從端拱二年（989）詔「其銷金、泥金、真珠裝綴衣服，除命婦許服外，余人並禁」、咸平四年（1008）「禁民間造銀鞍瓦、金絲、盤蹙金線」、大中祥符八年（1115）詔「內庭自中宮以下，並不得銷金、貼金、間金、戧金、解金、剔金、陷金、明金、泥金、楞金、背影金、盤金、織金、金線撚絲，裝著衣服，並不得以金為飾」[40]等多次發布

36　〔清〕清聖祖敕撰：《廣群芳譜》，王雲五主編：《國學基本叢書四百種》（臺北市：臺灣商務印書館，1968年6月，臺1版），頁1045。

37　〔清〕清聖祖敕撰：《廣群芳譜》，王雲五主編：《國學基本叢書四百種》（臺北市：臺灣商務印書館，1968年6月，臺1版），頁1073-1074。

38　此二則依次見〔宋〕李昉等奉敕撰：《太平御覽》（臺北市：臺灣商務印書館，1997年7月，臺1版7刷），頁3759、頁3758。

39　蓋瑞忠：《宋代工藝史》（臺北市：臺灣省立博物館，1986年6月初版），頁172-174。

40　〔元〕脫脫等：《宋史》，楊家駱主編：《新校本宋史并附編三種》（臺北市：鼎文書局，1980年5月，再版），卷153，〈志第一百六〉，〈輿服志五〉，頁3574-3575。

的禁令，見出宋代加金工藝的成熟及運用之廣。[41]運用貼金、銷金、泥金等工藝手法，製成的「勝似他、銷金暖帳情柔」（趙長卿〈滿庭芳〉〈十月念六日大雪，作此呈社人〉；冊3，頁1799）的銷金帳、「金泥帳小教誰共」（李呂〈鷓鴣天〉；冊3，頁1478）的泥金帳，及用於床帳上端的「流蘇斗帳泥金額」（王千秋〈虞美人〉〈寄孝公定〉；冊3，頁1467），光澤最是精美。

宋代印染、蠟染技術也有新發展。[42]《宋會要輯稿》〈職官二九〉〈西內染院〉記載：「太平興國三年分為東西二染院，咸平六年有司上言西院水宜於染練，遂併之，掌染絲帛條線繩革紙藤之屬」；又「淳化元年七月詔，染院染帛除內中取索，仍舊以紅花染」。[43]以此，用芙蓉花染繒[44]製成的「芙蓉帳冷翠衾單」（曾揆〈眼兒媚〉；冊4，頁2477），取芙蓉「此花清姿雅質，獨殿眾芳。秋江寂寞，不怨東風，可稱俟命之君子矣。欲染別色，以水調靛紙醮花蕊上，仍裹其尖。開花碧色，五色皆可染」。[45]甚且，「設色開染，較畫更佳。女紅之巧，十指春風，迥不可及」。[46]而此種「宋嘉泰中有歸姓者創為之，以布抹

---

41 王雪莉：《宋代服飾制度研究》（杭州市：杭州出版社，2007年5月，1版1刷），頁36。

42 趙翰生：《中國古代紡織與印染》（臺北市：臺灣商務印書館，1994年8月，初版），頁188；王雪莉《宋代服飾制度研究》（杭州市：杭州出版社，2007年5月，1版1刷），頁38。

43 〔清〕徐松輯：《宋會要輯稿》（北京市：中華書局，2006年2月，1版4刷），冊3，頁2991。

44 〔清〕清聖祖敕撰：《廣群芳譜》，王雲五主編：《國學基本叢書四百種》（臺北市：臺灣商務印書館，1968年6月，臺1版），〈花譜十八〉，〈木芙蓉〉引《成都記》：「孟後主於成都城上遍種芙蓉，每至秋，四十里如錦繡，高下相照，因名錦城。以花染繒為帳，名芙蓉帳。」，頁930。

45 〔清〕清聖祖敕撰：《廣群芳譜》，王雲五主編：《國學基本叢書四百種》（臺北市：臺灣商務印書館，1968年6月，臺1版），頁929-930。

46 〔明〕屠隆：《考槃餘事》，王雲五主編：《叢書集成初編》（上海市：商務印書館，1937年6月，初版），卷2，〈畫箋〉，〈宋繡畫〉，頁33。

灰藥而染青，候乾，去灰藥，則青白相間，有樓臺人物花鳥詩詞各色，充帳幔衾帨之用」[47]的染色法，亦使得「碧紗帳裡魂夢香」（毛珝〈浣溪紗〉〈桂〉；冊5，頁3085）、「山屏霧帳玲瓏碧」（毛滂〈七娘子〉〈舟中早秋〉；冊2，681）、「涼月圓時翠帳深」（韓元吉〈燕歸梁〉〈木犀〉；冊2，頁1393）的青碧色系，帶有沉靜、孤冷情調。[48]恰吻合宋代文人所強調的「以深遠閑淡為意」，「又如食橄欖，真味久愈在」[49]的審美情趣和理想，反映個人內在心靈，並與日常生活密切聯繫起來，令床帳設計也時見翠碧之色。

《太平御覽》引《鄴中記》：「石虎冬月施熟錦流蘇斗帳，四角安純金龍頭銜五色流蘇，或用黃地博山文錦，或用紫綈及小明光錦。」又「織錦署在中尚方：大登高、小登高、大明光、小明光、大博山、小博山、大茱萸、小茱萸、大交龍、小交龍、蒲桃文錦、班文錦、鳳皇錦、朱雀錦、韜文錦、桃核文錦。」[50]以此可知，兩宋室內裝修的最大特點，即繪畫藝術的直接介入與廣泛應用於各類家具中。宋代絲織紋飾，無論「山水人物樓臺花鳥，針線細密，不露邊縫。其用絨止一二絲，用針如髮細者為之，故眉目畢具，絨彩奪目，而丰神宛然」。[51]當「流蘇寶帳沈煙馥」（袁去華〈菩薩蠻〉；冊3，頁1504）的五色流蘇帳、「繡囊錦帳吹香」（陳師道〈清平樂〉；冊1，頁587）的香囊寶帳[52]、或「十幅銷金暖帳籠」（劉過〈鷓鴣天〉；冊3，頁2156）

---

47 〔明〕王鏊：《姑蘇志》（臺北市：臺灣商務印書館，1986年3月，初版，《景印文淵閣四庫全書》），冊493，卷14，頁306。

48 林書堯：《色彩認識論》（臺北市：三民書局，1983年9月4版），頁136-137。

49 〔宋〕歐陽脩：《六一居士詩話》（臺北市：新文豐出版社，1985年元月初版，《叢書集成新編》），冊78，頁333。

50 〔宋〕李昉等奉敕撰：《太平御覽》（臺北市：臺灣商務印書館，1997年7月，臺1版7刷），〈布帛部二〉，〈錦〉，頁3755。

51 〔明〕屠隆：《考槃餘事》，王雲五主編：《叢書集成初編》（上海市：商務印書館，1937年6月，初版），卷2，〈畫箋〉，〈繡畫〉，頁33。

52 〔宋〕李昉等奉敕撰：《太平御覽》（臺北市：臺灣商務印書館，1997年7月，臺1版

的銷金帳張掛起來，滿布動物紋、植物紋、或遍地錦紋的錦繡床帳，光潔厚實有質感，為室內空間妝點了富麗氛圍。

四　床帳意象的作用

宋代木構架單體建築成熟[53]，大量使用欞條組合極為豐富的門窗，不僅改變建築外貌，內部空間在進深方面上也逐步取得發展。內柱、欞條可按水平層安裝或拆卸，空間結構因而開敞，故「青帳垂氈要密」（王觀〈天香〉；冊2，頁260）、「障風羅幕皺泥金」（高觀國〈浣溪沙〉；冊4，頁2356），首重防護與保暖的作用。如《太平御覽》〈蟲豸部二〉〈蚊〉的「白鳥（蚊也）營飢而求飽，寡人（桓公）因之開翠紗之帳進蚊子焉」、及《太平御覽》〈蟲豸部二〉〈蚋〉孫謙「夏日無幬帳而夜臥，未嘗有蚊蚋，人多異焉」[54]等文獻，明指夏日防蚊蟲的功能。天冷時，則「斗帳低垂暖意生」（趙長卿〈鷓鴣天〉〈霜夜〉；冊3，頁1803）、「複羅帳裡春寒少」（嚴仁〈鷓鴣天〉〈閨情〉；冊4，頁2549），起防寒保暖功能。

二是圍合與隔斷。「帷，圍也。」[55]在分隔的空間中形成一處相對閉合的小空間，防寒保暖。以其質地輕軟，需要時可通過「碧紗窗影，捲帳蠟燈紅，鴛枕畔」（賀鑄〈獻金杯〉；冊1，頁537）、「羅帳半

7刷），〈香部一〉，〈香〉：「《鄴中記》曰：石虎作流蘇帳，頂安金蓮花，花中懸金薄，織成緄。囊，囊受三升，以盛香注。帳之四面，上十二香囊，采色亦同。」，頁4476。

53 現存宋代木構建築為《營造法式》殿堂式和廳堂式之間，具有可按水平層安裝或拆卸的優點，又能使柱網設計有一定靈活性，內柱數目可增可減，位置也可在梁縫中心線上前後適當移動。〔宋〕李誡著、〔民〕梁思成注釋：《營造法式》（北京市：三聯書店，2013年1月，北京1版1刷），頁528-549。

54 〔宋〕李昉：《太平御覽》（臺北市：臺灣商務印書館，1997年7月，臺1版7刷），頁4327、頁4328。

55 〔宋〕謝維新編：《古今合璧事類備要》《外集》，卷49，〈簾帷門〉，頁692。

垂門半開。殘燈孤月照窗臺」（無名氏〈感恩多令〉；冊5，頁3833）
的高卷或半卷形式，快速達成空間的連通，形成局部或彈性分隔，甚
且可引出殘燈孤月碧紗窗影等知覺審美意象，增加室內環境的變化。
床帳垂下來時，「有六曲屏山，四垂斗帳，重錦方牀」（仇遠〈木蘭花
慢〉；冊5，頁3410）的方床、曲屏和斗帳立即成為界定空間的元素。
而此種經由「銷金暖帳四邊垂」（程大昌〈浣溪沙〉；冊3，頁1523）
的圍合隔斷作用，不僅令「流蘇靜掩羅屏小」（周密〈桃源憶故人〉；
冊5，頁3268）所形成的靜態空間處於完整、單一、獨立的狀態，使
人的內在封閉感和外在隔絕感更加明確，同時令日常生活細節成就獨
特的文學意境，共同指向詞境的內向性和靜謐性。

　　三是領域性與私密性。「斗帳屏圍山六曲」（黃機〈乳燕飛〉；冊
4，頁2530）圍合而成的帷屏世界，異常分明且狹小，滿足領域性、
私密性等需求。如晁端禮〈殢人嬌〉的「旋剔銀燈，高褰斗帳。孜孜
地、看伊模樣」（冊1，頁442），描繪的即是私密性空間裡的親密。宋
人亦多「置燈於帳」。[56]「燈，火也，所以續明破暗於暮夜。……然膏
沃則光燦，炷盡則燼滅，惟益其炷、續其膏。為主人者，時加挑撥，
眼前光景，夜不夜矣」。[57]因此無論是「夜來一點帳前燈。頻吐銀花雙
燼、照羅屏」（陳允平〈虞美人〉；冊5，頁3134），或是「錦帳銀瓶龍
麝暖，畫燭光搖金碧」（傅大詢〈念奴嬌〉；冊3，頁1830），即可賦予
床帳世界富麗氛圍，及「留取帳前燈，時時待、看伊嬌面」（柳永
〈菊花新〉；冊1，頁38）的誘人魅力。

　　宋代審美興味往細膩深微處發展，詞人的感官開始注意床帳內
「鑪煙微度流蘇帳」（賀鑄〈菩薩蠻〉；冊1，頁521）或「帳底沈香火
暖」（毛滂〈更漏子〉〈初秋雨後聞鶴唳〉；冊2，頁679）的爐香。「香

56　〔宋〕謝維新編：《古今合璧事類備要》《外集》，卷54，〈燈燭門〉，頁717。
57　〔宋〕謝維新編：《古今合璧事類備要》《外集》，卷54，〈燈燭門〉，頁716。

清煙細，如水沉生香之類，則清馥韻雅」[58]；且「紅袖在側，密語談私，執手擁爐，焚以薰心熱意」[59]，增添婉約詞的香豔。「濃香斗帳自永漏」（毛滂〈上林春令〉；冊2，頁677），所以從「羅帳薰殘」（秦觀〈促拍滿路花〉；冊1，頁457），到「香冷曲屏羅帳掩」（韓淲〈月宮春〉〈和吳尉〉；冊4，頁2243），再到「斗帳香消」（楊冠卿〈柳梢青〉〈前調〉〈為丁明仲紀夢〉；冊3，頁1863），爐香的由殘而冷而消，代表物理性及心理性時間的流逝，也成為一種嗅覺記憶。如張元幹〈浣溪沙〉的「薰餘紙帳掩梨牀。箇中風味更難忘」（冊2，頁1084），即寄有心靈意識的流動。於是床帳簾屏作為閨中女子所居、所處環境的陳設，介乎寫實、非寫實之間，觸動室中人幽微的情思，而時有「隔香羅帳夜迢迢」（高觀國〈浣溪沙〉；冊4，頁2357）、「帳裡薰爐殘蠟照。賞心樂事能多少」（鄭僅〈調笑轉踏〉；冊1，頁445）的感懷。

五　結語

據古代遺留下來的典籍文獻及圖畫，中國建築最早用於室內空間分隔的設施，就是可起擋風、遮蔽、分隔、裝飾等作用的帷帳、簾幕及屏風。以其不會與房屋的結構發生力學上的關係，因而在材料的選擇和形式等方面具有完全的自由。但由於帷帳簾幕等軟構件易腐朽而難以留存至今，歷代所流傳下來的文獻資料極其有限，故後人唯有從詩詞和繪畫作品中找尋。如描繪敘述宋代具體生活、所在場景的《全宋詞》，即保存了近一千六百條與帷帳（含帷幕羅帳幔）相關的文

58　〔明〕屠隆：《考槃餘事》，王雲五主編：《叢書集成初編》（上海市：商務印書館，1937年6月，初版），卷2，〈焚香〉，頁49。

59　〔明〕屠隆：《考槃餘事》，王雲五主編：《叢書集成初編》（上海市：商務印書館，1937年6月，初版），卷3，〈香箋〉，〈論香〉，頁51。

獻，為宋代帷帳意象研究提供重要的研究素材。如「鴛帳美人貪睡
暖」（歐陽脩〈漁家傲〉；冊1，頁137）、「枕帳依依殘夢，齋房忽忽餘
醒」（陳克〈臨江仙〉；冊2，頁825）、「羅綺爭春擁畫堂。翠帷深處按
笙簧」（張綱〈浣溪沙〉〈榮國生日四首〉；冊2，頁921）等詞，即紀
錄了當時室內空間的日常陳設。

　　「宋人刻絲，不論山水人物花鳥，每痕剟斷，所以生意渾成，不
為機經掣制」。[60]具實用性、裝飾性、象徵性等功能的床帳意象，成為
重要室內空間分隔元素，滿足心理、倫理與審美等需求。然傳統空間
分隔研究素來多以框架構造及牆體為主，較易忽略帷幕羅帳等軟構
件，故本研究以宋詞中的「羅幃翠屏空，風微動、玉爐煙颭」（杜安
世〈菊花新〉，冊1，頁184）、「寶帳暖留春，百和馥郁融鴛被」（董穎
〈薄媚〉〈西子詞〉〈第三袞遍〉；冊2，頁1166）、「綺屏深、香羅帳
小，寶槃燈背」（韓玉〈賀新郎〉，冊3，頁2057）等場景為切入點，
探討床帳意象的類型材質及刺繡、緙絲或印染而成的紋飾，探討床帳
意象的防護與保暖、圍合與隔斷、領域性與私密性等作用，及「朱櫻
斗帳掩流蘇」（李清照〈浣溪沙〉；冊2，頁934）、「流蘇帳暖，翠鼎緩
騰香霧」（楊纘〈一枝春〉〈除夕〉；冊5，頁3075）、「溫玉枕，銷金
帳」（無名氏〈滿江紅〉；冊5，頁3770）等不同色澤質感的床帳垂掩
所形成的富麗，可彌補室內裝飾材在發展歷史上的空位，自有學術研
究的價值性與創新性。

---

60 〔明〕張應文《清秘藏》，王德毅主編：《叢書集成續編》（臺北市：新文豐出版社，
　　1989年7月，台1版），〈卷上〉，〈論宋繡刻絲〉，頁722。

參考文獻

一　古代典籍（略依年代先後排序）

〔東漢〕許慎撰、〔清〕段玉裁注　《說文解字注》　臺北市　黎明文化公司　1985年9月　增訂1版

〔宋〕歐陽脩　《六一居士詩話》　臺北市　新文豐出版社　1985年元月　初版　《叢書集成新編》　冊78

〔宋〕林洪《山家清事》　臺北市　新文豐出版社　1985年元月　初版　《叢書集成新編》　冊87

〔宋〕李誡《營造法式》　北京市　中國書店　1989年3月初版

〔宋〕李誡著、〔民〕梁思成注釋　《營造法式》　北京市　三聯書店　2013年1月　北京1版1刷

〔宋〕李昉等《太平御覽》　臺北市　臺灣商務印書館　1997年7月　臺1版7刷

〔宋〕和峴等著、唐圭璋編纂、王仲聞參訂、孔凡禮補輯　《全宋詞》　北京市　中華書局　1998年11月　新1版7刷

〔宋〕謝維新編　《古今合璧事類備要》　臺北市　臺灣商務印書館　1986年3月　初版　《景印文淵閣四庫全書》　冊941

〔元〕脫脫等　《宋史》　楊家駱主編　《新校本宋史并附編三種》　臺北市　鼎文書局　1980年5月　再版

〔明〕屠隆　《考槃餘事》　王雲五主編　《叢書集成初編》　上海市　商務印書館　1937年6月初版

〔明〕張應文　《清秘藏》　王德毅主編　《叢書集成續編》　臺北市　新文豐出版社　1989年7月　台1版

〔明〕王鏊　《姑蘇志》　臺北市　臺灣商務印書館　1986年3月初版　《景印文淵閣四庫全書》　冊493　卷14

〔清〕清聖祖敕撰　《廣群芳譜》　王雲五主編　《國學基本叢書四
　　　百種》　臺北市　臺灣商務印書館　1968年6月　臺1版
〔清〕徐松輯　《宋會要輯稿》　北京市　中華書局　2006年2月　1
　　　版4刷
〔清〕阮元　《周禮》　臺北市　藝文印書館　1985年12月10版
　　　《十三經注疏》　嘉慶二十年江西南昌府學開雕
〔清〕阮元　《禮記》　臺北市　藝文印書館　1985年12月10版
　　　《十三經注疏》　嘉慶二十年江西南昌府學開雕
〔清〕阮元　《書經》　臺北市　藝文印書館　1985年12月10版
　　　《十三經注疏》　嘉慶二十年江西南昌府學開雕
〔清〕谷應泰　《博物要覽》　王雲五主編　《叢書集成初編》　上
　　　海市　商務印書館　1939年12月初版
〔清〕先著、程洪　《詞潔輯評》　收入唐圭璋編　《詞話叢編》
　　　北京市　中華書局　1996年6月　1版4刷

二　　近人專著（略依姓氏筆畫排序）

沈從文　《中國古代服飾研究》　臺北市　龍田出版社　1981年11月
　　　初版
林書堯　《色彩認識論》　臺北市　三民書局　1983年9月4版
蓋瑞忠　《宋代工藝史》　臺北市　臺灣省立博物館　1986年6月初版
趙翰生　《中國古代紡織與印染》　臺北市　臺灣商務印書館　1994
　　　年8月初版
夏燕靖　《中國藝術設計史》　瀋陽市　遼寧美術出版社　2003年2
　　　月　1版5刷
王雪莉　《宋代服飾制度研究》　杭州市　杭州出版社　2007年5月
　　　1版1刷

論《豆棚閒話》〈首陽山叔齊變節〉敘述之可靠性

張雅涵

臺灣師範大學國文學系碩士生

摘要

　　《豆棚閒話》中的第七則〈首陽山叔齊變節〉，轉化「古之賢人」伯夷、叔齊的歷史形象，以出自稗官野史的說法重新建構豆棚下故事的來源，從而對正史記載進行翻案，使其筆下的叔齊成為懷抱貳心之人。但對於小說的接受，卻存在作者「明明鼓勵忠義，提醒流俗」，但讀者「見說翻駁叔齊，便以為唐突西施矣」的誤讀可能。就小說敘事結構視之，由於敘述者的中介，使得故事的表層話語與其深層涵義產生出入，造成了小說的敘述可靠性動搖。一方面，敘述者極力還原人物所說種種，試圖以客觀姿態游離於故事之外，但另一方面，其在敘事上的安排，卻又讓人物有「自我顛覆」之嫌。敘述者在小說敘事上展現的態度或帶有含混不清的雙重標準，因而給讀者留下曖昧難解的空間。本文將採用西方敘事學理論作為輔助，重新回歸文本脈絡，探討敘述者的轉述語，考察人物描繪與故事結構轉折之間的關係，釐清敘述者的態度，進而解讀敘述者的言外之意。

關鍵詞：艾衲居士、豆棚閒話、首陽山叔齊變節、敘述可靠性

一　前言

　　艾衲居士[1]的《豆棚閒話》以豆子的生長歷程作為連貫小說敘事的核心要素，使十二則故事雖分屬不同篇目而能成為有機的連環組合。其中，小說第一則〈介之推火封妒婦〉、第二則〈范少伯水葬西施〉與第七則〈首陽山叔齊變節〉，皆有意推翻歷史經典人物的形象，在艾衲筆下，功不言祿的高士、沉魚落雁的美人、仁義守節的隱者被顛覆為懼妻、平庸甚至奸狡之人。而〈首陽山叔齊變節〉更是這種「莽將二十一史掀翻，另數芝麻賬目」[2]，以歷史之事澆胸中塊壘的典型之作。[3]伯夷、叔齊義不食周粟、採食薇蕨而餓死首陽山的形象深植於歷史與人心之中，孔子稱其「古之賢人」[4]，然而，艾衲卻讓這對兄弟在小說中「始雖相合，終乃相離」，將神聖人物降格為懷

1　關於作者艾衲居士的真實身分，學界歷來多所討論：胡士瑩認為可能是范希哲。見氏著：《話本小說概論》（北京市：中華書局，1980年），頁649。〔美〕韓南（Patrick Hanan）認為是《濟公全傳》的校訂者王夢吉，或至少為王夢吉的友人之一。見氏著：尹慧珉譯：《中國白話小說史》（*The Chinese Vernacular Story*）（杭州市：浙江古籍出版社，1989年），頁191-208。杜貴晨認為，小說第十二則〈陳齋長論地談天〉中的陳齋長——陳剛，可能即是作者的真名。見氏著：〈論《豆棚閒話》〉，《明清小說研究》（1988年第期），頁161-165。李金松則認為是清初名臣張九徵。見氏著：〈《豆棚閒話》作者艾衲居士考〉，《明清小說研究》（2013年第4期），頁167-176。由於缺乏直接證據，目前學者提出的說法仍多屬臆測，因此論題非為本文討論焦點，故在此亦不做進一步推論。

2　天空嘯鶴漫題：〈敘〉《豆棚閒話》，見〔清〕艾衲居士著，陳大康校注：《豆棚閒話》《照世盃》（合刊）（臺北市：三民書局，1998年），頁1。論文所引述《豆棚閒話》內文皆以此版本為主，後續引文僅標示頁數，不再另行加注。

3　歐陽代發：《話本小說史》（武漢市：武漢出版社，1994年），頁401。

4　《論語》〈述而〉：冉有曰：「夫子為衛君乎？」子貢曰：「諾。吾將問之。」入，曰：「伯夷、叔齊何人也？」曰：「古之賢人也。」曰：「怨乎？」曰：「求仁而得仁，又何怨。」出，曰：「夫子不為也。」見〔魏〕何晏集解，皇侃義疏：《論語集解義疏》（北京市：中華書局，1985年），卷4，頁91。

抱貳心之人,過去前輩學者的研究,亦多著眼於此種翻案筆法所形構的人物形象及諷刺意味。[5]

然而,若從修辭的角度來看,《豆棚閒話》整體的敘述模式有別於前此話本小說,以往多由一位說書人擔任整篇故事的敘述者,但《豆棚閒話》的敘述者「我」,在不同的篇目之中,卻將講述故事的權利交給人物進行。在〈首陽山叔齊變節〉中,人物敘述者為一名少年,由他講述關於兄弟參商不睦的三則故事,在伯夷、叔齊的故事中,人物敘述者以極多篇幅保留了對於叔齊內心所想或所發出之言的「直接引語」[6],同時,對於豺狼虎豹眾獸、雒邑頑民以及造物主證世金仙等角色,敘述者也同樣用直接引語轉述其說法,讓各自紛陳的意見完整呈現。對比書中另外兩則同出於對歷史進行改動的故事,〈介之推火封妒婦〉由敘述者「我」從江南氣候說至豆棚的搭建,再到人們在豆棚下搖扇、乘涼時所談論的內容:

> 鄉老們有說朝報的,有說新聞的,有說故事的。除了這些,男
> 人便說人家內眷,某老娘賢,某大娘妒,大分說賢的少,說妒
> 的多;那女人便說人家丈夫,某官人好,某漢子不好,大分愛

---

5 如胡艷玲認為小說作者特意選擇被視為遺民典範的叔齊作為諷刺對象,以此嘲諷明清易代之時,出現大批假隱逸、假清高的士林中人。見氏著:《豆棚閒話研究》(西安市:陝西師範大學碩士研究生學位論文,馮文樓教授指導,2003年)。陳怡安則認為〈首陽山叔齊變節〉旨在凸顯人的口腹之欲以及次子對長子的嫉羨之情。見氏著:〈神聖的戲仿——試論《豆棚閒話》中的喜劇人物〉,《興大人文學報》第48期(2012年3月),頁61-86。葛瑞松亦認為艾衲居士將叔齊降格(degradatuon)成一個具有「妒羨情結」與「飢餓焦慮」的凡夫俗子。見氏著:《明清易代之際話本小說敘事話語的反思》(臺中市:國立中興大學中國文學研究所博士學位論文,陳器文教授、徐志平教授指導,2013年)。

6 直接式假定保持了原語言,說話人物自稱「我」;引語式用一些特殊標記,最常見的引語標記是「他說」之類的引詞,有時還用寫印方式標記(例如引號),把轉述語與敘述語流隔開。參見趙毅衡:《苦惱的敘述者——中國小說的敘述形式與中國文化》(北京市:北京十月文藝出版社,1994年),頁95。

> 丈夫的少，妒丈夫的多。可見「妒」之一字，男男女女日日在
> 口裡提起、心裡轉動。如今我也不說別的，就把「妒」字說個
> 暢快，倒也不負這個搭豆棚的意思。你們且安心聽著。（頁2-3）

雖然敘述者「我」說要「把『妒』字說個暢快」，但在之後的故事
中，敘述者「我」並未親身直接講述，而是將敘述權交給人物敘述
者，也就是在豆棚下的其中兩位老成人，來講述劉伯玉夫婦以及介之
推夫婦兩則有關「妒婦津」由來的故事，人物敘述者多半直接客觀講
述情節，偶爾轉述其中人物的幾句對話。[7]〈范少伯水葬西施〉同樣
是由敘述者「我」描述豆棚下的互動，而由豆棚下的人物講述主要的
故事，但此次人物敘述者並未讓其故事中的人物，如妲己、妹喜、范
蠡、西施等有「說話」的機會，全篇皆是敘述者的敘述語，議論的成
分居多。經過這樣的比較，更令筆者對於〈首陽山〉讓人物發聲的此
種敘事策略產生好奇。

此外，許多研究皆認為，齊物主證世金仙在小說中所表露的對天
道的思考代表著艾衲居士的想法[8]，但如果順著齊物主的說法，似乎
認為叔齊下山是棄明投暗，並無不可。那麼，何以讀者又隱然感受得

---

7 「整個小說文本可以被視為作者用某種方式記錄下敘述者說的話。因此，敘述者轉
  述人物的講話或『想』話，就是轉述中的轉述，雙重轉述。……敘述文本中所有的
  轉述語無一例外受制雙重主體——說話人物與轉述敘述者。應當說，轉述語既是人
  物說的話，就須獨立於敘述者主體；轉述語既然是敘述者轉述出來的，是敘述文本
  之一部分，經受了敘述加工，就須受敘述者主體控制。」見趙毅衡：《苦惱的敘述
  者——中國小說的敘述形式與中國文化》（北京市：北京十月文藝出版社，1994
  年），頁94-95。

8 如朱海燕認為齊物主的說法反映了「艾衲對於天道中是否蘊藏著與人間一致的道德
  表示懷疑」。見氏著：《明清易代與話本小說的變遷》（武漢市：華中科技大學出版
  社，2007年），頁197-202。許和亞亦認為齊物主的說法「展示了艾納等處於明清之
  際的士人的天道觀，及其信仰搖撼後的迷惘與探索」。見氏著：〈消解與重構的張
  力——對〈首陽山叔齊變節〉的歷史解讀〉，《名作欣賞》（2014年第23期），頁130。

到文本透出對叔齊的降格與批判意味？胡艷玲在分析《豆棚閒話》中的「歷史故事新編」時，也注意到齊物主的說法似容易讓讀者認為其在為叔齊辯護。[9]再看紫髯狂客為〈首陽山叔齊變節〉下的總評，更可發現讀者在接受上因此產生「誤讀」現象：

> 滿口詼諧，滿胸憤激。把世上假高尚與狗虉行的，委曲波瀾，層層寫出。其中有說盡處，又有餘地處，俱是冷眼奇懷，偶為發洩。若腐儒見說翻駁叔齊，便以為唐突西施矣。必須體貼他幻中之真，真中之幻。明明鼓勵忠義，提醒流俗，如煞看著虎豹如何能言，天神如何出現，豈不是癡人說夢！（頁94）

筆者以為，故事的表層話語與其深層涵義之所以令人感到有所出入，關鍵在於小說敘述的可靠性產生動搖。敘述的可靠性最早由韋恩・布斯（Wayne C.Booth）提出：

> 當敘述者為作品的思想規範（意即隱含的作者的思想規範）辯護或接近這一準則行動時，我把這樣的敘述者稱為可信的，反之，我稱為不可信的。[10]

布斯認為，敘述者是敘述主體，其在文本中所發出的聲音是否與隱含作者（implied author）體現的價值觀一致，是判斷其敘述可靠性的關鍵。[11]若以此觀點來檢視〈首陽山叔齊變節〉，我們可以發現這樣的問

9　胡艷玲：《豆棚閒話研究》（西安市：陝西師範大學碩士研究生學位論文，馮文樓教授指導，2003年），頁10。

10　〔美〕韋恩・布斯（Wayne C. Booth）著，周憲譯：《小說修辭學》（*The rhetoric of fiction*）（北京市：北京大學出版社，1987年），頁178。

11　關於隱含作者的討論，詳參〔美〕韋恩・布斯（Wayne C.Booth）著，周憲譯：《小說修辭學》（北京市：北京大學出版社，1987年），頁80-81。或參申丹：〈何為「隱

題:一方面,敘述者所表現的態度,與小說中的部分人物一致;然而,敘述者卻又極力還原人物所說種種,試圖以客觀姿態游離於故事之外;但另一方面,其在敘事上對人物、場景的安排,卻又隱隱呈現出某種未明說的思想價值,而使其有成為不可靠敘述(unreliability)之虞。該如何重新釐清小說中的眾聲喧嘩,而更好地掌握隱含作者透過化用歷史故事究竟真正想要表達的主題寓意為何,是本文將試圖處理的問題。

因此,本文將以敘事學理論來輔助討論,首先分析敘述可靠性動搖的問題,再由各個人物的話語所呈顯的選擇難題中,探討敘述者的態度與小說的主題意涵為何。

二 敘述可靠性的動搖

承前所述,我們可以看到〈首陽山叔齊變節〉整個故事熔雜了不同的敘述聲音,一開始第一人稱的敘述者「我」將敘述權交棒給第一人稱限知視角的少年(後生),其作為〈首陽山叔齊變節〉的人物敘述者,應著人要他說關於煮豆的故事,於是便說起了曹丕、曹彰、曹植三兄弟之事。敘述者說「曹彰早已被曹丕毒藥鴆害了」,此說的根據何在?曹彰之死,許多人認為並不如《三國志》所載「疾薨于邸」[12]如此單純,如《世說新語》便言因魏文帝曹丕忌妒曹彰而以毒棗害之。[13] 而關於周公與金縢櫃之事出自《尚書》〈金縢〉,《史記》〈魯周

含作者」?〉,《北京大學學報》(社會哲學科學版)第45卷第2期(2008年3月),頁136-145。

12 〔晉〕陳壽著,〔劉宋〕裴松之注:《三國志》(北京市:中華書局,2006年),卷19,頁555。

13 《世說新語》〈尤悔第三十三〉:魏文帝忌弟任城王驍壯。因在卞太后閤共圍棋,並啖棗,文帝以毒置諸棗蒂中。自選可食者而進,王弗悟,遂雜進之。既中毒,太后索水救之。帝預敕左右毀瓶罐,太后徒跣趨井,無以汲。須臾,遂卒。復欲害東

公世家〉亦有記載。少年口中的故事來源，或來自筆記小說，也有本於經典，但由於其並未言明出處，於是小說家者言與經典記載的虛構性／真實性、不可靠性／可靠性在敘述者口中被混同了，甚至可以說，是被用同樣的眼光、放在同等地位所看待的，都只是提供了一種「說法」，其中摻有事實和虛假。

少年接著說：「還有一個故事，經史上也不曾見有記載，偶見秦始皇焚燒未盡稗官野史中，卻有一段奇事。」（頁83）第三人稱的全知野史敘述者將這段奇事記錄下來，少年又再根據野史敘述的內容進行陳述。小說敘述特別在此言明出自「野史」的用意為何？筆者認為，這樣的做法轉移了敘事責任，對事情究竟虛實真假的探求不在敘述者負責範圍內，因為他只是轉述了野史敘述者的敘述而已，但又能在其中不露痕跡地融入自身的評論，讓這段故事雖然是由野史敘述者所說，但實際的內容是否有被加油添醋，受述者與讀者皆不得而知；同時，也使他成為「自然而然的敘述者」[14]，標榜其來有自，提高自身說法的可信度。承襲開頭兩個故事對小說與經典的含混，此處更複雜野史與正史的關係，當野史與正史記載相悖時，一般多以正史為真，但敘述者一方面拉抬野史的真實性，一方面又迴避了究竟誰言可資參證的問題。據此，我們可以發現，從敘述者「我」、人物敘述者到野史敘述者，由於敘述權經歷層層下放與轉交，因此，在讀者接受上，便容易誤以為三者的敘述聲音自然而然、互不干擾，但實際上，

阿，太后曰：「汝已殺我任城，不得復殺我東阿。」見〔南朝宋〕劉義慶編：《世說新語》（杭州市：浙江文藝出版社，2011年），頁286。

14 「敘述者很少或幾乎不在作品中講述他的構思過程和敘述方式是『自然而然』的敘述者的重要特徵。……『自然而然』的敘述者的又一特徵是編造假象以抹去寫作的痕跡，彷彿故事發生在一個自然的背景中。這類敘述者往往採用諸如發現手稿、書信、日記等手段以表明作品並非是一種創作，而是發生在某年某月的真實事件，由此掩飾其敘事作品的虛構性，使讀者忘記敘述者的存在。」參見胡亞敏：《敘事學》（武漢市：華中師範大學出版社，2004年），頁45。

敘述主體卻是有意識地連結、層疊起來,其中有多少歧出或不真實、不充分的意見,在這之中被巧妙地隱藏起來,吾人不得而知,便產生了敘述可靠性動搖的問題。

因此,我們可以說,這篇小說在一開始的敘述聲音來源就是不穩固的,當再細究文本內部時,更可見敘述者評論與小說敘述結構安排的不一致:

(一)敘述者評論

少年提起的野史記載,與司馬遷《史記》〈伯夷列傳〉的正史紀錄截然不同,《史記》云:

> 伯夷、叔齊,孤竹君之二子也。父欲立叔齊,及父卒,叔齊讓伯夷。伯夷曰:「父命也。」遂逃去。叔齊亦不肯立而逃之。國人立其中子。於是伯夷、叔齊聞西伯昌善養老,盍往歸焉。及至,西伯卒,武王載木主,號為文王,東伐紂。伯夷、叔齊叩馬而諫曰:「父死不葬,爰及干戈,可謂孝乎?以臣弒君,可謂仁乎?」左右欲兵之。太公曰:「此義人也。」扶而去之。武王已平殷亂,天下宗周,而伯夷、叔齊恥之,義不食周粟,隱於首陽山,采薇而食之。及餓且死,作歌。其辭曰:「登彼西山兮,采其薇矣。以暴易暴兮,不知其非矣。神農、虞、夏忽焉沒兮,我安適歸矣?于嗟徂兮,命之衰矣!」遂餓死於首陽山。[15]

《史記》中並未記載為什麼孤竹君不按照傳統的繼承制度將國君大位交給長子伯夷,反而選擇託付給次子叔齊,野史則交代了理由,因為

---

15 〔漢〕司馬遷著,〔日〕瀧川資言考證:《史記會注考證》(北京市:新世界出版社,2008年),頁3225-3235。

伯夷「生性孤僻，不肯通方，父親道他不近人情，沒有容人之量，立不得君位，承不得宗祧」，而叔齊「通些世故，諳練民情」，所以孤竹君才要立他為君。野史敘述提出的評論補充了正史中未交代的空白之處，更強化了伯夷與叔齊兩人對比的形象特質。在兄弟二人一手揭出天地綱常倫理，對著武王軍隊扣馬而諫後，眼見紂王人心盡去，處處又有周家兵馬察守，決定先埋蹤匿跡，留得青山在，因此鼓著一口義氣，往首陽山投奔而去。許多人見狀，也紛紛跟隨上山，把「一個首陽本來空洞之山，漸漸擠成市井」：

> 始初只得他弟兄二人，到也清閒自在。那城中市上的人也聽見夷、齊扣馬而諫，數語說得詞嚴義正，也便激動許多的人，或是商朝在籍的縉紳、告老的朋友，或是半尷不尬的假斯文、偽道學，言清行濁。這一班始初躲在靜僻所在，苟延性命，只怕人知。後來聞得某人投誠，某人出山，不說心中有些懼怕，又不說心中有些艷羨，卻表出自己許多清高意見，許多谿刻論頭。日子久了，又恐怕新朝的功令追逼符來，身家不當穩便。一邊打聽得夷、齊兄弟避往西山，也不覺你傳我，我傳你，號召那同心共志的走做一堆，淘淘陣陣，魚貫而入。猶如三春二月燒香的相似，都也走到西山裏面來了。（頁85）

敘述者用「假斯文」、「偽道學」來稱呼這群入山之人，說他們「言清行濁」，直接拆穿這些人心中既渴望投新又不敢直說的曲折心理，以主觀的敘述干預表達對這些人的批判與諷刺。但伯夷卻還以為這些人是「尚義之人」，叔齊則認清了這些人的真面目，吐露了「誰料近來借名養傲者既多，而托隱求徵者益復不少」的不滿。在此，敘述者所做出的評價和叔齊是契合的，讓這些假清高之士成了眾矢之的。

（二）人物自我顛覆

《史記》記載伯夷、叔齊雙雙餓死在首陽山，但在小說中，叔齊卻忍受不了腹中的飢餓，而在心中有了一番盤算：

> 此來我好差矣！家兄伯夷乃是應襲君爵的國主，於千古倫理上大義看來，守著商家的祖功宗訓是應該的。那微子奔逃，比干諫死，箕子佯狂，把那好題目的文章都做去了。我們雖是河山帶礪，休戚世封，不好嘿嘿蚩蚩，隨行逐隊。但我卻是孤竹君次子，又比長兄大不相同，原可躲閃得些。前日撞著大兵到來，不自揣量，幫著家兄觸突了幾句狂言，幾乎性命不免。虧得軍中姜太公在內，原與家兄東海北海大老一脈通家，稱為「義士」，扶棄道旁，纔得保全；不然這條性命也當孤注一擲去了。如今大兵已過，眼見得商家局面不能瓦全。前日粗心浮氣，走上山來，只道山中惟我二人，也還算個千古數一數二的人品。誰料近來借名養傲者既多，而托隱求徵者益復不少。滿山留得些不消耕種、不要納稅的薇蕨資糧，又被那會起早佔頭籌的採取淨盡。弄得一付副面皮薄薄澆澆，好似曬乾癟的菜葉，幾條肋骨彎彎曲曲，又如破落戶的窗櫺。數日前也好挺著胸脯，裝著膀子，直撞橫行。怎奈何腰胯裏、肚皮中軟當當、空洞洞，委實支撐不過。猛然想起人生世間，所圖不過「名」、「利」二字。我大兄有人稱他是聖的、賢的、清的、仁的、隘的，這也不枉了丈夫豪傑。或有人兼著我說的，也不過是順口帶挈的。若是我趁著他的面皮，隨著他的跟腳，即使成得名來，也只做個趁鬧幫閒的餓鬼。設或今朝起義，明日興師，萬一偶然腳蹋手滑，未免做了招災惹禍的都頭。如此算來，就像地上拾著甘蔗粗的，漸漸嚼來，越覺無味。（頁86-87）

叔齊先從倫理的角度來看，認為身為次子的自己不必承擔承續商朝的責任，不過是被連帶捲入宗祖的責任中，即使成功，獲得了虛名，實際上卻只是個餓鬼；而如今既選擇為義上首陽，本也可流芳百世，但這份人品風範卻被後來的借名養傲者、托隱求徵者給搞得平庸了，而且這些人不僅瓜分了高尚的美名，也侵占了唯一的糧食來源，讓山中生活越來越難以支撐下去。敘述者以直接引語轉錄叔齊內心的思慮，雖然未加入任何評論，但採用將叔齊心中種種為名、為利的考量直接呈現給受述者／讀者的敘述方式，其實將叔齊工於計算的深沉心機表露無遺。

而當叔齊決定瞞著兄長下山探查情勢時：

> 彼時伯夷早已餓得七八分沈重，原不提防著叔齊。叔齊卻是懷了貳心多日。那下山的打扮先已裝備停當，就把竹杖、荊筐隨地撇下，身上穿著一件紫花布道袍，頭上帶著一頂蔴布孝巾，腳下端一雙八耳蔴鞋，纔與山中面貌各別，又與世俗不同。即使路上有人盤問，到底也不失移孝作忠的論頭。（頁88）

「移孝作忠」出自《孝經》〈廣揚名〉[16]，認為君子應以事親之心事君，將孝順父母之心意發揚至侍奉君主的忠誠。但叔齊的「移孝作忠」，卻是假扮服喪之狀，以其作為掩飾自己貳心的藉口，把自己出山的舉動用國家大義包裝。敘述者對這樣的行為，也未直接給予評判，卻透過雒邑頑民將叔齊頭戴的孝巾一把扯落，說他「匿喪不孝」的情節，重現了當時夷、齊二人扣馬而諫，斥責武王不孝的義正辭嚴；而當叔齊還想找藉口隱瞞實情時，「袖中不覺脫落一張自己寫的

---

16 《孝經》〈廣揚名〉：子曰：「君子之事親孝，故忠可移於君；事兄悌，故順可移於長；居家理，故治可移於官。是以行成於內，而名立於後世矣。」見〔唐〕李隆基注，〔宋〕邢昺疏：《孝經注疏》（上海市：上海古籍出版社，2009年），卷7，頁69。

投誠呈子稿兒」（頁91），叔齊自己親筆寫下的內容，成了讓頑民戳破他的謊言的鐵證，這些情節是正史中未載的，透過這樣的敘事，讓叔齊因為自己的私心，自我顛覆了正氣凜然的形象，曾經那樣指責別人，到頭來自己卻也做出同樣的選擇，反成了被批判的人物。

在故事的最後，當叔齊從夢中聽聞齊物主之言醒來後，對自己下山後的出路更有信心，「待有功名到手，再往西山收拾家兄枯骨，未為晚也」（頁93），叔齊事先預期伯夷最終必然會在山中餓死，卻仍要先下山在新的朝廷謀得安身之職，再來處理兄長後事。這樣的行為，更與武王尚未將父親文王下葬，便先發兵討紂的作為並無二致。敘述者特意以自由直接引語表現叔齊心中的思想[17]，將敘述干預的程度減至最低[18]，忠實還原人物的思想和話語，於是更加強了人物自身表現前後不一致的顛覆性，在無意識中貶駁了自己之前的一言一行。

而且，叔齊身為儒家代表人物，但他的言談之中，卻一再曲解經典的原意，做出與其相悖之舉。叔齊奉勸眾獸同他一齊下山時說道：

---

17 小說原文為：「省得齊物主這派論頭，自信此番出山卻是不差，待有功名到手，再往西山收拾家兄枯骨，未為晚也。」前面兩句的主語應是叔齊，是敘述者從旁以第三人稱角度描述叔齊的內心；但後面的三句，使用了「家兄」這個稱呼，可見是以叔齊為第一人稱的說法，又未加任何引號標註，故筆者判斷此為自由直接引語。若要讓語意更清楚，這段話應可還原成：「（叔齊）省得齊物主這派論頭，（他）自信此番出山卻是不差：『待（我）有功名到手，（我）再往西山收拾家兄枯骨，未為晚也。』」

18 胡亞敏指出：「自由直接引語指不加提示的人物對話和內心獨白，其語法特徵是去掉引導詞和引號，以第一人稱講述，敘述特徵為抹去敘述者聲音，由人物自身說話，在時間、位置、語氣、意識等方面均與人物一致。」見氏著：《敘事學》（武漢市：華中師範大學出版社，2004年），頁94。趙毅衡亦指出，在直接自由式（也就是自由直接引語）中，「人物主體不僅控制了轉述語，而且，由於轉述語與敘述語流相混雜，人物主體滲透到敘述語流中去，反使敘述流受到人物影響。」見氏著：《苦惱的敘述者——中國小說的敘述形式與中國文化》（北京市：北京十月文藝出版社，1994年），頁96。

　　當此鼎革之際，世人的前冤宿孽消弭不來，正當借重你們爪牙
　　吞噬之威，肆此吼地驚天之勢，所謂應運而興，待時而動者
　　也。（頁89）

「應運而興」所指乃是新的統治政權的建立，是順應天賜的時運而誕
生；「待時而動」出自《周易》〈繫辭下〉：「君子藏器於身，待時而
動」[19]，指君子應勤懇修養自身，以待時機來臨時一展長才。原典的
語意強調平時修養道德的重要性，但叔齊卻以此做為話術，將道德置
換為殘忍狠毒，鼓吹獸類們在易代紛亂之時，張牙舞爪，趁勢凌人。
對經典話語的誤用，解消了身為儒家君子的形象，對於人物更是從內
涵上的徹底翻駁。而當叔齊挨餓不過，自白思考究竟要留在山上或往
山下尋求發展的種種利弊時，提到「古人云：『與其身後享那空名，不
若生前一杯熱酒。』」，而這句話實際上化用了李白的詩句，〈行路難〉
其三：「且樂生前一杯酒，何須身後千載名。」[20]敘述者在此除了將朝
代的順序倒置，讓商朝的叔齊引用唐人的詩句，有意思的地方是，此
詩的開頭提到「有耳莫洗潁川水，有口莫食首陽蕨」，詩人並不認同
伯夷、叔齊為義隱居、捐軀之舉，而叔齊引用對自身進行評判的後世
詩句，形成弔詭的局面，同時又是一次對自我歷史形象的反諷。

　　叔齊的所作所為，顛覆了起先營築的正人君子形象，敘述者稱其
「通些世故」，成了圓滑狡詐；「諳練民情」，則是滿口花言巧語。當
時「把個國君之位看得棄如敝屣，卻以萬古綱常為重了」的義氣不復

---

19 〔魏〕王弼、韓康伯注，孔穎達正義：《周易正義》（臺北市：新文豐，2001年），
　　頁628。
20 原詩如下：「有耳莫洗潁川水，有口莫食首陽粟。含光混世貴無名，何用孤高比雲
　　月。吾觀自古賢達人，功成不退皆殞身。子胥既棄吳江上，屈原終投湘水濱。陸機
　　雄才豈自保，李斯脫駕苦不早。華亭鶴唳詎可聞，上蔡蒼鷹何足道。君不見吳中張
　　翰稱達生，秋風忽憶江東行。且樂身前一杯酒，何須身後千載名。」見〔清〕彭定
　　求等編：《全唐詩》（鄭州市：中州古籍出版社，2008年），卷162，頁776。

存焉,變成一戳就破的人格假象,形成強烈的反諷。讀者對叔齊產生質疑,無法輕易認同其行為與選擇,連帶地,亦不禁對與叔齊同聲一氣的敘述者感到懷疑,敘述者價值判斷,似乎並未與隱含作者的思想體系相吻合,敘述的可靠性,因而在此被打上大大的問號。

三　敘述者的態度

在整篇伯夷、叔齊故事的表層話語中,敘述者直接批判那些跟隨上山的「假斯文」、「偽道學」,又藉叔齊之口,同時也諷刺那些爭先恐後投奔新朝之人,毫不留情地展現自身的對其人其行的負面評價;然而,在故事的裡層結構中,敘述者亦透過戲劇性評論[21],將自己隱身幕後,利用人物和場面的設置來暗暗表達其觀點,對叔齊的舉動,敘述者雖然避免直接評價,卻在情節的鋪排中,讓叔齊顛覆自我形象。而敘述者盡力將說話權交給人物,除了呈現叔齊的自白,也保留了叔齊勸說眾獸的話、雒邑頑民對叔齊的指控、眾獸為叔齊的辯護,以及齊物主證世金仙與頑民的對答往來。在人物的言談交流之中,叔齊和野獸們原先都為義上山,後又反悔變節,這樣的舉止遭雒邑頑民強烈地反對,批評為「無行之輩」、「奸黨」;但頑民們的思想,卻又被齊物主指正,認為「只要應著時令,便是不逆天條」,當頑民們指責叔齊「背恩事仇」、「不忠不孝」,齊物主卻說他是「應天順人」、「投明棄暗」。但這一切,實際上卻又全都只是叔齊的南柯一夢。而「夢」本身是虛幻、不真實的,雖然表面上人物們說得振振有詞,但敘述者將這場答辯設置於夢境中發生,消解了這些對話的權威性,也讓這段

21　「戲劇性評論」是敘述者「隱蔽的評論」其中一種,敘述者隱身於故事中,通過故事結構和敘述技巧來體現對世界的看法,而不直接在作品中表明觀點。人物的對話和思考是戲劇性評論常用的方式,也可以通過事件的設置、場景的描寫表現出來。參見胡亞敏:《敘事學》(武漢市:華中師範大學出版社,2004年),頁111-114。

情節實際上成了「不可靠」的敘述。特別是小說化用「齊物主」這個
名稱,與莊子〈齊物論〉有所關聯,而〈齊物論〉亦談到夢:

> 夢飲酒者,旦而哭泣;夢哭泣者,旦而田獵。方其夢也,不知
> 其夢也。夢之中又占其夢焉,覺而後知其夢也。且有大覺而後
> 知此其大夢也。而愚者自以為覺,竊竊然知之。君乎,牧乎,
> 固哉!丘也與女,皆夢也;予謂女夢,亦夢也。是其言也,其
> 名為弔詭。[22]

莊子藉瞿鵲子與長梧子的對話,以夢覺與生死進行對照,人生如同一
場大夢,但人活在此中卻自以為清醒,實際上不過是庸庸碌碌忙於俗
世的追求,因而「舉世皆夢」。[23]以此來看小說情節,或有過度詮釋的
可能,然而,我們可再深思的是,即便齊物主的言論代表了朝代自然
輪替的觀點,但叔齊意欲拋下兄長、出山投靠新朝,「同著物類生生
殺殺」,這樣的心態、意念,究竟是清醒或昏昧?會不會本身就只是
一場虛妄的美夢?夢境的設置,或許隱然有更多諷刺的意味。

敘述者藉人物眾說紛紜之口,將身處易代之際的選擇難題如實呈
現在受述者/讀者眼前:一是如伯夷與紛紛跟隨上首陽山的人們般選
擇隱居、待時而動,但就現實上難以支撐生命,且選擇歸隱之人內心
恐怕亦有所盤算,其中混雜許多沽名釣譽之徒,非真正尚義;二是如
雒邑頑民興師起義,但實際上與國君無補,只是招災惹禍,而且有些
人也非真正為了替天行道,只是徒害生靈;三是投靠新朝,但其中的
人或坦承投靠(如原先的山下之人),或如叔齊說得滿口花言,卻為

---

22 〔清〕郭慶藩集釋,謝祥皓導讀:《莊子集釋》(臺北市:貫雅文化,1991年),頁
104-105。

23 劉敏:《天道與人心:道教文化與中國小說傳統》(北京市:中國社會科學出版社,
2007年),頁181-182。

此拋卻忠孝；四則是如眾獸們沒有主見、沒有判斷力，聽從他人的意
見，隨著風吹就往哪邊倒。無論是守護舊朝或順服新朝，敘述者對哪
一種選擇都沒有展露全然的贊同，因此，筆者認為，小說關注的並非
是變節與否，而在於選擇的理由與實踐中，是否有道德內涵的支撐。
朱海燕認為，〈首陽山叔齊變節〉中關於天道、天命的陳述，可以在
第八則〈空青石蔚子開盲〉、第十二則〈陳齋長談天論地〉等篇得到
映證。[24]今以〈空青石蔚子開盲〉中孔明自述取名由來的話語來看，
其所呈現的批判和〈首陽山〉確實有相應之處：

> 如今的人胡亂眼睛裡讀得幾行書，識得幾個字，就自負為才
> 子；及至行的世事，或是下賤卑污，或是逆倫傷理；明不畏王
> 章國法，暗不怕天地鬼神，竟如無知無識的禽獸一類。到不如
> 我們一字不識，循著天理，依著人心，隨你古今是非、聖賢道
> 理，都也口裡講說得出，心上理會得來，卻比孔夫子也還明白
> 些，故此叫做孔明。（頁100）

人物們互相詬病的，正是彼此都犯了的那些「下賤卑污」、「逆倫傷
理」行為，或假借隱居以自命清高、沾染義士風範而往自己身上貼

---

24 朱海燕認為，《豆棚閒話》的小說意義生成於敘事者對題旨的說明、故事主體所反映
出來的涵義、在豆棚這個框架層次上，各篇之間相互作用而產生的意義。並非所有
篇目都須經由此三個環節才能生成最後意義，但〈首陽山叔齊變節〉、〈空青石蔚子
開盲〉則包括了這三個層次，在框架上產生意義衍生。見氏著：《明清易代與話本
小說的變遷》（武漢市：華中科技大學出版社，2007年），頁206。張永葳則認為，
《豆棚閒話》所採用的連環式結構，不僅使前、後各則在行文脈絡上具有連續性，
同時前後相鄰的奇數則與偶數則故事，在文意上具有內在勾連性；論者認為第七則
〈首陽山叔齊變節〉與第八則〈空青石蔚子開盲〉共同用寓言的方式表達對國運衰
替與世道淪落的思考。見氏著：〈論《豆棚閒話》的結構、意象和框架意識〉，《西
南交通大學學報》（社會科學版）第8卷第4期，2007年8月，頁43-44。雖然兩位論者
根據的論點不同，但皆認為〈首陽山〉與〈空青石〉之間具有可互相參照的關係。

金；或打著起義旗幟，卻行齷齪骯髒之事；或為謀一己之名利，而捨棄綱常倫理。這些缺乏道德的人，在易代之際，無論做出何種選擇，最終都會如禽獸般害生傷世。

小說的最後，眾人聽完後生的故事，附和道：「怪道《四書》上起初把伯夷、叔齊並稱，後來讀到〈逸民〉這一章書後，就單說著一個伯夷了。其實是有來歷的，不是此兄鑿空之談。敬服，敬服！」（頁93）但現可見的《論語》〈微子〉：「逸民：伯夷、叔齊、虞仲、夷逸、朱張、柳下惠、少連。子曰：『不降其志，不辱其身，伯夷、叔齊與。』……」[25]其中實是將伯夷、叔齊並稱的。敘述者更動儒家典籍內容之舉，一方面讓野史的內容證成了經典的記載，另一方面則符應小說的內部邏輯，從小說的情境來看，叔齊為了投奔新朝而罔顧倫理的舉動，已經逾越儒家道德，不值得被稱作典範，因此被剔除於典籍之外，所以其所見的《論語》才會缺少叔齊之名。誠如陳怡安所言，「文本中，作者為了與傳統歷史敘事的『連結』，時常以『斷章取義』的方式引用史書與前人言語，並藉此『錯用』達成敘事與閱讀的雙重喜感。」[26]筆者認為，艾衲居士透過對經典的更動來證成小說之言，除了創造反諷的諧謔性，這樣的著錄或也反應了他面對世局變盪的亂象，聖賢的美德如何淪為口號或招搖撞騙的藉口，紛亂的人心如何動搖了儒家教養，對被空洞化的道德所流露的憂慮與反思。

在易代之際，「天道福善禍淫」觀念的破滅，引發人們對天的深刻懷疑。[27]但，小說試圖提出的問題是，即便改朝換代之必然非人力所能及，人難道就能因此拋棄修養倫理與道德嗎？從表面上看來，小

---

25 〔魏〕何晏集解，皇侃義疏：《論語集解義疏》（北京市：中華書局，1985年），卷9，頁262。

26 陳怡安：〈神聖的戲仿──試論《豆棚閒話》中的喜劇人物〉，《興大人文學報》第48期（2012年3月），頁81。

27 陳洪：〈論清初話本小說所折射的社會文化心態〉，收於氏著《淺俗之下的厚重：小說・宗教・文化》（天津市：南開大學出版社，2001年），頁73-79。

說對儒家經典人物的降格，好似衝撞了儒家的價值觀念，但透過這樣
的顛覆與反諷，消解了文本的表層意義[28]，因敘述的可靠性動搖而從
字裡行間流露嘲弄意味，更讓人發現道統是不能被拋捨的，但在天道
運行無常的認識下，人的道德意志更是處世抉擇的重要關鍵，反而維
護了傳統的珍貴與價值所在。而敘述者不直接以評論干預進行道德教
化，讓敘事自身構築意義，或也是希望讀者能在混亂的選擇難題之
中，對其中隱含的命題能有更深入的自省與鑑照。[29]

四　結語

　　之所以造成「見說翻駁叔齊，便以為唐突西施矣」這樣的「誤

28　「反諷是隱含的作者對表層意義的取消而形成的不可靠敘述，從而造成讀者的閱讀
　　期待與文本建構的距離，進而形成對表層意義的否定，即所言非所指。就更深的層
　　面來說，反諷實際上是優越而睿智的主體，以超然的隱身方式進行敘述，使表層意
　　義遭到否定。」詳參閻廣林、徐侗：《幽默理論關鍵詞研究》（上海市：學林出版
　　社，2010年），頁179。

29　李志宏在探討《儒林外史》的敘述者為何在小說中刻意消解自身意義權力，不以敘
　　述者權威的身分進行直接論斷時，提到原因可能為：「只因為一旦敘述者願意出面
　　提供事實、塑造信念並昇華事件的意義；那麼，小說敘事的價值規範和道德情感就
　　能獲得有效的控制。如此一來，即可能失去展現真實生活面貌的用意，也可能失去
　　小說文本敘事藝術的張力。同時，讀者便可能因此失去了深入反思的依據，無法進
　　一步在小說文本之中尋找作品的深層含義。」筆者認為〈首陽山叔齊變節〉的敘述
　　者亦可能是出於這些原因，而刻意不對主要人物進行評判，在敘述中留下未盡的餘
　　味。見氏著：〈《儒林外史》敘述者形象及其敘述的可靠性問題〉，《國立臺北教育大
　　學語文集刊》第20期（2011年7月），頁161。而周盈秀則認為：「他（按：艾衲居
　　士）透過層層的虛構與包裝，設計出一個又一個語氣詼諧、口若懸河卻又斷章取義
　　的說話者，將這些歷史名人形容得亂七八糟卻又言之鑿鑿，曲解傳說、史料與經典
　　詩詞好不容易成就的典範與神聖。讓我們一面笑荒謬「故事」的同時也笑著荒謬
　　「敘事」，而作家本身的寫作意圖，譬如對當代世人處境的隱微批判，就能安放在
　　這些笑聲的隱密角落中。而這些明顯被恣意扭曲的歷史名人，也有意無意地緩和了
　　敘事過程指桑罵槐的銳利。」見氏著：周盈秀：《清初前期話本小說的喜劇性研究》
　　（臺中市：國立中興大學中國文學系博士學位論文，徐志平教授指導，2015年），
　　頁110-111。

讀」現象，本文認為主要之因在於敘述者在小說中試圖以客觀的姿態
進行敘事，對於主要的人物不主動進行評價，但其對於叔齊的諷刺意
味卻又無形的表露在字裡行間，因為敘述可靠性的猶疑、擺盪，造成
讀者在解碼上的困難。因此，本文試著分析小說的敘述者「我」透過
敘述權的層層轉交，最後轉由野史敘述者，降低自身的敘事責任，又
以直接引語和自由直接引語等受敘述者干預最低的轉錄方式表達叔齊
的內心思想，同時透過情節的增補，不動聲色地呈現其自私、狡猾的
面目，讓人物自己顛覆了原本高尚的形象。

　　而齊物主對於天道的一番論述，看似助長了叔齊下山之舉的正當
性，但敘述者卻又將此歸結於夢一場，削減了話語的說服力與可信
度。小說敘述的可靠性來回在一線之間，並非絕對的可靠或不可靠，
敘述者以此保留人物聲音，攤開各人的選擇，從而檢視其中的癥結其
實不在該守護舊朝或輸誠新朝的辯證，而是在這兩難全的選擇之中，
其實人心已經亡失了最根本的道德。天道與人道之間是否併行一致是
困難的命題，可是，在天道無常中，仍有不變的聖人道統與精神是持
續流傳的，小說透過對歷史刻意的翻覆，看似貶低儒家思想價值，實
際上則是反向操作，以改動證成了不變，召喚時人對道德的重新建構
與穩固。

　　在小說中，決定變節的叔齊內心想著：「雖然前日同家兄衝突了
幾句閒話，料那做皇帝的人決不把我們錙銖計較」（頁90），他把扣馬
而諫時所說的倫理大義視作無關緊要的話語，但實際上，就如第五則
〈小乞兒真心孝義〉的敘述者所說：

> 莫把「閒」字看得錯了，唯是閒的時節，良心發現出來，一言
> 懇切，最能感動。（頁57）

在〈首陽山叔齊變節〉中，看似將經典降格為平庸，將大道解構為閒

話，實際卻透過補白歷史的空缺之處，由顛覆而重建，將被撼動的傳統價值觀念重新安穩於人心之中。

參考文獻

一　古籍

〔漢〕司馬遷著　〔日〕瀧川資言考證　《史記會注考證》　北京市　新世界出版社　2008年

〔魏〕王弼、韓康伯注　孔穎達正義　《周易正義》　臺北市　新文豐　2001年

〔魏〕何晏集解　皇侃義疏　《論語集解義疏》　北京市　中華書局　1985年

〔晉〕陳壽著　〔劉宋〕裴松之注　《三國志》　北京市　中華書局　2006年

〔南朝宋〕劉義慶編　《世說新語》　杭州市　浙江文藝出版社　2011年

〔唐〕李隆基注　〔宋〕邢昺疏　《孝經注疏》　上海市　上海古籍出版社　2009年

〔清〕艾衲居士著　陳大康校注　《豆棚閒話》《照世盃》（合刊）　臺北市　三民書局　1998年

〔清〕郭慶藩集釋　謝祥皓導讀　《莊子集釋》　臺北市　貫雅文化　1991年

〔清〕彭定求等編　《全唐詩》　河南市　中州古籍出版社　2008年

二　近人論著

申　丹　〈何為「隱含作者」？〉　《北京大學學報》（社會哲學科學版）　第45　卷第2期（2008年3月）　頁136-145

朱海燕　《明清易代與話本小說的變遷》　武漢市　華中科技大學出版社　2007年

杜貴晨　〈論《豆棚閒話》〉　《明清小說研究》　1988年第1期　頁161-174

李志宏師　〈《儒林外史》敘述者形象及其敘述的可靠性問題〉　《國立臺北教育大學語文集刊》第20期（2011年7月）　頁123-168

李金松　〈《豆棚閒話》作者艾衲居士考〉　《明清小說研究》2013年第4期　頁167-176

周盈秀　《清初前期話本小說的喜劇性研究》　臺中市　國立中興大學中國文學系博士學位論文　徐志平教授指導　2015年

胡士瑩　《話本小說概論》　北京市　中華書局　1980年

胡亞敏　《敘事學》　武漢市　華中師範大學出版社　2004年

胡艷玲　《豆棚閒話研究》　西安市　陝西師範大學碩士研究生學位論文　馮文樓教授指導　2003年

張永葳　〈論《豆棚閒話》的結構、意象和框架意識〉　《西南交通大學學報》（社會科學版）第8卷第4期　2007年8月　頁42-46

陳　洪　〈論清初話本小說所折射的社會文化心態〉　收於氏著《淺俗之下的厚重：小說・宗教・文化》　天津市　南開大學出版社　2001年

陳怡安　〈神聖的戲仿——試論《豆棚閒話》中的喜劇人物〉　《興大人文學報》第48期（2012年3月）　頁61-86

許和亞　〈消解與重構的張力——對〈首陽山叔齊變節〉的歷史解讀〉　《名作欣賞》2014年第23期　頁129-130

莀瑞松　《明清易代之際話本小說敘事話語的反思》　臺中市　國立中興大學中國文學研究所博士學位論文　陳器文教授、徐志平教授指導　2013年

趙毅衡　《苦惱的敘述者——中國小說的敘述形式與中國文化》　北京市　北京十月文藝出版社　1994年

歐陽代發　《話本小說史》　武漢市　武漢出版社　1994年

劉　敏　《天道與人心市　道教文化與中國小說傳統》　北京市　中
　　　國社會科學出版社　2007年

閻廣林、徐侗　《幽默理論關鍵詞研究》　上海市　學林出版社
　　　2010年

〔美〕韓南（Patrick Hanan）著　尹慧珉譯　《中國白話小說史》
　　　（*The Chinese Vernacular Story*）　杭州市　浙江古籍出版社
　　　1989年

〔美〕韋恩・布斯（Wayne C. Booth）著　周憲譯　《小說修辭學》
　　　（*The rhetoric of fiction*）　北京市　北京大學出版社　1987年

淺析王夫之《薑齋詩話》中的詩教觀

陳秀絨

臺北市立大學中國語文學系博士生

摘要

　　王夫之《薑齋詩話》之內蘊豐贍，詩學理論深廣精粹，揭示「以意為主」的文學創作方法，倚重文學的社會性與現實性，並藉此以彰顯其文學價值，為清代頗具代表性的詩話著作之一，不僅吸納歷代審美詩學的理論與藝術精神，同時也賦予詩教豐碩之審美意涵，對清代詩學理論發展與詩教承繼產生了深遠的影響。

　　王夫之生逢亂世，因感於詩教與世道人心不古，試圖振興日漸失落之詩教；其以博通古今、文以載道的方式，承繼了古聖「溫柔敦厚」的詩教觀。學者曾云船山論詩有功於詩教，有益於後學；目前學術界雖曾對其詩教觀提出研究，然尚未對《薑齋詩話》之詩教觀深入探討，因此，筆者試以王夫之《薑齋詩話》研究為範疇，透過文獻法進行研究，淺析其詩教觀點並探究其寓意，期能會通其「溫柔敦厚」、「興觀群怨」的詩教觀點及其影響。

關鍵詞：王夫之、《薑齋詩話》、溫柔敦厚、興觀群怨、詩教

一 前言

　　王夫之係為明末清初博學深究、卓然獨立的儒者；其於經學、史學、義理哲學等相關領域之研究卷帙浩繁，實無法一一論述。明清之際，其所書之《薑齋詩話》，力圖於動盪更迭的時代中重建詩教精神，並將《詩》視為聖人救世的途徑。其於〈俟解〉一文中曾提及：「聖人以《詩》教以蕩滌其濁心，震其暮氣，納之於豪傑而後期之以聖賢，此救人道於亂世之大權也。[1]」認為詩是生命力的激盪，聖人以此激勵人的心志，其所言對當時具有足以啟迪人心之意義。

　　王夫之的詩學主張，主要聚焦在《薑齋詩話》的〈詩繹〉和〈夕堂永日緒論內編〉之中。《薑齋詩話》是以詩為主體所開展的審美理論，船山以此為「解詩」、「賞詩」之基礎理論，以及「作詩」之不二法門。如欲將其詩論單獨論述，又能代表其詩學理論，則非《薑齋詩話》莫屬，本書為其閱讀歷代詩歌所書之心得，是故具有古典詩歌總結反省的意義。

　　王夫之倚重文學的社會功能及現實性，強調為文以繼承《詩經》的「興、觀、群、怨」為旨歸，是故創作者須以其生活經歷為起點。《薑齋詩話》一書，包含〈詩繹〉[2]、〈夕堂永日緒論內編〉[3]、〈南窗

1　〔清〕王夫之：〈俟解〉，《船山全書》（長沙市：嶽麓書社，1996年），冊12，頁479。
2　〈詩繹〉一篇篇名，歷來有「詩繹」及「詩譯」二種用法。採用〈詩譯〉者，如台灣力行出版《船山全集》、戴鴻森《薑齋詩話箋注》等皆是；用〈詩繹〉者，如郭紹虞《中國文學批評史》、龔師顯宗《詩話續探》，宇文所安《中國文論：英譯與評論》等專著皆是。案王夫之於〈詩繹〉第一條中開宗明義先肯定了王通（字仲淹）仿孔子刪定六經的續經之作，並認為王通之續經能打破經生俗儒抱殘守闕、泥古不化之陋習。案王夫之所言之意，〈詩譯〉之意乃指《詩三百》陶冶性情之別有風旨，應當尋繹正變，上通《詩三百》之精神，而繼續不絕。因此，似以〈詩繹〉名之較為恰當。然本論文限於使用文本，不宜更動引文字句，故以下引〈詩繹〉之篇名，仍保持原文「詩譯」稱之。

漫記〉[4]與〈夕堂永日緒論外編〉四卷；內容豐贍，條理清晰，對於文學創作之意涵與方法，別具深刻獨到之見解；對於清初「以詩補史」之觀點，提出「詩、史有別」之論述以因應。又以孟子之「知人論世[5]」觀點融入其著作中。「知人」，即將其詩歌理論與其哲學、易學、儒學等領域之思想對應，其情景理論之情、景一體兩面，相輔相成，即與其易學「乾坤並建」、「陰陽合運」互參；而其儒學經論之內蘊，則體現於重「溫柔敦厚、含蓄蘊藉」與重新詮釋「興、觀、群、怨」之詩教意涵。

二 王夫之與《薑齋詩話》

王夫之生於明萬曆四十七年，卒於清康熙三十一年（1619-1692），湖南衡陽人，字而農，別號薑齋，明亡後隱居於湘西之石船山，學者稱船山先生[6]，與顧炎武，黃宗羲合稱「清初三大儒」。王夫之受家學淵源之影響，父親王朝聘（1569-1647），為學主治《詩經》、《春秋》。船山承家學之影響，其學力深厚之處亦在經、史學方面，平生著述甚多，其史學及哲學思想，頗為後世學者所重視，在中國古代詩歌理論發展方面具有承先啟後之地位；其一生著書三百二十卷，錄於《四庫全書》的有：《周易稗疏》、《考異》、《尚書稗疏》、《詩稗疏》、《春秋稗疏》等，其著作被後人編入《清代船山全書》。

---

3 〈夕堂永日緒論〉是王夫之所作之詩話作品。分內外二編，內編主要品評歷代詩人及作品，外編主要討論文法。論詩多獨到見解，在文學創作中的文與質、意與勢、真與假、空與實、形與神，以及「興、觀、群、怨」等等諸多重要問題上，對於傳統的美學思想都有新的發揮和闡述，體現了王夫之的文學思想。

4 〈南窗漫記〉多記與朋舊宴遊之作，以及點評時人詩作。

5 《知人論世》出自《孟子》的〈萬章章句下〉：「頌其詩，讀其書，不知其人可乎？是以論其世也。」孟子的本意是論述閱讀文學作品時對作者本人思想、經歷等的把握問題。孟子這段話對後世真正發生影響的，正是「知人論世」的主張。

6 張西堂：《明王船山先生夫之年表》（臺北市：商務印書館，1978年），頁5-20。

　　明崇禎年間，王夫之就學於嶽麓書院，師從吳道行，在校期間，師授以湖湘家學影響其思想，形成其濟世救民之思想脈絡。明亡後，清順治五年（1648），船山在衡陽舉兵抗清，後至桂林依瞿式耜，因桂林陷沒，式耜殉難，乃決心隱遁，伏處深山，爾後回至衡陽潛心治學，在石船山下築草堂而居，人稱「湘西草堂」，在此撰寫了許多重要的學術著作。船山學問淵博，對天文、曆法、數學、地理學等均有研究，文學方面，善詩文，工詞曲。所作〈詩繹〉、〈夕堂永日緒論〉，論詩多具獨到見解。

　　清代的思想可謂歷代學術思想之總合，當時學者因政治氛圍和知識所限，除卻經籍的考證與訓詁一途外，鮮能將歷代思想發揚光大；王夫之對此承繼最為博大精深，其思想與著作對後世影響深遠。船山生活背景橫跨明、清兩代，當時之文壇門派紊亂有待變革，其詩論反芻自明中葉以降詩學之發展，既繼承又創新所建構而成；其所著之《薑齋詩話》：卷一〈詩繹〉，乃對《詩經》加以闡揚，提出了作詩需有「活法」、意為詩帥、情景交融、體情察物等看法。卷二〈夕堂永日緒論內編〉，主要品評歷代詩人及作品。卷三〈夕堂永日緒論外編〉，論詩多獨到見解，在文學創作中的文與質、形與神……等，以及「興、觀、群、怨」等均有新意和闡述。卷四〈南窗漫記〉，記載與船山一起抗清運動之文人的詩句，充滿亡國憤懣之情。

　　王夫之論詩強調詩歌必須重情景交融，「含情而能達，會景而生心，體物而得神，則自有靈通之句，參化工之妙[7]」；「無論詩歌與長行文字，俱以意為主。意猶帥也。[8]」認為文學創作，人各有特色，不能強立「門庭」，故云：「詩文立門庭使人學己，人一學即似者，自

7　〔清〕王夫之著、戴鴻森箋注：《薑齋詩話》《夕堂永日緒論內編》（上海市：上海古籍出版社，2012年），頁97。

8　〔清〕王夫之著、戴鴻森箋注：《薑齋詩話》《夕堂永日緒論內編》（上海市：上海古籍出版社，2012年），頁45。

詡為大家，為才子，亦藝苑教師而已。[9]」郭紹虞指出：船山詩論，與當時牧齋[10]、梨洲[11]諸人都不同……，又船山詩論頗與王漁洋[12]相同，漁洋詩論，實在也是對於李、何詩論的修正。所以二王詩論頗有相似之處。這其間固然未必有直接的關係，至少也可見其所建之暗合。」[13]不主張建立門庭，不主張守一局格，此為船山與錢、黃諸氏所同之處。然錢、黃等均偏重性情方面，與作詩不求定格，偏重神韻的船山，則又是與牧齋、梨洲不同之處。船山又對明代前、後七子和竟陵派均加以評點，對於清代文學理論之發展頗具鼓舞作用。

　　王夫之強調文學的社會作用及現實性，以繼承《詩經》的「興、觀、群、怨」為旨歸；以博古通今的方式繼承了溫柔敦厚的詩教觀，擷取歷代審美詩學和藝術精神，賦予詩教豐富的審美意涵，推崇婉轉含蓄，反對直白怨刺的詩風；認為以溫和與蘊藉的方式表達喜怒哀樂，是為詩教怨而不怒、溫柔敦厚之宗風。船山將溫柔敦厚運用到詩的相關領域中，以詩的藝術表現方式，視為詩教之基本前提，認為詩的藝術價值與詩教為相輔相成之觀點，實可增益吾人對詩教的理解：

9　〔清〕王夫之著、戴鴻森箋注：《薑齋詩話》《夕堂永日緒論內編》（上海市：上海古籍出版社，2012年），頁100。

10　錢謙益（1582年-1664年），字受之，號牧齋，晚號絳雲樓主人、蒙叟、東澗老人，江蘇常熟人。明末清初的著名詩人，文學家，作為明末清初時期文學領域的集大成者，主盟文壇數十年。

11　黃宗羲（1610年-1695年），字太沖，號梨洲，世稱南雷先生或梨洲先生，浙江餘姚縣（今浙江省寧波餘姚市）人。明末清初經學家、史學家、思想家、地理學家、天文曆算學家、教育家。黃宗羲與顧炎武、王夫之並稱明末清初三大思想家（或明末清初三大儒）；黃宗羲亦有「中國思想啟蒙之父」之譽。

12　王士禎（1634年-1711年），賜名士禎，小名豫孫，字貽上，號阮亭，別號漁洋山人，人稱王漁洋，諡文簡。山東新城（今山東桓台）人，清代著名文人，進士出身，康熙年間官至刑部尚書。工詩文，勤著述，著作有《漁洋山人精華錄》、《池北偶談》等五百餘種。

13　郭紹虞：《中國文學批評史》（臺北市：五南圖書出版公司，1994年），頁484。

〈小雅〉〈鶴鳴〉之詩，全用比體，不道破一句，《三百篇》中
創調也。要以俯仰物理而詠嘆之，用見理隨物顯，唯人所感，
皆可類通；初非有所指斥一人一事，不敢明言，而姑為隱語
也。若他詩有所指斥，則皇父、尹氏、暴公，不憚直斥其名，
歷數其愆，而且自顯其為家父，為寺人孟子，無所規避。
《詩》教雖云溫厚，然光昭之志，無畏於天，無恤於人，揭日
月而行，豈女子小人半含不吐之態乎？〈離騷〉雖多引喻，而
直言處亦無所諱。宋人騎兩頭馬，欲博忠直之名，又畏禍及，
多作影子語，巧相彈射，然以此受禍者不少。既示人以可疑之
端，則雖無所誹誚，亦可加以羅織。[14]

若僅論溫厚，恐成為部分文人掩飾其軟弱、退縮的藉口，致使溫柔敦
厚屢為世人所詬病。詩人若因畏禍而不敢直言作詩，則詩即成了畏
途；反之，若藉詩恣意謾謗，則又成了傷人利器。王夫之反對詩人因
恐明言致禍而藉詩影射，認為此種作法既無詩之審美價值，又可能招
致禍患；因而從作品的藝術表現觀點，將溫婉、含蓄視為溫柔敦厚之
要義。

　　王夫之的《薑齋詩話》，是中國古代詩論發展中較具理論價值的
著作。不僅辨明詩、史，闡明詩歌的獨立性與抒情性，又重申傳統儒
家詩論的「興、觀、群、怨」，並予以創新之闡釋。孔子以學《詩》、
用《詩》的角度，論述《詩》的社會政治和倫理教化的作用，所要表
達者為《詩》的社會功能，也含括了其對詩歌藝術審美功能的感悟與
理解。「興、觀、群、怨」在漢儒的解說上，偏重於《詩》在政治上
的美刺諷諫的功能，忽視詩歌藝術所具有的審美特徵。宋明理學強調
「天理」與「人欲」的對立，呈現出反對詩歌吟詠性情之傾向，其詩

---

14 〔清〕王夫之著、戴鴻森箋注：《薑齋詩話》《夕堂永日緒論內編》（上海市：上海
　　古籍出版社，2012年），頁129-130。

教觀為重心性義理的修養，而輕美刺諷諭的功能，使「興、觀、群、怨」本具之寬廣意涵，被納入狹隘的理學框架中。船山之《薑齋詩話》對於「興、觀、群、怨」的論述，不僅增添了全新的元素，也突破了儒家詩教的範圍，使其在孔子詩教原義體現出素樸的思想，不僅符合詩歌創作和鑑賞的規律，也達致他人難以企及之高度。

三　詩教意涵與「溫柔敦厚」的教化功能

詩源於古老祝禱及巫祝「通神娛神」的慶典儀式[15]，又迭經漫長歲月的發展，詩教觀念始逐漸確立。徐澄宇曾對詩教有過如下的詮釋：

> 自生民以來，詩最先立教。古者謂之聲教，書言聲教訖于四海是也。聲之為教，比語諧音，以利遠布。上世文字未興，所賴以交通知識。傳播教化者歌謠耳，故謂之聲教，或謂之詩教。[16]

「詩教」傳統於古代中國之歷史久遠，它發源於中華文明的萌芽時期，興於西周時期，衰於春秋戰國時期；「詩教」的緣起，誠為戰國以至漢代儒家諸子「以詩為教」之努力所致，孔子以及孟子、荀子等先秦儒家均曾試圖復興「詩教」傳統。關霞認為：「孔子生於春秋末年，首開私人講學之風，以整理『詩三百』為六藝之首，並明確規劃詩教之內容，而建立詩教之思想基礎；詩教也逐漸在古代社會扮演重要的地位。而詩教也代替宗教，隱含權力的存在。」[17]自此《詩》教

---

15 周策縱：《古巫醫與「六詩」考：中國浪漫文學探源》（臺北市：聯經出版社，1986年），頁179-274。
16 徐澄宇：《詩經學纂要》（上海市：中華書局，1936年），詩教第十，頁81。
17 關霞：〈論中國古代詩教的宗教性〉，《青海社會科學》第1期（2008年1月），頁158-162。

也為當時的社會奠定了基本規範，成為政治與倫理參酌的經典，同時也開啟了歷代文學發展的歷程。

（一）詩教核心之確立

孔子對於《詩三百》的重視，在於《禮記》〈經解篇〉所提及的「溫柔敦厚詩教也」的觀點，因此，讓後人以為「詩教」的觀念始於孔子。其實「詩教」在古代中國有著更為久遠的歷史，孔子曾云：「述而不作，信而好古」（《論語》〈述而〉），表述其對於傳統文化的尊崇與紹承之志。孔子深信《詩經》具有教化子民的功能，是故在與其子孔鯉或弟子的言談中，也屢屢稱頌或引述《詩》教的功能：

> 子曰：「詩三百，一言以蔽之，曰：『思無邪』。」（《論語》〈為政〉）
> 子曰：「興於詩，立於禮，成於樂。」（《論語》〈泰伯〉）
> 子曰：「誦詩三百，授之以政，不達；使於四方，不能專對；雖多，亦奚以為？」（《論語》〈子路〉）
> 子曰：「不學詩，無以言。不學禮，無以立。」（《論語》〈季氏〉）
> 子曰：「小子！何莫學夫詩？詩可以興，可以觀，可以群，可以怨；邇之事父，遠之事君；多識於鳥獸草木之名。」（《論語》〈陽貨〉）

孔子對《詩》教的觀點，不僅反映在對生命、社會政治的功能，並以之為教授弟子的科目；孔子之詩教思想，以仁道為本，並為詩教之綱維與本質。林耀潾認為：「孔子以詩教為先，其學說思想為儒家之源頭活水，其對詩教之建立，上有所承，下有所啟，遂成儒家薪盡火

傳，千古不磨之見。」[18]葉慶炳也提出：「興觀群怨屬性情修養；事父
事君為倫理實踐；多識於鳥獸之名，是有助於博聞強識；授之以政，
使於四方，則又應用於政治外交，《詩經》既有多方面實用價值，難
怪孔子以之授徒。」[19]實為孔子重視詩教之明證。

《詩》自孔子開始發揮了教育功能，從「興觀群怨」到「事父事
君」，「詩教」呈現了對個人生命與社會現象的關懷，深切影響了後世
「詩教」的面向與內涵，也成為儒家所重視政教理想。漢儒更認為詩
教能使人蘊涵「溫柔敦厚」之行止，進而充實了「詩教」功能的理
論；及至唐代，無不以此為其內涵，而解詩、讀詩也始終以「詩教」
為核心。

（二）以「興觀群怨」論述社會功能

關於詩教的社會功能，孔子曾云：「小子何莫學夫詩？詩可以
興，可以觀，可以群，可以怨。邇之事父，遠之事君。多識於鳥獸草
木之名。」《論語》〈陽貨〉，所謂「興觀群怨」、「事父事君」，即指
《詩經》具有抒發情感、道德教化、政治服務等功能。此外，《詩
經》中記載眾多動植物之名，堪稱為百科全書型式的知識寶庫。而其
中所涉及之先秦民俗文化、歷史、神話傳說等記述，更使其成為探究
中國詩歌傳統與文化精神不可或缺的重要典籍。

所謂「詩可以興」，是指詩通過「感發志意」的方式來啟悟人；
因此，「詩可以興」，即能引譬連類並培養聯想力。所謂「可以觀」，
即是「觀風俗之盛衰」，以儒家的觀點：認為從詩與樂中反映出庶民
的心聲，從中可以考察施政得失；可以審音知政，觀樂省風。並因而
產生了樂府詩。所謂「可以群」，係指通過學詩，增益人際交往的能

---

18 林耀潾：《先秦儒家詩教研究》（臺北市：天工書局，1990年），頁50。
19 葉慶炳：《中國文學史》（臺北市：臺灣學生書局，1997年），上冊，頁17。

力；《詩》的使用與禮儀制度融合為一，依據禮樂規範的賦詩、奏詩，在群體關係中發揮了協調的作用。所謂「可以怨」，非僅是狹義的「怨刺上政」所能涵蓋，也含括了「以詩抒怨」的意義。而托詩以抒怨，則能使個體內心的怨懟之情得到宣洩平和，進而能維持良好的社會秩序，亦即實現了詩歌「可以群」的社會功能。

綜言之，孔子認為詩的四種功能包含著審美、認知、群與教育等作用，這些功能是互相涵容的，其基礎是「興」即感發志意的功能，其他的功能均緣此而生。孔子強調學《詩》者通過這四種功能，近則可以「事父」、遠則能「事君」，尚能幫助人們認識鳥獸草木等自然界動植物的相關知識。由此觀之，詩興非僅指詩歌欣賞與學習的事，而是一種關涉人文修養的範疇，中國文學濃重的倫理、政教性格，也自此累積而漸次形成與開展。

孔子的「興觀群怨」說，對後代影響深遠，自司馬遷至王夫之，歷代的文學理論家均曾承此一思想，並給予高度評價。對於孔子「興觀群怨」說的發展，船山也相當重視其文學的社會教育功能。張少康指出：王夫之對孔子「興觀群怨」說作了新的發揮，他不僅認識到「興觀群怨，詩盡於是矣」，而且還提出了「攝興觀群怨於一爐」的思想。[20]船山之論詩歌強調雅正的原則，張少康表示：王夫之指出興、觀、群、怨四者不是各自獨立而無關的，而是緊密聯繫、相互補充：興中可觀，觀中有興，群而愈怨，怨而益群，四者配合而使之更有藝術的感染力量」。[21]申言之「興觀群怨」不僅涵括了文藝的社會功能，同時也彰顯了文藝的美感和教育功能。

---

20 張少康：《中國文學理論批評史教程》（修訂本）（北京市：北京大學出版社，2011年），頁234。

21 張少康：《中國文學理論批評史教程》（修訂本）（北京市：北京大學出版社，2011年），頁235。

（三）以「溫柔敦厚」為核心的「詩教」傳統

中國古代儒家的傳統詩教，最早見於《禮記》〈經解〉：「入其國，其教可知也。其為人也溫柔敦厚，詩教也。」溫柔敦厚作為儒家的傳統詩教，在歷朝歷代發生了很大的影響。孔子以《詩》教人，《論語》中多處可見對於「溫柔敦厚」的「詩教」思想，孔子認為對個人道德修養的培育應從學《詩》開始，通過文學，尤以《詩》來培養道德修養從而達到理想人格，即為孔子的基本教育思想。

蔣伯潛認為：「『詩教』一詞最早出現於《禮記》〈經解〉，《禮記》大約成書於西漢，由漢代儒生采集孔子後學與禮相關著述而編輯成書，其時代上至戰國，下至西漢。」[22]由《禮記》〈經解〉中，可以窺探漢代儒生繼承孔子之遺教，其主要雖是闡發儒家六藝之教的政教功能，以及禮法在政治社會中的重要地位，然其根本架構則為漢代儒生所修訂整理的，以符漢代政經社會之需求，反映出漢代六藝之教與政治社會秩序有密切之關係。在闡發六藝之教中的「詩教」時，漢代儒生以「溫柔敦厚」作為詩的教育功能。《禮記》〈經解〉云：

> 孔子曰：「入其國，其教可知也：其為人也，溫柔敦厚，《詩》教也；疏通知遠，《書》教也；廣博易良，《樂》教也；潔靜精微，《易》教也；恭儉莊敬，《禮》教也；屬辭比事，《春秋》教也。故《詩》之失愚，《書》之失誣。《樂》之失奢，《易》之失賊，《禮》之失煩，《春秋》之失亂。其為人溫柔敦厚而不愚，則深於《詩》者矣。」[23]

詩教之說，重視為政上文化層面之文學教育的功能，前文認為《詩

---

22 蔣伯潛：《十三經概論》（臺北市：中新書局，1977年），頁336。
23 〔唐〕孔穎達：《十三經注疏—禮記》（臺北市：藝文印書館，1985年），頁845。

經》的教化足以陶冶人的性情，使人之舉止溫柔敦厚。「溫柔敦厚而不愚」其意即言，當你進入一個國度時，首先會感受到當地人所受的教育程度。如若人們表現出溫和、寬容的氣質與淳厚良善的風俗，即代表係詩教所致。推行《詩》教固能使人民溫厚良善，亦可能導致其敦厚耿直而不通情理之缺失，故云：「《詩》之失，愚。」因此，如能通過《詩》教，使人民達致「溫柔敦厚而不愚」，方為《詩》之理想教化功效。

四　從《薑齋詩話》試析王夫之的詩教觀

有關《薑齋詩話》詩教之闡釋，戴鴻森於《薑齋詩話箋注》所述雖及〈詩譯〉[24]全篇，然其本質在於箋注，則論述不免分散，內在脈絡也略顯不足。其他學者輒引數條為建構王夫之詩論之佐證，或以其中某條為美學論題予以發揮，則又將〈詩譯〉整體割裂；當前雖無〈詩譯〉全篇之研究，卻不乏有人注意到〈詩譯〉整體性的問題。

（一）會通詩歌的詩教條理

〈詩譯〉是王夫之論詩較有系統的作品之一，吾人須對其深入了解，方有研究船山詩學之基礎。李錫鎮認為〈詩譯〉中有「會通詩歌」之意旨：

> 目的在打破《詩經》與歷代詩間是界限嚴明的那種成見，企圖在古今之變，創作與批評、經學與詩藝間，尋找可以會通和轉譯的詮釋之道，此亦即書名取義所在。[25]

24　〔清〕王夫之著、戴鴻森箋注：《薑齋詩話》（上海市：上海古籍出版社，2012年），頁1-36。

25　李錫鎮：《王船山詩學的理論基礎及理論重心》（臺北市：臺大中文所博士論文，1999年），頁50。

李氏提及〈詩譯〉有「會通詩歌」之意圖，指出其為王夫之詩論較具系統的作品之一，吾人須對〈詩譯〉有所了解，方有研究船山詩學之基礎，〈詩譯〉全文共分十六條，其整體內容，第一條即綱舉目張；因此，第一條是全篇的總綱、整體的濃縮介紹。[26]茲試以首則加以分析之：

> 王仲淹氏之續經，見廢於先儒，舊矣。續而僭者，《七制》之詔策也。仲淹不任刪，《七制》之主臣尤不足述也。《春秋》者，衰世之事，聖人之刑書也。平、桓之天子，齊晉之諸侯，荊、吳、徐、越之僭偽，其視六代、十六國，相去無幾，事不必廢也，而詩亦如之。衛宣、陳靈，下逮乎〈溱洧〉之士女、〈蘀蘀〉之公子、亦奚必賢於曹、劉、沈、謝乎？仲淹之刪，非聖人之刪也，而何損于乎采風之旨邪？故漢、魏以還之比興，可上通于〈風〉〈雅〉；檜、曹而上之條理，可近譯以三唐。元韻之機，兆在人心，流連泆宕，一出一入，均此情之哀樂，必永於言者也。故藝苑之士，不原本于三百篇之律度，則為刻木之桃李；釋經之儒，不證合于漢、魏、唐、宋之正變，抑為株守之兔置。陶冶性情，別有風旨，不可以典冊、簡牘、訓詁之學與焉也。隨舉兩端，可通三隅。[27]

王夫之由王通續群經不受先儒[28]重視談起，並於文中為其翻案，

---

26 李錫鎮：《王船山詩學的理論基礎及理論重心》（臺北市：臺大中文所博士論文，1999年），頁50。亦言：「〈詩譯〉第一他即充分透露船山的撰作意旨，其作用類似於序。」

27 戴鴻森：《薑齋詩話箋注》（上海市：上海古籍出版社，2012年），頁1-2。

28 戴鴻森：《薑齋詩話箋注》卷1言「對王通的生平行事，歷來議論紛紜，要以朱熹的言論最具權威。」，頁4。《朱子語類》卷137中：「王通之時有甚麼典謨訓詁，有甚麼禮樂法度？……曹、劉、沈、謝之詩，又那得一篇如〈鹿鳴〉、〈四牡〉、〈大

認為《七制》不值一顧,《續春秋》(即《元經》)則「事不必廢」乃
至於詩亦無須廢,由此進入詩歌之論述。對於詩歌之深思,則以《詩
經》為基礎,發現詩歌無論是置入或抽離歷史,均為情之哀樂的調
和,因此,對詩歌立下一個「陶冶性情,別有風旨,不可以典冊、簡
牘、訓詁[29]之學與焉也。」定義,將詩歌總結於「陶冶性情」,認為詩
歌與研究古代思想、社會狀況、文字解說之學論並不相同。既然詩歌
有其不變的本質,亦即代表著歷代詩歌間會通的原理。故而船山云:
「故漢、魏以還之比興,可上通于〈風〉〈雅〉;檜、曹而上之條理,
可近譯以三唐。」經由歷代詩歌與《詩經》有其共同的本質或內容的
發現,並比較聖人之刪與仲淹之刪,進而敘明采風之旨的本質,而船
山也提出「漢、魏以還之比興」與「檜、曹而上之條理[30]」當中的
「比興論詩[31]」與「詩教條理[32]」當作采風之旨的內涵,認為此兩點

明〉、〈文王〉、〈關雎〉、〈鵲巢〉?亦有學為四句古詩者,但多稱頌之辭,言皆過
實,不足取信。」(原文參見:〔宋〕朱熹:《朱子語類》〔北京市:中華書局,1986
年〕,卷137,〈戰國漢唐諸子〉,頁5。)

29 訓詁的範圍有狹義,有廣義。狹義的訓詁學以研究語義為主要內容,也就是傳統語
言文字學中與文字學、聲韻學並列的門類;廣義的訓詁學,則是一個包含在古代注
釋和訓詁專書中的文獻語言學的總稱,在內部,包括文字、語音、詞匯、語法、修
辭等,在外部,與文獻、校勘等也未能劃清界線。參見陸宗達:《訓詁總論》(北京
市:北京出版社,1980年),頁10。

30 條理:脈絡、條貫。《孟子》〈萬章下〉:「金聲也者,始條理也;玉振之也者,終條
理也。始條理者,智之事也;終條理者,聖之事也。」參見〔宋〕朱熹編、林松、
劉俊田、禹克坤譯注:《四書》《孟子》(臺北市:臺灣古籍出版社,1997年,2版3
刷),頁578。

31 平慧善注譯:〈詩傳合參序〉,《新譯薑齋文集》(臺北市:三民書局,1998年),頁
178。道:朱子於三百篇正變貞淫之致,同道而異詮,故能效子夏之變化,以俟後
人。船山以為《詩經》是有其傳承的,而朱子也是其中重要的一個階段,朱子談正
變貞淫,船山對〈風〉〈雅〉的看法正是由此而來。……所以船山所謂可上通於風、
雅的比興其實乃是指情感有感而發或興或比的抒發方式,故言之為「比興論詩」。

32 〔清〕阮元:《左傳》(北京市:中華書局,2009年,《十三經注疏》),卷39,〈襄公
二十九年〉,頁4355-4359。有云:「請觀於周樂。……為之歌頌。曰:「至矣哉!直
而不倨,曲而不屈,邇而不偪,遠而不攜,遷而不淫,復而不厭,哀而不愁,樂而

可謂詩歌歷史不變之傳統。關於詩歌之作用，即為其所涵括的「興、觀、群、怨」。船山在〈夕堂永日緒論內編〉第一則中提及：「興、觀、群、怨，詩盡於是矣。」；又於〈詩譯〉第二則中論述：

> 「詩可以興，可以觀，可以群，可以怨」，盡矣。辨漢、魏、唐、宋之雅俗得失以此。讀《三百篇》者必此也。「可以」云者，隨所「以」而皆「可」也。於所興而可觀，其興也深；於所觀而可興，其觀也審；以其群者而怨，怨而不忘；以其怨者而群，群乃益摯。出於四情之外，以生起四情；游於四情之中，情無所窒。作者用一致之思，讀者各以其情而自得。[33]

經由逐段分析，略可窺知王夫之論述詩歌之進路，首敘詩歌有其不變之本質，次由歷史根源找到「采風之旨」的關鍵，再由宏觀之歷史見地，敘明詩歌的「比興論詩」、「詩教條理」為其不變的內容，並以此二者乃是經過情之哀樂調和，表現出詩之結果，故所得之結論為「陶冶性情」，顯見〈詩譯〉中之詩觀與溫柔敦厚的詩教傳統路徑一致。

（二）開展傳統詩教的新視野

王夫之詩學重點在情景交融，若融入興觀群怨的系統則更能敘明其旨趣。若經由詩法修辭的感受省思，其所延伸者即為情景交融在修

不荒，用而不匱，廣而不宣，施而不費，取而不貪，處而不底，行而不流。五聲和，八風平。節有度，守有序，盛德之所同也。」船山在此所謂的「檜曹而上之條理」的根源應來自於此，而檜曹以上的條理就音樂性上皆是美哉，而歌詞則是各有象徵、各有所指表現出不同的風格，如周南召南表現出王業奠定基礎的氣象；王則是東邊之後的詩歌有先王遺風，故有不懼的風範，凡此等等。而這些風格由「頌，至矣哉」來看，就知道所推崇的是一個平和中正的極致，基本上是一個詩教的看法，故將船山文中的「條理」理解為「詩教條理」。

33 戴鴻森：〈詩譯〉，《薑齋詩話箋注》（上海市：上海古籍出版社，2012年），頁4-5。

辭上之運用，兩者情景交融之意涵；一者為反芻生命經驗之調和、一者是生命經由詩歌貞定而提昇，此二種基礎均建立於「興觀群怨」的工夫。經由此或可詮釋船山詩歌「陶冶性情」定義之源，以此詮釋、貫串〈詩譯〉全篇則更覺其脈絡清晰。

　　〈夕堂永日緒論〉內編係建構一個「興、觀、群、怨」為綱目之「情景交融」理論，由「先詩後經義」、「經義的建立源於詩的感發興起」此兩點觀之，可見〈夕堂永日緒論〉是文學到經義的體系，而其內外編是合一的。誠如〈夕堂永日緒論〉序言：「詩抑不足以盡樂德之形容，又旁出而為經義。」[34]王夫之對「興、觀、群、怨」的獨特發展，對古典詩學具有突破性的意涵，其促使古典詩學跳脫傳統詩學、史學之束縛，覓得其獨特存在之價值；船山之詮釋與運用，誠為中國歷代之「興、觀、群、怨」說畫上一個圓滿的句點。

　　王夫之以詩學理論為基礎，述及其詩教思想，其特點在於能跳脫傳統漢學、宋學之解經方式，將論述層面延伸至詩學的廣度。藉由儒學思想傳統的歷史脈絡，以及晚明時代困局的環境因素，使詩學踐履其用世之志，從而實現「救人道於亂世之大權」。船山也就孔子所言「興、觀、群、怨」評述之：

> 詩之泳游以體情，可以興矣；襃刺以立義，可以觀矣；出其情以相示，可以群矣；含其情而不盡於言，可以怨矣。其相親以柔也，邇之事父者道在也；其相協以肅也，遠之事君者道在也；聞鳥獸草木之名而不知其情狀，日用鳥獸草木之情狀而不知其名，詩多有焉。小子學之，其可興者即其可觀，勸善之中而是非著；可群者即其可怨，得之樂則失之哀，失之哀則得之愈樂。事父即可事君，無已之情一也，事君即以

---

34 戴鴻森：《薑齋詩話箋注》（上海市：上海古籍出版社，2012年），頁37。

事父，不懈之敬均也。鳥獸草木並育不害，萬物之情統於合
矣。小子學之，可以興觀者即可以群怨，哀樂之外無是非；
可以興觀群怨者即可以事君父，忠孝善惡之本，而歆於善惡
以定其情，子臣之極致也。鳥獸草木亦無非理之所著，而情
亦異矣。「可以」者，無不可焉，隨所以而皆可焉。古之為
詩者，原立於博通四達之途，以一性一情周人倫物理之變而
得其妙，是故學焉而所益者無涯也。小子何莫學乎詩也。[35]

王夫之於前文敘明詩教之功效博通四達，是古代詩家，為使讀者以
性情為根柢，周全體察人情事理之變故，而巧悟其理，故以詩之可
以興、觀、群、怨，又強調「可以」乃「隨可以而皆可」之意，指
出任何讀者均能從讀詩中獲益。再者，興觀群怨四情之中，又非各
自獨立不相屬，而是可以相互涵容以發揮其功能，一是可興者即其
可觀，在觀諸善惡之中是非彰明；二是可群者即其可怨，樂與哀在
得失之激盪中情感愈見深刻。三是可以興觀群怨者即可以事君父，
並可合於忠孝之道。是故，可以興觀群怨，即能舒暢人之情感，事
父事君則達政治倫理之效，廣泛識得天地萬物，則可體萬物並育不
相悖之價值。

　　王夫之認為凡詩所歌詠者，皆出於人心之思理情致，可以溫柔
婉約，充盡天理民彝，終致化民成俗。陳章錫認為：「王夫之美育
思想的本質，係藉『游於藝』涵育天地民物於一念之中。而美育的
實施途徑為合詩、禮、樂於一致，並以至善端其始教。美育功能則
以『思無邪』興起善端，而後詩之興觀群怨能正其是非善惡，發揚
詩教功能。」[36]此外，重視詩歌之藝術特質，亦為船山所創獲者。

---

35 王船山：《四書訓義（上）》，《船山全書》（長沙市：嶽麓書社，1990年），冊7，頁
　915。
36 陳章錫：〈王船山美育思想評析〉，《文學新鑰》第6期（2007年12月），頁89-114。

對此崔海峰也表示：「王夫之在很大程度上擺脫了儒家詩教的束縛，對詩的藝術特性有大發現。」[37]崔氏所謂「儒家詩教」，應是就儒家重視詩歌之教化意義而言；所謂「擺脫」，應是指船山重視詩歌之抒發情思意涵，重新詮釋與聯繫「興、觀、群、怨」四者，並非僅指擺脫儒家對詩歌溫柔敦厚、含蓄蘊藉之情思表達方式。船山既統合「詩緣情」、「詩言志」二派，又對鑑賞批評論有所發展，其「即景會心」之詩觀因而彰顯，故謂之「發現詩歌之藝術特性」。

詩歌發展至明清之際，原有的抒情特質早已面貌不彰，王夫之因而倡言「興、觀、群、怨」四者的融通，經由情的收攝與轉而成為心之洞燭與朗現，由人情而得窺天性。船山對「興、觀、群、怨」此一儒家詩學的傳統命題，做了進一步創新與深化，指出詩歌創作是詩人「出於四情之外，以生起四情」的藝術創造過程。並使用隨所「以」而皆「可」，肯定了詩歌鑑賞者自身歷史觀點的獨立性，以及鑑賞者「各以其情自得」的情感主體自覺，船山所觀察詩學理論讀者主體性的層面，實為詩歌評論開展了廣闊的新視野。

五 結論

王夫之《薑齋詩話》經由〈詩譯〉的析論，順其全文脈絡觀之，所呈現為從《詩經》所演繹的詩論，以「抒情主體」為基礎，又以「興觀群怨」工夫為要務，並以「情景交融」為形式的詩論系統，是詩藝與經學的綜合，亦為抒情傳統內在精神之具體表現。經由〈夕堂永日緒論〉的析論，沿其整體架構視之，乃是樂之傳統的說帖，可謂船山調合「音樂美」與「意境美」之作；其內編依循詩歌歷史的脈絡論述情景交融，呈顯出抒情風格之演進，透露出情景交融成為內在精

---

37 崔海峰：《王夫之詩學範疇》（北京市：中華社會科學出版社，2006年），〈第八章〉，〈文體論〉，頁211。

神之演化。船山重申「詩以道性情」的古訓，推崇審美情感和感興，以樂論詩，強調詩之委婉含蓄及其藝術特性，將陶冶性情視為詩之首要功能，並將溫柔敦厚納入詩歌藝術美學的理論中。

王夫之是從詩歌出發思索詩，以探索詩歌開展之根源、內容及定義，所論述的範圍著重於詩中之情，其陶冶性情與傳統詩教之不同處：在於詩教所言係由道德延伸之教化，而船山的陶冶性情則由詩境、詩情而來之薰陶化育，係由純粹的審美觀點而啟迪，陶冶雖為教化問題，卻是由詩歌本身而來，並非墨守舊說以道德為前提而形成的；其詩教思想，對詩學傳統以及儒學內聖外王之實踐別具意義。船山《詩》學之特點，在於能跳脫傳統漢學、宋學的解經方式，從抒情的角度，詮解詩教之可行性與重要性，並延伸詩學論述層面之廣度。進而對「興、觀、群、怨」此儒家詩學的傳統命題，做進一步創新與深化，為詩歌評論開展新的視野。《薑齋詩話》的論述形式是完整的，依其內容逐條爬梳所蘊含之理，並以探索其詩學理論，抉發其詩教深刻之意涵，著實對後世學術界有著深遠之影響。

參考文獻

一　引用專書

〔唐〕孔穎達　《十三經注疏—禮記》　臺北市　藝文印書館　1985年

〔宋〕朱熹　《朱子語類》　北京市　中華書局　1986年

〔宋〕朱熹編　林松、劉俊田、禹克坤譯注　《四書》　臺北市　臺灣古籍出版社　1997年

〔清〕王夫之著、戴鴻森箋注　《薑齋詩畫》　上海市　上海古籍出版社　2012年

〔清〕王夫之　《船山全書》　長沙市　嶽麓書社　1996年

〔清〕王船山　《船山全書》　長沙市　嶽麓書社　1990年

〔清〕阮元　《十三經注疏》　北京市　中華書局　2009年

平慧善注譯　《新譯薑齋文集》　臺北市　三民書局　1998年

周策縱　《古巫醫與「六詩」考：中國浪漫文學探源》　臺北市　聯經出版社　1986年

林耀潾　《先秦儒家詩教研究》　臺北市　天工書局　1990年

徐澄宇　《詩經學纂要》　上海市　中華書局　1936年

陸宗達　《訓詁總論》　北京市　北京出版社　1980年

郭紹虞　《中國文學批評史》　臺北市　五南圖書出版公司　1994年

崔海峰　《王夫之詩學範疇》　北京市　中華社會科學出版社　2006年　〈第八章〉　〈文體論〉

張西堂　《明王船山先生夫之年表》　臺北市　商務印書館　1978年

張少康　《中國文學理論批評史教程》（修訂本）　北京市　北京大學出版社　2011年

葉慶炳　《中國文學史》　臺北市　臺灣學生書局　1997年　上冊

蔣伯潛　《十三經概論》　臺北市　中新書局　1977年

二　學位論文

李錫鎮　《王船山詩學的理論基礎及理論重心》　臺北市　臺大中文
　　　　所博士論文　1989年

三　期刊論文

關　霞　〈論中國古代詩教的宗教性〉　《青海社會科學》第1期
　　　　（2008年1月）　頁158-162
陳章錫　〈王船山美育思想評析〉　《文學新鑰》第6期（2007年12
　　　　月）　頁89-114

第十二屆辭章章法學學術座談會

一、會議時間：中華民國 106 年 11 月 11 日（星期六）

二、會議地點：台北市羅斯福路二段 41 號 12 樓之 2

　　　　　　弘一大師紀念學會

三、舉辦單位：

　　(一)主辦：中華民國章法學會

　　(二)承辦：萬卷樓圖書公司

　　　　　　國文天地雜誌社

四、會議議程

時間	會議流程		
08:30-09:00	報到		
09:00-09:20	開幕式 主持人：陳滿銘 章法學會代理理事長		
第一場 09:20-10:30	主持人 賴明德教授 中原大學 應華系兼任教授	主講人	
		論楊恩壽《姽嬧封》	林均珈 致理科大 兼任助理教授
		文學文本的互文性——以陶淵明〈桃花源記〉、王維和王安石〈桃源行〉為主的觀察	林淑雲 臺師大國文系 副教授
		論《國文天地》與章法學研究之發展	張晏瑞 市立大學中語系 博士生
		《聖經》官話譯本《傳道書》的語言風格差異分析	吳瑾瑋 臺師大國文系 副教授
		螺旋結構論觀點下的語文補救教學——以繪本為主的設計與實踐	陳佳君 國北教大 副教授
		故事體的多層次結構之建構及其在閱讀與寫作上的應用	陳添球 東華大學 教授
		李白懷古詩情意與結構	黃麗容 真理大學 副教授
10:30-10:50	茶　　　敍		

		主講人	
第二場 10:50-12:00	主持人 張春榮 國立臺北教大 語創系教授	明代抗女真陸戰詩敘事析論	顏智英 臺灣海洋大學 教授
		從心理學本我、自我、超我角度研究蘇軾音樂詞	蘇心一 空中大學 兼任助理教授
		論轉化格中的「神／魔性化」	仇小屏 成功大學副教授
		《全宋詞》床帳意象的材質紋飾與作用	黃淑貞 慈濟大學東語系 副教授
		論〈首陽山叔齊變節〉的不可靠敘述	張雅涵 臺師大國文系 碩士生
		淺析王夫之《薑齋詩話》中的詩教觀	陳秀絨 市立大學中語系 博士生
		國小修辭教學：以 2009 年教育部六辭格為例	張春榮 國立臺北教大 語創系教授
12:00-12:20	閉幕式 萬卷樓梁錦興總經理		

※座談會共 2 場，每場 70 分鐘，主持人說明 3 分鐘，主講人各 7 分鐘，其餘時間供開放討論。

文學研究叢書・辭章修辭叢刊　0812A08

章法論叢・第十二輯

主　　編	中華民國章法學會
	萬卷樓圖書股份有限公司
責任編輯	林以邠
發 行 人	陳滿銘
總 經 理	梁錦興
總 編 輯	陳滿銘
副總編輯	張晏瑞
編 輯 所	萬卷樓圖書股份有限公司
排　　版	林曉敏
印　　刷	百通科技股份有限公司
封面設計	斐類設計工作室

發　　行　萬卷樓圖書股份有限公司
　　　　　臺北市羅斯福路二段 41 號 6 樓之 3
　　　　　電話 (02)23216565
　　　　　傳真 (02)23218698
　　　　　電郵 SERVICE@WANJUAN.COM.TW
香港經銷　香港聯合書刊物流有限公司
　　　　　電話 (852)21502100
　　　　　傳真 (852)23560735

ISBN 978-986-478-232-1

2018年11月初版一刷

定價：新臺幣 420 元

如何購買本書：

1. 劃撥購書，請透過以下郵政劃撥帳號：
　　帳號：15624015
　　戶名：萬卷樓圖書股份有限公司

2. 轉帳購書，請透過以下帳戶
　　合作金庫銀行　古亭分行
　　戶名：萬卷樓圖書股份有限公司
　　帳號：0877717092596

3. 網路購書，請透過萬卷樓網站
　　網址　WWW.WANJUAN.COM.TW

大量購書，請直接聯繫我們，將有專人為
您服務。客服：(02)23216565 分機 610

國家圖書館出版品預行編目資料

章法論叢・第十二輯/中華民國章法學會、萬卷
樓圖書股份有限公司主編--初版. --臺北市：
萬卷樓, 2018.11

面；　公分. -- (文學研究叢書．辭章修辭叢
刊　；812A08)

ISBN 978-986-478-232-1 (平裝)

1.漢語　2.作文　3.文集

802.707　　　　　　　　　　　　　107019658